KB263567

포석抱石 조명희 노트

포석抱石 조명희 노트

지은이

강찬모 姜纂模, Kang Chan-mo

1967년 충남 청양에서 출생했다. 청주대학교 국문과 및 동대학원 석·박사를 졸업했으며 2005~2019년까지 동대학 국문과에 출강했다. 2011년 『충북작가』에 시 「구제역」을 발표하면서 작품 활동을 시작했다. 2021년 『영화가 있는 문학의 오늘』 봄호(38)에 평론이 추천되어 등단했다. 저서로는 『한국현대시의 정신사』와 『한국현대소설 탐구』, 산문집 『너머를 보는 눈』, 시집 『사크레쾨르대성당의 나비』가 있다. 현재 진천 포석조명희문학관에 근무한다.

포석(抱石) 조명희 노트
한국 근대문학과 한민족 디아스포라문학의 선구자

초판발행 2025년 12월 15일

지은이 강찬모

펴낸이 박성모
펴낸곳 소명출판
출판등록 제1998-000017호
주소 서울시 서초구 사임당로14길 15 서광빌딩 2층
전화 02-585-7840
팩스 02-585-7848
이메일 somyungbooks@daum.net
홈페이지 www.somyong.co.kr

ISBN 979-11-7549-018-5 03810
정가 20,000원

ⓒ 강찬모, 2025

포석 조명희 노트

강찬모 칼럼집

신아출판

이 글은 2020년 5월 13일부터 현재까지 『동양일보』 칼럼 「풍향계」에 기고한 내용을 한 권의 책으로 정리한 것이다.

칼럼 「풍향계」는 그 말이 뜻하듯 세상의 흐름을 읽고 어떤 징후와 문제의식을 공유하며 더 나가 해결책까지 더불어 모색하기 위해 만든 지면이다.

그러나 저자는 이 지면을 한 인간의 삶의 발자취와 그 의미를 부조浮彫하는 일로 오로지했다. 그의 만 44년의 생애가 충분히 그에 값하는 위대한 여정이며 뭇사람의 길이 된 사표師表인 까닭이다. 그가 바로 한국 근대문학과 한민족 디아스포라문학의 선구자인 포석抱石 조명희다.

엄혹한 일제강점기 한국문학의 여명을 밝히고 우리 문학을 대륙으로 확장한 한민족 디아스포라문학의 길은 외롭고 고단한 광야廣野의 길이었지만 한편으로는 '가슴에 돌을 품은 자'가 역사의 새 장을 연 선구자의 길이었다.

거침없이 대륙으로 질주하던 필경筆耕의 붓은 애석하게도 기다리던 해방을 보지 못한 채 이역만리 바람 찬 시베리아 벌판을 베고 누워 차마 눈을 감지 못했다. 해방 후에도 조국은 이념으로 분단되었고, 그의 삶과 문학은 오랫동안 역사의 뒤안길에 유폐되어야 했다. 세월이 흘러 어언 해방 80년, 이끼가 된 그의 삶과 문학을 이제 역사의 광장으로 다시 불러내는 일을 누군가는 시작해야 한다.

포석 칼럼은 그 호명의 작은 일성一聲으로 모깃소리보다도 더 낮은 목소리지만 광장의 함성으로 가득찬 취문성뢰聚蚊成雷의 기폭제가 되기를 소망한다.

앞으로도 칼럼 「풍향계」는 포석 조명희의 삶과 문학의 의미를 되새기며 지속해서 현재화하는 마중물 역할을 할 것이다. 그의 생애가 역사의 금제禁制를 끊고 우리의 일상과 함께 하는 그날까지.

소명출판은 오래전부터 한 번쯤 인연이 닿기를 앙망仰望하던 책의 보고寶庫로, 특히 인문人文이 꿈을 꾸는 사유의 산실産室이며 몽상의 바다였다. 꿈을 현실로 만들어 주신 박성모 대표님과 편집부 선생님들께 감사드린다. 또한 졸고를 위해 지면을 할애해 주신 조철호 『동양일보』 회장님의 배려를 잊지 못한다. 거인의 어깨 위에서 본 세상은 넓고 또 깊었다.

끝으로 '보자기'를 표제 그림으로 허락해 주신 김시현 작가님에게도 감사의 인사를 전한다. 우리 역사에서 '디아스포라'는 곧 때 묻은 보자기의 원치 않은 이향離鄕의 슬픈 역사요 고향을 그리는 애달픈 자화상으로 포석과 닮았다. 포석은 끝내 돌아오지 못했지만 포석 후예들의 귀향歸鄕과 귀로歸路에 동행한 여인의 머리에 인 보따리는 떠날 때와 다르게 한층 밝고 조금은 화려해지기까지 한 어쩌면 '색동 보따리'였을 것이다. 절망을 희망으로 만든 망극罔極의 세월이었으므로. 보자기는 환하게 웃음 띤 보따리의 얼굴이므로.

2025년 12월

포석조명희문학관에서 강찬모 씀

차례

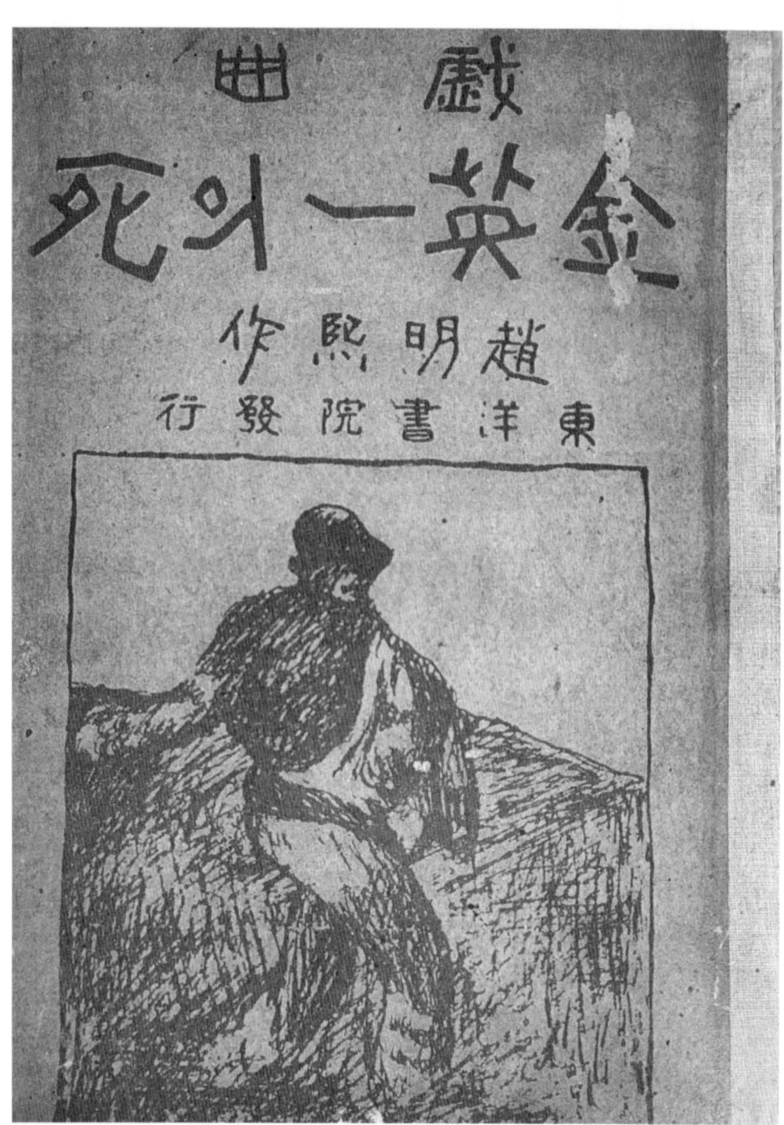

우리나라 최초의 개인 창작 희곡집 『김영일의 사』(1923)

가슴에 '돌'을 품은 선구자

우리의 속담에 '관 뚜껑을 닫을 때까지 두고 봐야한다'는 말이 있다. 이 말의 의미는 한 인간이 살아온 윤리적 삶의 가변성을 이야기하는 말이다. 시쳇말로 끝날 때까지는 끝난 게 아니라는 얘기다. 운동 경기에서 승부를 포기하거나 속단하지 말라는 중의적 의미로도 확장이 가능한 말인데 한 사람의 삶을 평가할 때도 동일한 의미로 여운이 남는 말이다.

이렇듯 필부필부의 삶에 대한 세인들의 평가는 대체로 관 뚜껑이 닫힘으로써 그에 값한다. 그러나 역사가 된 사람들의 삶은 관 뚜껑이 닫힌 후에도 현실로부터 지속적으로 소환되고 재해석되며 평가된다.

역사가 된 포석抱石 조명희1894~1938의 삶도 이와 같다. 우리는 보통 아무도 가지 않은 길을 가는 '최초'의 사람을 '선각자' 혹은 '선구자'라고 한다. 우리의 뇌리에 선구자가 곧 '형극荊棘'의 길과 동의어로 떠오르는 것도 이처럼 없는 길을 처음 낸 최초의 사람이기 때문이다.

여러 논란이 있지만 가곡 〈선구자〉가 국민들에게 애창되는 것이 좋은 예다. 어쩌면 포석은 '선지자先知者'의 운명을 신탁처럼 타고난 인물이라는 생각이 든다. 그의 '호號' — '포석抱石' — 가 이를 증명한다. 호는 한 개인이 이름에서 보완하고픈 소망이 선명하게 드러나는 삶의 '이정표'다. '돌'을 가슴에 품은 사람이 일개 범부凡夫일 수는 없지 않은가. 광야에서 베고 잔 야곱의 베개도 '돌'이었다.

포석은 한국 근현대문학사 각각의 장르에서 '최초'라는 수식어를 면류관으로 쓴 '문학가'며 '독립운동가'다. 고향인 진천은 물론 한민족을 대표하는 자랑스러운 선인이다. 사실 포석은 한 가지 영역으로는 설명하기 어려운 다층적 능력의 소유자였다. 문학가와 독립운동가, 언론과 교육 등 다양한 영역에서 큰 족적을 남겼다.

문학에서도 시, 소설, 수필 등 문학의 3장르 외에 희곡과 평론, 번역과 아동문학 등 그야말로 장르의 경계를 넘나들며 왕성한 창작 활동을 했다. 포석은 1923년 한국 최초 개인 창작 희곡집 『김영일의 사』와 1924년 한국 최초 미발표 개인 창작 시집 『봄 잔디밭 위에』를 출간했으며 1927년 한국 프로문학의 기념비적인 금자탑인 소설 「낙동강」을 발표했다. 이 소설은 프로소설이면서도 작품의 전개는 민족적 요소가 다분한 특징이 있다.

이러한 경향은 그의 삶의 이력에서도 잘 드러난다. 일명 '민족적 사회주의자'라고 일컫는 매우 독특한 지점이 존재한다. 그리고 또 하나의 최초가 있었으니 일제강점기 최초의 '망명'[1928, 소련] 작가라는 이름이다.

그러나 포석의 삶과 문학은 분단이라는 민족의 비극적 소용돌이 속에 함몰, 1988년 납. 월(재)북 문학인들의 작품이 해금되기 전까지 온전히 빛을 보지 못했다. 일제강점기 국내 첫 망명 작가인데도 불구하고 해방 후 월북 작가로 분류돼 사회주의의 이념적 잣대를 더 가혹하게 재단 당한 작가였기 때문이다. 포석이 선택한 이념은 해방 뒤 본격적으로 첨예했던 이념이 아니라는 점에서 동족을 가르고 배제하는 월북과는 분명히 구분되는 지점이 있는 선택이었다.

여기서 참고로 한 가지 언급해 둘 사실은 해방 후 미국과 소련의 군

정의 시기에 남한에서는 시 「경이驚異」가 중학교 교과서에, 북한에서는 소설 「낙동강」이 고등학교 교과서에 각각 수록됐었다는 점이다. 「낙동강」은 지금²⁰¹⁷도 북한의 고급중학교 2학년 국어문학 교과서에 실려있다. 이 같은 역사적 사실은 포석문학의 전통과 연속성이라는 측면에서 향후 중요한 이음새의 근거가 될 것이다.

2020.5.13

포석 바로 보기는
한국문학을 바로 세우는 일

과소 평가된 사람을 재평가할 때 가장 어려운 점이 알려지지 않았기 때문에 설명하지 못하는 기본적 이미지의 한계다. 즉 그 사람에 대한 배경지식이 거의 전무한 상태를 전제로 그 사람을 설명해야 하는 난감함이 있다는 것이다. 따라서 이를 해결하기 위해 불가피하게 동원되는 것이 그와 더불어 당대를 살았던 뛰어난 사람과의 연관성을 실마리로 삼는 일이다. 설명에 동원되는 그 사람은 이미 교육을 통해 상식화된 보편적 인물이기 때문에 우리가 익히 아는 사람이다.

포석을 설명할 때도 이처럼 연동돼 설명하기 위해 소환되는 인물이 필요하다. 그 첫 번째 인물이 극작가 김우진과의 우정 그리고 지금도 사람들에게 끝없이 인구에 회자되는 그의 정인情人인 조선의 아리아 윤심덕<사의 찬미>이다. 이들은 식민지 종주국인 적국의 땅 동경 유학시절부터 나라 잃은 청년의 울분과 고뇌를 함께 공유했던 막역한 사이였다. <봉선화>의 홍난파도 이들과는 떼어놓을 수 없는 인물이다. 또한 민족시인으로 추앙받는 소월의 시집 『진달래꽃』과 만해의 시집 『님의 침묵』이 출간된 연도가 각각 1925년과 1926년이란 사실을 상기한다면 1924년에 발간된 포석의 시집 『봄 잔디밭 위에』가 한국 근현대문학에서 어떤 위상을 갖는지 구체적으로 실감하게 된다.

포석문학의 상징처럼 된 소설 「낙동강」에서 그의 참모습이 또 한 번

드러나는 일화가 있다. 이 일화는 위에서 열거한 파편화된 역사적 사실이 현실의 맥락 속에서 구체적으로 이야기되는 사례이기 때문에 더 핍진하다. 일화의 대상과 작품은 우리에게 『광장』의 작가로 알려진 최인훈과 그가 1994년에 쓴 소설 『화두』다. 그는 이 소설에서 학창시설에 배운 「낙동강」을 작품 전개의 주요 모티브로 삼고 있으며 소설의 도입과 결말 부분을 원문 그대로 인용한다. 최인훈은 2018년에 타계를 했는데 그의 며느리의 증언에 의하면 투병 중에도 손에서 놓지 않고 읽은 책이 「낙동강」이라고 한다.

그가 「낙동강」을 특별히 아꼈던 이유는 다음의 말에서 확인된다. 우리의 분단 현실에서 "「낙동강」 같은 남북 공통의 읽을거리가 필요하며 남북통일을 하려면 정신적 통일이 필요하기 때문이"『한겨레신문』, 2019.6.4다. 이는 마치 남북이 이념을 떠나 함께 부를 수 있는 유일한 노래로 평가되는 〈우리의 소원〉과 같은 의미가 소설 「낙동강」에 있다는 의미로 읽힌다.

최인훈 개인적으로도 「낙동강」과의 만남은 그의 일생을 결정짓는 운명적인 순간이기도 했다. 학창시절 선생님께 들은 「낙동강」 독후감에 대한 칭찬이 결국 그의 삶의 행로를 바꾸어 놓았기 때문이다. 그러니까 『화두』는 별을 바라보며 별을 꿈꾸던 아이가 자라 별이 돼 자신을 별로 인도한 큰 별에게 바치는 오마주hommage이자 '헌사獻詞'의 작품이라고 할 수 있다. 이처럼 포석과 최인훈, 최인훈과 포석의 인연은 매우 중요한 의미를 갖는다.

최인훈은 한국 지성사를 대표하는 작가인데 이러한 작가의 육성과 글에 의해 포석이 직접 호명됐기 때문이다. 한국인에게 이미 친숙한 최인훈 문학을 이야기할 때마다 포석의 삶과 문학도 더불어 조명될 것이며 왜 당대의 거장이 포석을 자신의 문학적 기원과 영감의 원천으로 삼았는가를 묻는 시간인 까닭이다. 한국문학사에서 최인훈이 써 내려간 소설은 소설이라기보다는 소설의 이름을 빌려 쓴 우리 근현대사의 아픈 '비망록備忘錄'이다. 그 비망록 속에 포석의 삶과 문학이 고스란하다.

지금 이 글을 쓰는 필자도 보통 사람들이 포석에 대해 갖고 있던 일반적 평가와 다르지 않은 편견을 갖고 있었다. 한국 근현대문학을 전공한 사람으로서 부끄러운 일이지만 그렇다고 숨기고 싶은 마음도 없다. 포석은 대학과 대학원에서조차 소월과 만해와는 달리 단독으로 수업의 주인공이 돼 그의 삶과 문학을 이야기할 기회를 얻지 못한 작가였다. 관심이 있어 따로 연구 대상으로 천착하지 않은 이상, 공식적인 커리큘럼에서 포석의 문학은 그의 삶처럼 영원한 경계인 '디아스포라Diaspora'였던 것이다. 이러한 상황은 소수 대학만의 특정한 풍경이 아니라 우리나라 국문학의 일반적인 면학 지형이었다.

포석이 저평가된 원인으로는 여러 이유가 있겠지만 그중에서 빼놓지 못하는 게 소련으로의 망명이다. 망명은 한 인간이 실존의 고민 끝에 선택하는 정체성의 결과물이다. 그것도 사회주의 모국인 소련으로의 망명은 이후 그의 삶과 문학을 일반적 작가 반열을 뛰어넘어 긍정이든 부정이든 소위 '문제적 작가'라는 인식을 갖게 하는 계기가 됐다.

분단이라는 현실을 고려한다면 그의 삶과 문학은 억압 기제로 작용했고 한국문학의 확장디아스포라이라는 선구성의 측면에서 보면 그의 삶과 문학은 미래 지향성을 갖는 독특한 이율배반적 이중 구조다. 어떻든 그의 망명은 자신이 참담하게 토로했던 "뼈품을 팔아도 먹을 수 없는 사회"「짓밟힌 고려」에서 강력한 항일의 차선책으로 선택한 '저항문학'의 길이었다.

2020.5.14

민족의 길, 문학의 길

모든 예술은 현실을 기반으로 한다. 특히 시는 흙탕물 속에 핀 '꽃'이다. 그 꽃을 굳이 일방적인 '서정'이라고 단언할 필요는 없다. 중요한 것은 흙탕물에서 핀 '무명씨'는 모두 꽃이라는 게 본질이다. 이러한 생각은 시는 곧 서정시라는 시에 대한 재래의 편견을 전복한다. 그러므로 프로시가 태생적으로 갖는 미적인 생경성과 투박함도 당대의 현실을 증언하는 생생한 꽃이 된다. 포석의 시에는 프로시의 이러한 일반적 경향들이 편향돼 나타난 게 아니라 오히려 전통과 상고주의에 대한 복고적 의지가 강하다. 세계를 지향하는 cosmopoiltan 사회주의자의 기본적 이념과는 상당한 편차를 보이며 그의 선 굵은 실천적 행동과 비교해 볼 때도 흥미로운 부분이다.

그의 시에서 육사의 기개와 석정辛夕汀의 모성 그리고 김수영의 전통 옹호론 심지어 만해 시와 상호작용의 흔적까지 보이는 것은 그의 시가 프로시의 천편일률적 전형에 국한되지 않는 보다 심층적 구조가 있음을 보여주는 일로 한국근현대시의 원형일 가능성을 높인다. 뒤늦게 포석의 진가를 확인하고 그의 작품을 탐독한 필자의 눈에는 포석이야말로 한국 근현대시에서 새로운 '전통'으로 자리매김돼야 할 시인이며 문학가다.

엘리엇은 전통이란 "지금 현재에 작용하는 큰 힘"이라고 했다. 전통은 늘 기존을 배반하면서 등장하는데 등장이 곧 새로운 전통으로 승인

받기 위해서는 후대 작가의 추인이 있어야 가능하다. 그렇지 못하면 전통은 일회성으로 그치고 하나의 관습으로 기능할 뿐이다. 필자는 포석의 문학이 한국 근현대문학의 전통과 상호 영향관계 속에 있는 후대의 기원임을 확신한다.

특히 형식의 중요성을 언급하면서도 형식 일변도가 빠지기 쉬운 형해성形骸性를 염려해 내용의 우위를 강조했다. 이러한 태도는 매우 중요한 의미를 갖는다. 프로시의 내용주의가 형식주의에 대한 몰이해를 바탕으로 선택한 무지의 소산이라는 편견을 일거에 소거하기 때문이다. 문학의 형식은 내용과 더불어 문학의 고유성을 규정하는 내적 본질이며 질서다. 즉 포석의 내용주의에 대한 경도는 당대 현실에서 형식주의가 쉽게 매몰될 수 있는 말 그대로 '형식논리'를 경계한 선택이라는 것이다. 형식은 내용에 포함된 성격에 의해 자연스럽게 규정된다.

포석 문학에서 내용이 중요한 이유는 내용 속에 포석 문학의 핵심인 '정신주의'가 담겨있기 때문이다. 어느 시대나 정신은 공동체의 묵계를 전제로 형성된 가치이자 지향점이며 문학 속에서 발현하는 정신은 이렇게 형성된 가치를 발굴 전파하는 진원지다. 포석이 '힘의 예술'을 주장했던 것도 이러한 정신주의의 발로였다. 포석은 사회주의를 지향한 작가였지만 그의 시와 소설은 '민족정신'을 기반으로 한다. "지게 목발을 두드리며 노래하는 초동樵童과 바람에 나부끼는 실버들 가지의 숨결"을 "조선혼의 울음소리"라고 말한 투명한 감수성의 소유자가 이념 일변도의 근본주의자는 아닐 테니 말이다. '조선혼'은 그의 문학의 혈맥이며 그를 지탱한 정신이다.

독일의 철학자 아도르노는 "아우슈비츠 이후 서정시를 쓰는 것은 야만"이라고 했다. 또한 『살아남은 자의 슬픔』으로 유명한 극작가 브레히트는 "폭력과 광기의 시대에는 그것을 증언하는 시가 자신이 추구해야 할 시의 진실"이라고 했다. 포석은 문학을 통해 모두 고아가 된 미증유의 상실의 시대를 자기식으로 증언하며 고발했다. 그러나 포석에게 문학은 단순히 증언과 고발의 간접적인 수단이 아니라 현실을 움직이며 민족정신을 일깨우는 각성된 능동적 '죽비竹篦'였던 것이다. 포석 사후 우리는 불행하게도 두 쪽으로 분단된 현실을 산다. 풍찬노숙하며 항일한 포석의 영혼이 통탄할 일이다.

한편으로는 바로 이러한 현실이 1세기 전 동토의 땅을 떠돌며 문학을 통해 조선혼의 씨를 뿌린 선구자 포석 조명희를 우리가 기억해야 하는 역설적 이유이기도 하다.

"눈 내린 벌판을 걸어갈 때는 / 발걸음 하나라도 어지럽게 걷지 마라 / 오늘 나의 발자취는 / 뒷사람의 이정표가 될 것이니." 이양연의 「夜雪」은 분단의 현실에서 우리에게 하나의 지표가 될 듯하다. 포석이 간 길이 바로 '야설'의 길이었으며 '뒷사람'을 위한 길이었다. 육사가 말한 "백마 타고 오는 초인"을 위한 비원悲願이며 이는 곧 뒷사람으로 지목된 우리의 소명이 — 앞서 발자취를 남긴 자보다 — 결코 가볍지 않음을 말하는 것이기도 하다. 이러한 정신으로 인해 역사와 전통은 면면綿綿함을 얻는 것이다.

2020.5.15

집, 최초의 세계

최근^{2020.6} 25년 만에 『포석조명희전집』 개정판이 세상에 나왔다. 한국문학사에 일획을 긋는 쾌사^{快事}가 아닐 수 없다.

이에 즈음해 필자는 포석의 '생가 복원' 문제를 이제야말로 더 늦춰서는 안 된다는 절박함으로 이 글을 쓴다. 집대성된 전집을 보면서 또 한 번 느끼는 것은 '이게 보물인데 이게 금광인데' 하는 감탄과 더불어 '탄식'이었다. 제아무리 빼어난 국보라고 해도 그 가치를 모르면 천하의 '팔만대장경'도 흔한 '빨래판'이 되고 만다. 부디 이 글이 지역민에게 포석 조명희 생가 복원의 필요성을 인식하는 계기가 되고 본격적인 공론의 장에서 활성화되는 마중물이 되길 소망한다.

'요람에서 무덤까지'라는 말은 한 사람의 삶의 시작과 끝 즉 '시종^{始終}'을 말한다. 흔히 복지국가의 책임을 강조할 때 쓰는 말로 영국 사회보장제도에서 비롯됐다. 그러나 한 사람이 태어나 요람보다 먼저 만나는 최초의 공간이 있으니 바로 '집^{生家}'이다. 더 세분해 말한다면 '방'이지만 집 속에 방이 부속된 공간이기 때문에 넓은 의미로 집이 한 사람의 탄생과 성장 과정의 보금자리이자 세계로 향하는 출발점인 셈이다. 아프리카 속담에 '아이 하나를 키우기 위해서는 온 마을이 필요하다'는 말이 있다. 성장에 필요한 주변의 협력과 정성을 강조한 말이다.

위에서 언급한 것처럼 요람보다 집이 먼저이듯 이 경우에도 집이 마을보다 선행한다. 마을도 결국 집이 확장된 범위일 뿐이다. 집을 감싼 자연환경과 정서적인 가정환경이 균형있게 조화를 이루어 한 사람의 성장을 결정짓는 원초적 영향인 까닭이다. 집은 한 인간에게 훈육을 통한 가치관과 주변 풍광이 주는 정서가 영향을 미쳐 인격이 형성되는 성장 배경의 집합체고 종합 영양소며 최초의 거대한 '우주宇宙'다. 이렇듯 한자의 의미인 '우주'가 집과 집으로 연결된 뜻임을 생각할 때 집은 곧 개인에게 처음 찍은 점이며 거대한 세상인 것이다.

그러나 우리 고장 출신충북 진천 포석 조명희는 집이 없다. 집이 없으니 마당도 없고 우물도 없고 뜰도 없고 마루도 방도 없다. 집 주변을 감싼 담장과 나무와 화초도 없다. 포석 조명희의 영육에 절대적 영향을 미쳤을 '유년의 뜰'이 존재하지 않는다. 필부필부匹夫匹婦가 타관에서 잊지 못하며 오매불망하는 것도 집 때문이고 포석이 낯선 이국을 떠돌며 한 마리 새가 돼 창공을 날아 가고 싶었던 곳도 다름 아닌 집이었다. 더구나 포석은 이미 역사가 된 사람이다. 역사가 된 사람의 집을 보존하거나 복원하는 것은 그가 보통 사람들의 사표이기 때문에 그의 정신을 본받고 기리기 위해서다. 민족적으로 부끄럽고 또 지역적으로도 면이 안 서는 일이다.

필자는 이 지점에서 포석을 설명할 때마다 어김없이 반복되는 그의 삶과 문학의 위대성을 다시 언급해야 하는 피로감에 휩싸인다. 역사적으로 공인된 사람인데 아직 그 공인된 가치를 모르는 사람들이 적지 않아 포석에 대하여 글을 쓸 때마다 그의 위대성을 다시 한 번 환기해야 하는 번거로움이 있기 때문이다. 그럼에도 이러한 되풀이를 통해 사람들의 인식에 조그마한 변화가 있다면 위대성을 설명하는 피로는 얼마든지 청해 환대할 준비가 돼 있다. 세계 지성사에 전설이 된 인물들은 이처럼 누군가의 끊임없는 설명과 학습 과정을 통해 한 인물의 위대성이 확립돼 간 역사가 아닌가.

포석은 한국 근현대문학의 '비조鼻祖'다. 한국 근현대문학의 기라성 같은 문학가들이 명멸했지만 포석은 그들 문학의 초석을 놓은 선구자였다. 재평가가 활발하지 못했던 이유는 척박한 이 땅에 일찍 온 천재의 가치를 몰랐던 탓이다. 시대는 야만적이었으며 민중은 우매했고 상황은 절망적이었으나 그의 몸부림은 강렬했다. 이후 적지 않은 세월이 흘러 금서로 묶였던 그의 작품을 우리는 마음껏 향유하는 좋은 세상을 산다. 이제 우리는 야만적 시대에 살고 있지도 않으며 또 우매한 민중도 아니다. 따라서 우리는 그에게 답해야 할 의무가 있다. 답해야 할 의무 속에는 그의 삶과 문학에 대한 재평가는 물론이거니와 그의 영육이 잉태된 생가집 복원의 '응답'이 반드시 포함돼야 한다.

'한국문학관협회'에 가입된 96개의 문학관 중 유명 작가의 이름을 딴 문학관으로서 생가 없는 문학가는 포석이 유일이다. 문학사의 비중이나 위상으로 볼 때 참으로 개탄스러운 일이다. 포석에 비해 위상이 떨어지는 작가들의 생가도 오래전에 복원된 상태다. 평가의 영역이라서 조심스럽고 미안한 얘기지만 엄연한 사실이다. 작가 이름을 딴 문학관을 보유하고 있다는 것은 이미 생가가 있다는 걸 의미한다. 기계적인 우선순위로 봐도 문학관보다 생가가 먼저다. 생가는 문학관을 세워 그의 문학정신과 삶을 기릴 정도로 뛰어난 인물의 '탯줄'이 끊긴 자리이기 때문이다. 그만큼 생가는 위대한 인물을 선양하는데 있어 모든 것에 선행하는 본질적이며 근원적인 공간이다. 세상에 모든 생명이 태어난 시원적 공간은 그 나름의 의미가 크다. 하물며 사람인 바에야, 더구나 그 인물이 장차 한 시대를 풍미하게 될 예사롭지 않은 인물이라면 이는 불문가지다. 역사적인 신화와 전설을 보더라도 영웅 탄생의 징조에는 여러 이적異蹟들이 나타난다. 집은 이러한 큰 인물 탄생의 비의秘義와 정기가 서린 곳이다.

2020.7.14

진천은 지금 하루가 다르게 도시화가 급속도로 진행되는 지역이다. 더구나 포석 생가의 위치는 진천의 '관문수암마을'으로 상업지구다. 이 순간에도 크고 작은 건물들이 경쟁하듯 들어선다. 앞으로 대단위 복합건물인 고층건물이나 아파트가 들어선다면 설령 생가 복원의 여건이 조성된다고 해도 쉽게 진행되지 못할 가능성이 큰 게 현실이다.

천문학적인 예산을 투입하면서까지 콘크리트 복개를 걷어내고 '청계천'을 살린 일은 ― 완전한 기대를 충족시킨 것은 아니지만 ― 그 자체로는 시사하는 바가 크다. 당초 청계천 복원은 특별한 경제적 가치로 접근한 게 아니다. 원형을 찾자는 단순한 바람으로 시작했으나 결과는 경제효과는 말할 것도 없고 시민들의 삶이 풍요로워지는 순기능으로 입증된 대표적 사례다.

지역 출신 예술가를 기려 '문화산업'으로 연결시키는 일은 이제 어느 지자체에서나 흔하게 볼 수 있는 풍경이 됐다. 지역 출신 유명 작가가 없는 지자체에서도 명망 있는 작가를 초빙해 정주 환경을 만들어주며 창작활동을 지원함으로써 지역 문화의 질을 높이고 대외 이미지 제고에 활용하고 있는 실정이다.

그런데 우리는 어떤가. 남들도 부러워하는 위대한 작가가 태어난 곳이다. 천금을 주어도 위대한 작가가 태어난 집과 그 집이 있는 고향을 살 수는 없다. 영국인에게 셰익스피어는 "인도와도 바꾸지 않겠다"고 말할 정도로 국보 중에 국보다. 그중에서 그의 고향 집인 '스트랫포드 어폰 에이번Stratford-upon-Avon'이 갖는 인문적 자긍심은 그 자체로 끝나는 것이 아니라 세계의 숱한 여행객들을 불러 모아 상상을 초월하는 경제 효과를 창출한다. 괴테의 고향인 독일 '프랑크푸르트'도 마찬가지다. 사실 멀리 갈 필요도 없다. 이웃 지역인 '옥천'을 봐라. 정지용의 생가 없는 「향수」를 상상할 수 있을까. 또 「향수」에서 노래한 '실개천'과 '얼룩배기 황소'를 상상할 수 있을까. 포석 조명희는 퍼내도 퍼내도 마르지 않는 화수분인 '황금'을 우리 지역에 선물로 주고 갔다. "황금 보기를 돌같이 하라"는 얘기는 '완물상지玩物喪志'를 경계하라는 금언이지 진짜 황금을 돌로 보라는 문외한門外漢을 얘기한 게 아니다.

끝으로 포석조명희문학관에 근무하면서 필자가 경험한 잊지 못할 한 장면을 소개하며 글을 마치기로 하겠다. 작년2019 12월로 기억되는데 50대 후반쯤 돼 보이는 관람객男이 반나절 이상 전시관을 둘러보고 갔다. 대개 전시관을 들러보는 일은 피상적으로 일별하며 지나가는 게 보통인데 그 분은 어찌된 일인지 하나의 섹션 앞에 장승처럼 오래도록 서 있었다. 전시된 사진과 내용물을 하나하나 꼼꼼하게 정독을 했던 것이다. 흔치 않은 관람객이라 내려가서 물어보니 그 이유를 상세히 설명을 했다. 서울에서 사업을 하는데 친구들과 중앙아시아를 여행하던 중 우즈베키스탄의 수도인 타슈켄트 알리세르 나보이 국립문학박물관 '조명희 기념실'를 들르게 됐다는 것이다. 이때 조명희란 이름을 처음 듣고 충격을 받았다고 했다. 태어나서 처음 조명희란 사람을 알게 됐고 머나먼 이국땅에 그를 기념하는 공간과 러시아 블라디보스토크에 '조명희문학비'가 있다는 게 너무 신기하고 경이로

윘단다.

그러나 한편으로는 이런 위대한 문학가요 독립운동가인 인물을 몰랐던 의문이 쉽게 사라지지 않아 포석 조명희란 인물을 좀 더 자세히 알고 싶어 그의 고향 진천을 직접 찾았다는 것이다. 그러면서 생가가 어디냐고 물어보는 게 아닌가. 방문하는 장년의 관람객 대다수가 언제나 묻는 곤혹스러운 질문이다. 문학관과 생가를 포석의 생애를 직접 아우르는 두 축으로 보는 건 어쩌면 당연한 일일 텐데 당장 포석의 생가가 없다는 사실을 무엇으로 설명해야 할지 난감함이 엄습하곤 한다. 일언이폐지一言以蔽之하고 포석 조명희는 이런 사람이다. 앞으로도 한국의 수많은 사람들이 포석이 망명한 땅 러시아를 여행할 것이다. 진천을 방문했던 그 장년의 관람객처럼 그들도 현지에서 충격적으로 포석과 대면하게 될 것이며 동일한 역사적 의문을 품고 그의 고향 진천을 떠올릴 것이다.

물론 궁극적으로는 국내 정규 교육과정을 통해 포석 문학을 배울 수 있는 환경이 만들어져야 이국에서 포석을 만나는 생소한 충격을 없앨 수 있다. 해방 전후 남북의 교과서에 함께 수록된 역사적 사실을 생각할 때 전혀 불가능한 일은 아니다. 우리가 북간도 '명동촌'과 일본 동경의 육첩 '하숙방'에서 윤동주의 흔적을 봤다고 생소한 충격을 받지는 않는다. 교육을 통해 오래전부터 학습된 인물이기 때문이다. 다시는 포석을 이국땅에서 만나 충격을 받는 일이 없어야 하며 그 몫은 오로지 우리에게 있다.

이렇듯 포석 문학은 우리의 능동적 의지 여하에 따라 미래가 더 기대되는 요소가 많다. '시작이 반'이라는 말이 있듯이 이제부터 진천을 방문할 수많은 잠재적 관람객들을 우리가 어떻게 맞이할 것인가를 고민해야 한다. 그 고민의 시작과 실천이 바로 '생가 복원'이다.

2020.7.16

강은 역사를 품고 흐르고

8월 10일²⁰²⁰은 포석 조명희^{1894~1938} 탄생 127주년이 되는 날이다. 망국의 징후가 뚜렷한 척박한 시대에 태어나 '문文'으로 세상을 변혁하고자 간난신고艱難辛苦의 길을 걸어간 저 도저한 사내의 삶의 의미를 되새겨 본다.

필자는 포석 조명희 서거 82주기^{1938.5.11~2020.5.11}에 즈음해 『동양일보』에 3회에 걸쳐 그의 삶과 문학을 연재^{2020.5.13~5.15}한 바 있다.

글의 대강은 한국 근현대문학에 큰 족적을 남겼지만 분단^{이데올로기}으로 인해 저평가된 그의 문학의 진가와 의의를 살폈다. 큰 족적 중 하나가 문학의 각 장르와 삶의 행로에서 얻어진 '최초'라는 미증유의 독보적 선구성이다. 이러한 장르의 선구성은 문학의 형식에 주로 근거한 최초로 희곡집인 『김영일의 사』¹⁹²³가 그러하고 시집인 『봄 잔디밭 위에』¹⁹²⁴가 그러하며 소설 「낙동강」¹⁹²⁷의 본격 프로소설의 성격이 그러하다. 일제강점기 최초의 '망명'¹⁹²⁸ 작가도 그가 걸어간 삶의 이정표며 재소현,^{러시아} 한인문학의 씨를 뿌린 것도 오로지 그의 몫이었다.

그러나 우리 문학사에서 지금까지 간과한 또 하나의 위대함이 있으니 바로 한국문학사에서 최초로 '강江'이라는 국토 지리의 '장소'를 문학적으로 수용해 우리 민족의 정서적 상상의 지평을 넓혔다는 점이다. 이는 문학사적으로 아무리 강조해도 지나치지 않을 만큼 매우 중요한 의미를 지닌다. 각 민족에게 강이 갖는 역사성이 민족 구성원들의 삶과 동일성을 띠기 때문이다. 즉 강과 삶이 하나의 '터전'으로 어우러져 있다는 것이다.

한 인간에게 장소는 세계와 맺는 관계와 경험이 체화되는 공간으로 모든 자연적 환경을 망라한다. 인본주의 지리학자 이-푸 투안^{Yi-Fu Tuan}은 "장소는 머무름이고 개인들이 부여하는 가치들의 안식처이며 안전과 애정을 느낄 수 있는 고요한 중심처"라고 말하며 이 같은 장소에 대한 애정을 '토포필리아^{장소애, topophilia}'라는 개념으로 설명했다.

이렇듯 강은 땅과 더불어 인간을 비롯한 뭇 생명들의 삶의 터전이며 생존의 기반이다. 강을 어머니의 '젖줄'로 비유하는 것도 이런 이유다. 인류 4대 문명의 발상지가 강을 끼고 있는 것만 봐도 생명의 근원으로서 '강물'의 의미를 생각하지 않을 수 없다. 세계 어느 곳을 가도 촌락 형성의 기본이 물이며 심지어 동네의 흐르는 작은 실개천조차 생명의 서식지가 된다. 인간의 끝없는 탐욕이 빚은 문명의 위기 속에서 강은 '생태주의의' 마지막 보루이기도 하다. 강을 의지한 삶이 궁극적으로 확장된 형태가 민족인데 강은 그들 민족의 정체성과 연결되는 상징이다. 포석은 이러한 의미를 갖는 '강^{낙동강}'을 우리 문학사의 중심으로 끌어들여 민족의 정체성을 고민하며 확립했다. 강이 은유하는 변방의 상상력을 역사의 한복판으로 견인한 것이다.

포석의 생애에서 '고향^{진천}'과 '구포벌^{부산}' ― 낙동강 하류 지역 ― 은 선뜻 연관성이 적어 보인다. 포석이 부산을 사랑했다는 여러 정황만을 근거로 생각한다면 두 지역의 거리가 아무리 멀어도 포석에게 부산^{낙동강}은 불원천리^{不遠千里}였을 것이란 추측은 가능할 것이다. 그러나 물리적으로 진천과 부산은 먼 거리고 포석이 스스로 부산을 말한 육성이 없기 때문에 장소 선택의 배경은 영원히 미궁으로 남게 되거나 추후 연구에 의해 새롭게 밝혀질 가능성은 남아 있는 셈이다.

　문우 이기영에 의하면 포석은 「낙동강」을 쓰기 위해 3개월 동안 낙동강 주변을 현장 답사했다고 한다. 현장 답사는 취재를 겸하는 것으로 그림으로 치면 채색하기 전 전체 그림의 구도를 짜는 밑그림에 해당한다. 낙동강이란 지명과 장소를 이미 마음속에 담아두고 있었다는 얘기다. 그러니까 포석은 위에서 언급한 강낙동강이 지니는 역사의 상징성을 문학으로 승화하기 위해 철저하게 준비했고 민족공동체의 역사적 증표인 낙동강이란 특별한 지리적 장소와 공간을 자신의 뚜렷한 목적의식을 드러내는데 최상의 소제로 보았던 것이다.

2020.8.5

강은 사람의 체취를 품고 흐르고

　국권 상실기에 저항의 수단인 문학은 그에 걸맞은 강한 현실 대응력을 요구받는다. 서정성보다 '서사'를 중심 배경으로 인물들의 직접적인 말과 행동이 거칠게 노출되는 이유다. 역사의 과도기엔 서사가 현실을 드러내는 증언의 수단으로 유용한 측면이 있기 때문이다. 일제강점기에 프로문학이 활황을 이루었던 것도 여기에 기인한다.

　그러나 모든 문학이 강한 현실 대응력을 갖출 수는 없다. 인간 삶의 터전이 착종錯綜과 혼종混綜으로 다기多岐하므로 작가의 관점과 지향에 따라 현실은 다양한 형태로 변주된다. 쉽게 말해 육사의 추상같은 '기개'도 필요하지만 소월의 정한情恨 대상인 '진달래꽃'도 필요하며 백석 시에 빈번하게 등장하는 '음식' 또한 필요한 것이다.

　소월은 뒷동산에 오르면 너무도 흔하게 보는 진달래꽃을 우리 민족의 보편적 정서를 환기하는 객관적 상관물로 봤으며 백석은 봄이면 지천에 깔린 갖가지 '나물'과 '먹을거리' 등을 소재로 당대 보통 사람들의 삶의 모습을 시로 길어 올렸다. 소재만을 놓고 본다면 국권 상실기에 선택한 시의 재료로는 적절성이 떨어진다. 망국의 현실에서 수동적 이별과 음식 타령은 그 자체로 비판의 대상이 될 수 있기 때문이다.

　하지만 '꽃'과 '음식문화'의 상징성은 특정 민족의 정체성을 형성하는 바탕으로 오히려 총칼보다 강한 결속력과 생명력을 갖는다. 누대에 걸쳐 생존의 근간이 된 특정 공간의 자연지리에서 생육된 소재가 지니는 원초적 힘 때문이다.

이러한 대응 논리의 다양성을 플라톤이 말한 '신화작용'이란 개념으로 설명할 수 있다. 플라톤은 '철인의 공화국'에서 시인을 추방하려고 했는데 그 표면적 이유는 시인이 갖고 있는 '신화神話작용'을 경계했기 때문이다. 즉 시인은 해당 민족의 뿌리 깊은 전통을 모으고 알리는 사람인데 이들 통해 공동체를 결속시킨다는 것이다. 대중들의 의식 속에 존재하나 쉽게 느끼지 못하는 '집단무의식'을 자극하며 일깨우는 역할이다. 〈아리랑〉과 〈애국가〉를 들으며 '고추장'과 '된장'을 먹고 '무궁화'를 생각하는 사람이 어떻게 자기 근본을 잊을 수 있을까. 개별 민족의 역사 속에서 고유하게 만들어진 일종의 유무형의 '잉여剩餘'가 '문화'인데 위에서 말한 '꽃'과 '음식'이 이에 해당한다. 이렇게 포석은 국토의 자연지리인 강이 갖는 인문적 정서를 국권 상실기에 문학으로 온전히 수렴해 엄혹한 현실을 증언하는 모티프로 활용했다.

포석에 의해 수용된 강이 우리 문학사에서 하나의 전통으로 이어진 사례를 비교적 대중적으로 알려진 소설을 중심으로 우선 꼽아 보면 다음과 같다. 포석과 막역한 우정을 나눈 민촌 이기영의 『두만강』과 재독 작가 이미륵의 『압록강은 흐른다』 그리고 조정래의 『한강』이 독자들에게 널리 알려진 소설들이다.

이외에도 우리 국토에 흐르는 모든 강들이 소설의 주제와 표제로 사용된다고 봐도 지나친 비약이 아니다. 대략 일별해 보면 김동인, 「대동강」, 삼천리, 1934; 김동현, 『대동강』, 기획출판사, 1975; 김탁환, 『압록강』, 열음사, 2000; 김환태, 『섬진강』, 글힘, 2000; 김진명, 『섬진강 만월』, 집사체, 2015; 김홍정, 『금강』, 솔, 2020; 한만수, 『금강』, 글누림,

2014; 황의진, 『임진강에 상처를 씻다』, 북인, 2017 등이다.

시에서도 대중적으로 낯익은 작품이 신동엽의 「금강」이다. 금강은 4천8백 행에 이르는 장편 대서사시로 우리 민족의 역사를 종횡으로 개관한다.

외국의 경우 내가 읽은 것만을 예로 든다면 러시아 솔로호프의 『고요한 돈강』과 표제는 아니어도 마크 트웨인의 『톰 소여의 모험』이 있는데 '미시시피강' 유역을 따라 펼쳐지는 아이들의 흥미진진한 모험과 여행기를 다룬다.

음악은 또 어떤가. 체코의 국민 음악가 스메타나의 「나의 조국」 중, 〈몰다우강〉과 윤심덕의 〈사의 찬미〉로 번안된 루마니아 이바노비치의 〈다뉴뷰강의 잔물결〉 등은 강의 인문 지리적 역사성이 동서를 떠나 보편적이라는 것을 보여준다. 그만큼 강 혹은 물이 인간의 삶과 생존에 밀착되어 있음을 알 수 있다. 모든 생명체의 기원이 물이며 인간도 '양수羊水'에서 유영한 유토피아의 추억이 있지 않은가.

2020.8.6

강은 노래가 되고 그림이 되고

이처럼 강은 바다와 달리 인간의 삶의 애환을 상징한다. 모든 강이 궁극적으로 바다를 연모해 흘러 이르듯 인간의 삶도 강이 흐르는 과정에서 겪는 상처와 분투의 여정과 다르지 않다. 그러므로 강은 유구한 세월의 켜와 시간으로 점철된 역사 그 자체다. 강보다 바다를 소설의 표제와 배경으로 선택하기 어려운 부분도 분투 과정의 애환이 삭제된 궁극이며 '최종'이라는 상징성 때문이다.

물론 『노인과 바다』처럼 바다도 얼마든지 치열한 인간 삶의 사투 현장으로 그릴 수 있으나 그 공간에는 강처럼 흐르는 시간의 연속성이 존재하지 않는다. 강은 바다에 이르기 위해 수많은 난관과 부침을 경험한 후에 바다에 이른다. 그러니까 바다는 분투 과정의 결과로 얻어진 빛나는 보상일 뿐 분투 과정의 치열한 생존의 기록이 누락된 정형적 공간으로 인간의 체취가 덜하다. 그래서 강을 인간의 삶과 인간이 만들어 낸 역사에 비유하는 것이다.

포석이 소설 「낙동강」의 도입부에 낙동강이 끼고 있는 '구포벌'을 그림같이 묘사한 유려한 문장은 한국근현대소설의 최고의 백미로 꼽힌다.

낙동강 칠백 리, 길이길이 흐르는 물은 이곳에 이르러 곁가지 강물을 한몸에 뭉쳐서 바다로 향하여 나간다. 강을 따라 바둑판 같은 들이 바다를 향하여 아득하게 열려 있고 그 넓은 들 품 안에는 무덤 무덤의 마을이 여기저기 안겨 있다. 이 강과 이 들과 저기에 사는 인간 — 강은 길이길이 흘렀으며, 인간도 길이길이 살아왔었다. 이 강과 이 인간 지금 그는 서로 영원히 떨어지지 않으면 아니 될 건가?

포석이 묘사한 낙동강이 끼고 있는 구포벌의 풍경이 마치 지금 눈앞에서 보는 것처럼 생생하다. 위의 묘사에서 포석은 강과 인간의 역사를 동일화한다. "강은 길길이 흘렀으며, 인간도 길이길이 살아왔었다."는 말은 강과 인간의 삶을 하나로 규정하는 경이로운 '선언'이다. 특별하지 않은 단순하고 짧은 '여섯 어절' 속에서 시대를 관통하는 놀라운 역사적 통찰력을 확인할 수 있다.

필자는 이 묘사 부분이 「메밀꽃 필 무렵」[1936]에서 이효석이 묘사한 —"길은 지금 산허리에 걸려 있다. 밤중을 지난 무렵인지 죽은 듯이 고요한 속에서 짐승같은 달의 숨소리가 손에 잡힐 듯이 들리며, 콩포기와 옥수수 잎새가 한층 달에 푸르게 젖었다. 산허리는 온통 메밀밭이어서 피기 시작한 꽃이 소금을 뿌린 듯이 흐뭇한 달빛에 숨이 막힐 지경이다."—봉평 메밀밭의 환상적 관능미와 쌍벽을 이룬다고 본다.

이효석의 위의 묘사는 한국근현대소설의 역사를 새롭게 쓴 명문으로 평가돼 왔다. 그러나 시기적으로 「낙동강」이 「메밀꽃 필 무렵」보다 9년 앞선 작품이란 걸 고려한다면 소설가로서 포석의 묘사 능력과 소설사의 위상을 미루어 짐작할 수 있다.

필자가 포석의 「낙동강」과 효석의 「메밀꽃 필 무렵」의 묘사 부분을 언급한 것은 소설에서도 시처럼 서정성 확보가 가능하다는 점을 두 작가가 모범적으로 보여주었기 때문이다. 우리에게 '퓰리처상'이란 보도 사진으로 유명한 현대 언론의 아버지 '조지프 퓰리처'는 글쓰기에 관하여 다음과 같은 명언을 남겼다. "첫째, 짧게 써라 그러면 읽힐 것이다. 둘째, 명료하게 써라 그러면 이해될 것이다. 셋째, 그림같이 써라 그러면 오래 기억될 것이다." 이 말은 모든 종류의 글쓰기의 해당하는 금언이다. 언뜻 보면 '시詩'를 얘기하는 것처럼 보이지만 시가 모든 글쓰기의 기본이며 완성이란 걸 생각한다면 글쓰기의 본질을 간파한 경구다.

특히 소설에서 묘사에 해당하는 세 번째 부분을 포석은 마치 한 폭의 그림을 보는 것처럼 생동감 있게 묘사했다. 서사가 지배적인 소설에서 묘사는 독자의 심상에 입체적 그림을 활성화하는 촉매제 역할을 한다. 생경한 문자가 글에 의해 그림으로 피어나는 순간이다. 묘사는 소설가로서 작가의 역량을 평가하는 가장 중요한 서술 능력이다.

"봄마다 봄마다 / 불어 내리는 낙동강 물 / 구포벌에 이르러 / 넘쳐 넘쳐 흐르네- / 흐르네-에-헤-야. // 철렁철렁 넘친 물 / 들로 벌로 퍼지면 / 만 목숨 만만 목숨의 / 젖이 된다네- / 젖이 된다네-에-헤-야. // 이 벌이 열리고 / 이 강물이 흐를 제 / 그 시절부터 / 이 젖 먹고 자라 왔네 / 자라왔네-에-헤-야. // 천년승 산 만년을 산 / 낙동강! 낙동강! / 하늘가에 간들 / 꿈에나 잊을소냐- / 잊힐소냐-아-하-야."

소설 「낙동강」에 나오는 노래 〈낙동강〉이다. 주인공인 박성운이 지은 노래로 그가 일제에 저항하다 고문을 당해 만신창이가 된 몸으로 출옥한 후 마을로 가기 위해 탄 배 안에서 여러 사람과 함께 부른 노래다. 이 노래는 후일 재소 고려인 1세대 음악가인 박영진의 〈낙동강에 대한 노래〉로 다시 태어난다.

예부터 노래는 삶의 현장에서 노동의 고단함을 위무해 주는 기층의 벗으로 함께 소통하고 연대하는 역할을 해왔다. 이를 가능하게 한 것은 노래가 갖는 강한 전파력이다. 포석은 이러한 노래의 기능을 강과 결부시켜 민중의 애환을 역사 속에서 반영하고자 노력했다. 〈낙동강에 대한 노래〉는 소설 도입부의 섬세한 묘사를 바탕으로 한 역사의식과 더불어 소설「낙동강」의 작품성을 담보하는 핵심 구성 요소다. 소설의 꽃인 대하소설의 '대하大河'가 '큰물' '긴 강'이라는 것도 소설 속에 펼쳐진 파노라마 같은 인간 삶의 대서사를 의미한다. 소설은 시장市場의 언어에서 길어 올린 인간의 걸쭉하고 투박한 삶의 기록이다.

더구나 대하소설은 장단편소설이 담지 못하는 인간의 유구한 역사와 세월의 흔적을 긴 호흡으로 그려낸다. 포석의「낙동강」은 단편소설이지만 강이라는 인문지리의 장소를 상징적으로 형상화함으로써 후일 한국 근현대문학에서 대하소설을 쓸 전통을 마련했다. 국민소설『토지』의 이야기 전개의 중심 장소가 '섬진강'이라는 점도 '낙동강'이 대하소설의 발원지임을 보여주는 대표적 사례 중 하나다.

국토를 뜻하는 '산하山河'에도 강은 어김없이 젖줄을 잇는다. 개별 민족에게 강은 단순한 물의 차원을 넘어 땅이며 고향이고 자연이며 동네다. 이렇게 강은 인간의 삶을 보듬는 어머니의 품속이다. 포석이 착목着目한 것은 바로 이러한 강의 불멸한 영원성과 그 터전을 일구어 온 사람들의 애환으로 점철된 역사에 대한 낙관적 전망이었다.

2020.8.7

포석의 유실된 작품과 미완의 모스크바행

역사에서 '만약'은 존재하지 않는다고 한다. '가정'이란 늘 결과에 대한 아쉬움과 안타까움의 또 다른 발로이기 때문이다. 그런데도 우리는 가정을 한다. 아니 해본다. 가정을 통해 상상한 현재의 모습은 현실과 다른 편차에서 오는 유쾌한 즐거움이 있는 까닭이다.

이렇듯 가정은 미완으로 끝난 현재의 불완전함을 상상의 영역에서나마 실현하고픈 인간의 미지에 대한 소망을 견인한다. 그러나 만약과 가정이라고 해 전혀 인과관계가 없는 무한대의 공상을 말하는 것은 아니다. 어느 정도 인과관계가 예정된 일이거나 실현 가능했던 것에 대해 펼칠 수 있는 상상의 나래인 것이다.

예컨대 임금이 될 수 있는 가정은 실제 권력의 주변에 있을 때 상상할 수 있는 가능성인 것이지 걸인이 쉽게 상상할 수 있는 영역이 아니다. 만약이란 부사副詞가 확장 가능한 상상은 이처럼 실현 가능했으나 미완으로 남은 현실에만 달아주는 깜짝 날개인 것이다.

익히 알려진 대로 포석 조명희는 한국 근현대문학의 선구자다. 문학사에서 공인된 세 가지 최초첫 희곡집 『김영일의 사』, 1923; 첫 창작 시집 『봄 잔디밭 위에』, 1924의 미증유의 성취를 이룬 대작가다. 1928년 일제하 첫 망명 작가도 그가 걸어간 길이다. 영광의 몫이 어찌 무혈입성으로 이루어지는 길일까. 최초는 문학사에서 영광인 동시에 목숨을 담보하고서야 얻을 수 있는 형극의 길이다. 포석은 한국문학사의 제단에 기꺼이 자신의 영육을 바쳐 문학을 수단으로 이민족의 압제에 신음하는 내 땅의 동족을 구하고 더 넓은 사해동포四海同胞의 인간다운 삶을 위해 자신의 생을 걸었던 사내 중에 사내였다.

여기에 더하여 세 가지 최초가 보태진다. '강'「낙동강」, 1927을 표제로 한 첫 소설과 연해주에서 결성한 첫 망명 문단과 첫 망명 문예지『노력자의 고향, 1934;『노력자의 조국, 1937를 발간해 많은 제자들을 키워냈다.

포석이 간 길은 한국문학사가 다시 쓰이는 길이었다. 마포나루를 떠나 연해주에 첫발을 내 딛는 순간부터 한국문학사는 새로운 지평을 열었다. 그가 발을 옮길 때마다 문학사의 이정표가 새롭게 세워졌던 것이다. 국내에 있을 때는 손으로 쓴 글이 문학사의 지형을 바꿨다면 망명 후 그가 쓴 문학사는 오로지 그의 발걸음을 통해 우리 문학사의 역사를 바꾼 순간들이었다.

그러니까 포석의 러시아구소련에서의 문학은 손으로 쓴 문학이 아니라 발로 써 내려간 문학을 통해 문화의 영토를 확장한 일이었다. 억조창생億兆蒼生 중 발걸음을 옮길 때마다 역사가 된 사람이 예사 운명을 타고나지는 않았을 것이다. 생각할수록 참으로 묘한 숙명이며 누구나 원한다고 되는 길이 아님을 우리는 안다. 포석은 동포들의 민족혼 고취와 함께 현지 원주민러시아들의 삶에도 사회주의 시민으로서의 역할을 강조한 개방적 세계주의자였다. 이런 의미에서 포석은 진정한 의미의 '한류韓流' 1세대인 셈이다.

무겁지만 역사적 소명에 의지해 디뎌왔던 포석의 발걸음은 연해주 블라디보스토크와 우수리스크를 지나 하바롭스크에서 그 파란만장한 대단원의 막을 내린다. 1937년 9월 18일 추석을 하루 앞둔 토요일 새벽 너무나 허망하게 그의 발걸음이 끝났다. 1938년 5월 11일만[44] 밤 11시가 그의 육신이 공식적으로 영면에 든 날이지만 9월 18일 체포된 날이 박제가 된 몸이므로 사실상 그의 날개는 더 이상 날지를 못하고 영원히 꺾이게 된다.

2020.9.21

멈춘 자리가 다시 시작의 자리임을

포석은 체포될 당시 소설 『만주 빨치산』 탈고를 거의 마친 상태였다. 서문만 쓰면 곧 출간될 상황이었기 때문에 유실된 그의 소설이 두고두고 아쉬움이 크다. 『만주 빨치산』은 홍범도와 김일성의 항일 유격 활동을 내용으로 조선 빨치산의 투쟁사를 그린 장쾌한 대서사였다고 알려진다. 포석이 다다른 그때까지의 문학적 성취와 견문을 생각할 때 더욱 아깝고 비통한 일이다. 한 가지 부연하자면 당시의 항일은 좌우 이념을 떠나 민족해방을 위한 제일의 지상과제였다. 김일성의 항일도 이러한 연장선상에서 이해하면 지금 시점의 경직성을 탈피할 수 있을 것으로 본다.

망명 전1927 발표한 「낙동강」에서 포석이 보여준 잠재적 역량 중 필자가 가장 주목한 대목은 장편 대하소설로서의 포석의 가능성과 작가로서의 능력이었다. '강'이라는 표제가 함의하는 역사의 복합성과 시공을 넘나드는 삶의 입체성은 단편소설 그 이상의 의미를 지니고 있었기 때문이다. 그로부터 10년 후 강산도 변하기에 충분한 시간의 축적과 포석의 굴곡진 개인사 등 인간과 역사 그리고 세계를 보는 안목이 한층 깊어진 시기임을 생각할 때 『만주 빨치산』을 비롯한 유실된 나머지 작품들의 부재가 더욱 통탄스러울 뿐이다.

또 하나 못내 한스러운 대목은 포석이 목전에서 뜻을 이루지 못한 '모스크바행'이다. 포석은 실제 모스크바로 거처를 옮길 생각이었다고 한다. 처남인 황동민 교수의 증언에 의하면 "하바롭스크에서 선집이 출간[37년 가을]되면 러시아어로 번역 후 머지않아 모스크바로 가겠노라”고 했다는 것이다. 이때가 『만주 빨치산』이 거의 완성되고 서문만 남은 상황인데 정황상 『만주 빨치산』을 선집 속에 포함시켜 출간을 생각했는지 아니면 선집과 『만주 빨치산』을 개별적으로 출간을 생각했는지는 명확하지 않다.

그러나 분명한 것은 포석이 모스크바 입성 전에 그동안 썼던 작품들을 마무리하거나 정리하려고 했다는 점이다. 러시아라는 전체 대륙을 놓고 볼 때 연해주는 어디까지나 극동의 작은 도시일 뿐 풍운아 포석이 여장을 풀고 정착하기에는 다소 협소한 중간 기착지일 수밖에 없는 땅이다. 더구나 포석은 문학을 통해 혁명을 꿈꾼 레지스탕스며 모스크바는 그가 사숙하며 동경한 ‘사회주의 리얼리즘’의 창시자 막심 고리끼와 그의 추종자들의 체취가 서린 혁명의 땅이 아닌가.

만약 포석이 모스크바에 입성했다면 연해주와는 또 다른 의미의 한국문학사가 다시 쓰이는 획기적 대사건이었을 것이다. 연해주에 뿌린 한인문학의 씨도 압권이거니와 모스크바는 대륙의 심장으로 포석의 입성 자체가 전대미문의 하나의 상징일 수밖에 없는 문제적 도시이기 때문이다. 실제로 포석은 톨스토이의 유작인 희곡 〈산송장〉[1924]과 투르게네프의 소설 『그 전날 밤』[1925]을 번역 발간한 바 있다.

인류 지성사의 영혼을 뒤흔든 대문호들이 잠든 땅 러시아 그리고 그 후예들이 펼치는 인간 삶의 파노라마는 포석의 가슴에 기존과는 다른 차원의 영감을 주기에 충분했을 것이다. 가도 가도 끝이 없는 광활한 삼림과 평원 슬라브족의 우울과 그 속에 잠재된 북극 특유의 강인하고 경쾌한 저력 등 모스크바는 가슴에 돌을 품은 사내가 신생의 포부를 펼치기에 오히려 더없이 적합한 땅은 아니었을까. 예술과 혁명은 포석이 궁극적으로 꿈꾼 유토피아며 그것을 현실로 만든 모스크바는 포석에게 '에덴의 북쪽'에 있는 '모국母國'이었을 것이다.

다시 한 번 '만약'이란 상상을 해본다. 포석이 만약 모스크바에 입성했다면 우선 죽지 않았을 것이다. 적어도 러시아의 변방에 휘몰아쳤던 스탈린의 광기로부터 모스크바는 상대적으로 자유로웠을 테니 말이다. 죽지 않았다고 가정하는 순간 모스크바에서 펼쳐질 포석문학의 역동성이 필자의 눈에 아른거리며 가슴을 뛰게 한다. 한민족 문학사의 씨앗이 시베리아횡단열차를 타고 모스크바를 지나 유럽으로 퍼졌으리라는 생각이 한낱 망상이 아닌 이유다.

그러나 포석은 하바롭스크의 플랫폼에서 발길을 멈추었다. 마치 달리고 싶은 철마가 멈춘 것처럼. 그 통한의 밤이 1937년 '9월 18일'이었다. 가보려 했으나 가보지 못한 길을 상상해 보는 일은 끊어진 길을 다시 잇는 역사와의 상봉을 위한 가교며 후세대가 다시 가야 할 길의 나침반이 된다. 이것이 포석이 더 이상 내딛지 못하고 자신의 발길이 끊긴 곳에서 바라던 간절한 염원이었을 것이다.

2020.9.22

우리나라 최초의 미발표 개인 창작 시집 『봄 잔디밭 위에』(1924)

느티나무가 쓰는 자기소개서

"산천은 의구依舊한데 인걸人傑은 간데없다"는 말은 산천의 유구함과 달리 토란잎의 이슬 같은 인간 삶의 덧없음을 얘기할 때 회자되는 말이다. 세월 앞에 어찌 천하의 인걸이라고 범부와 다를 수 있을까.

사실 요즘 같은 시대는 산천도 시시로 변한다. 자고 나면 어제와 다른 환경을 목도하는 게 일상이다. "10년이면 강산도 변한다"는 말을 하지만 이제 먼 얘기가 됐다. 상전벽해桑田碧海를 실감하며 격세지감隔世之感의 현실을 산다. 하늘의 뜻을 안다는 지천명知天命이 되니 세월의 무상함을 알 것 같다. 아직도 인간적으로 미숙한 흠결이 헤아릴 수 없지만 일 년 사계가 가히 화살처럼 빠르게 지나가고 있음을 온몸으로 체현한다.

그러나 이런 변화의 몸살 속에서 '나무'는 그 변화의 시간을 묵묵히 견인하며 기록한다. 나무는 인간과 닮았다. 바위처럼 영구하지 않고 인간과 더불어 나이를 먹으며 성장하고 쇠한다. 단지 인간보다 오래 살아 시간의 켜를 증언할 뿐이다.

나무는 고전 영웅호걸들의 삶에서도 '좌표' 역할을 했다. 유비가 스승노식의 추천서를 찢어버린 일도 '고목'을 보며 깨달은 깊은 생각 때문이며 유년시절에 천자天子가 되겠다고 호언했던 장소도 '뽕나무' 가지 위에서였다.

특히 '느티나무'는 예부터 '당산堂山나무'라 불리며 마을을 지켜주는 신령한 나무로 '제상祭床'까지 받는 귀하신 몸이었다. 또 '정자亭子나무'로 불리기도 하는데 쉼터인 정자와 한자漢字까지 같은 것으로 보아 대개 정자 옆에 느티나무를 심어 휴식과 운치를 고려했기 때문인 것으로 추정한다.

필자의 고향 입새에도 우람한 나무가 있는데 정자나무라고 불렀다. 그 나무가 느티나무였다는 것을 안 것은 고향을 떠난 후였다. 시골에서 각종 식물들을 기억하며 호명할 때는 계통 분류의 공식 학명學名보다는 그 식물이 생활 속에서 인간과 맺는 현실적 정서적 관계에 의해 불리는 경향 때문에 성인이 된 다음 인지의 부조화가 되는 경우를 종종 경험했던 기억이 있다. 예컨대 구기자를 '구구자'로 성황당을 '성낭당'으로 등등.

느티나무는 나무의 '황제'답게 귀족의 혈통을 자랑하지만 거만하지 않고 친화력이 뛰어난 나무다. 잘생긴 얼굴과 훤칠한 키에 두 팔을 몇 배로 뻗어 연결해도 모자랄 아름드리 몸통을 자랑한다. 도대체 어느 한 구석 빠지거나 모자람이 없다.

이런 걸 보면 외면적으로 신은 공평하지 않은 것처럼 보이지만 사실 신은 자신의 그 감추어진 내적 가호加護를 통해 그의 뜻과 소명을 구현하는 것 같다. 그 뜻은 완벽에 가까운 이상형을 보여줌으로써 동경憧憬의 눈으로 '우상'을 꿈꾸게 하는 '설렘'이다. 그가 벌린 양팔은 두 손이 키워낸 작은 손가락들이 수없이 가지를 친 잎으로 그늘을 만들어 눈과 더위를 막아주고 식혀주는 '느티나무 영토'다. 마음이 쉬어가고 싶을 때 찾아가면 잔잔한 위로가 돼 주는 작은 '카페'가 되며 사람이 그리울 때 찾아가면 와자지껄한 동네 '사랑방'이 된다. 그래서 느티나무가 있는 동네는 '느티나무 나라'가 된다.

이런 나라에 살며 영토를 지키는 내가 잘 아는 느티나무가 있다. 이제 그 느티나무는 내게 평범한 나무가 아니라 애인이며 친구고 스승이며 부모와 같은 존재가 됐다. 그는 올해 '춘추春秋'가 '236년'이다. 백 년을 두 번이나 지나 세 번째를 향하고 있으니 춘추라는 말이 전혀 어색하지 않다. 그가 태어난 날을 손꼽아 셈을 해보니 '1784년'이 아닌가. 이쯤 되면 역사 속으로 들어간다. 236년이라고 했을 때 막연하게 느꼈던 그의 생의 구체적인 조각들이 퍼즐로 맞춰지며 생생한 사실로 다가왔다.

2020.9.8

역사의 '서기書記'가 되다

그가 태어난 전후의 시기는 왕조^{조선}의 마지막 불꽃이 화려하게 피어 오르던 대왕 정조^{1752~1800}의 르네상스가 현란하게 구현된 황금의 시기 였다. 그는 일단 정조의 애민정신이 꽃피던 호시절에 태어났으니 시운 ^{時運}이 좋은 셈이지만 한 생이 어찌 무풍이며 양지만 있으랴.

그 후 그는 비운이 아비 사도세자를 향한 군주^{정조}의 남몰래 흘리 는 눈물을 풍문으로 들었을 것이며, '천주교박해'^{신유 1801~병인 1866}를 피 해 '배티골'^{진천 백곡}로 숨어든 순교자들이 칠흑 같은 어둠 속에서 뿜어 내는 빛나는 영성을 보았을 것이며, 아뿔싸! 백성의 나라를 꿈꾸던 '성군^{聖君}'의 급사로 만조백관^{滿朝百官}의 통한의 곡소리를 또 풍문으로 들었을 것이며, 안으로 썩을 대로 썩어 더 이상 회생 불가한 열성조^{列 聖祖}의 황혼을 직감했을 것이며, 그러던 어느 날 벽안^{碧眼}의 코쟁이들 이 쏘아대는 생전 처음 듣는 천둥 같은 대포 소리에 가슴을 쓸어내 렸을 것이며, 결국 섬나라 왜놈이라고 얕잡아 보던 그들에게 종묘사 직이 문을 닫히는 망극의 비보를 건너 건너 들었을 것이다. 그리고 나라가 망하기 16년 전, 그러니까 '1894년' 이 '마을^{벽암리}'에 태어난 예사롭지 않은 한 아이의 탯줄이 끊어지는 장면을 직접 보기도 했을 것이다.

그 아이 이름은 '조명희', 호는 '포석^{抱石}'이다. 벽암리^{碧岩里}는 '벽오^{碧 梧}'와 '수암^{秀岩}'이 줄어서 유래가 된 마을인데 벽오든 수암이든 변하지 않는 것은 마을에 '푸른 이끼가 낀 모양이 빼어난 큰 바위'와 '돌'들이 많았다는 사실이다. 구전에 의하면 벽암리의 터 자체가 화강암을 지반으로 한 땅이기 때문에 낱개의 아름다운 바위는 물론 너른 바위가 마을을 병풍처럼 둘러싼 형국이었다고 한다.

이런 풍경이라면 바위가 마을의 지명이 되는 것은 너무도 자연스러운 일이며 느티나무보다 아주 오래전부터 마을의 터줏대감이었던 것이다. 조명희의 호號인 '포석'도 이런 마을의 유래에서 비롯됐을 것이다. 사실 호가 특별하게 거창한 것은 아니다. 자기가 태어난 고장의 이름을 호로 짓는 소박한 경우가 허다하기 때문이다. '퇴계退溪'와 '율곡栗谷'도 탄생과 성장의 지명을 자신의 호로 정했다. 태어나고 자란 땅이 주는 영험한 정기야말로 한 인간의 생애를 결정하는 근원적 힘일 테니 말이다. 이렇게 포석 조명희는 벽암리의 '큰 바위 얼굴'이 됐다.

그러나 아쉽게도 지금 '푸른 바위'는 존재하지 않는다. 대신 푸른 바위가 써 내려간 마을의 역사를 느티나무가 어어 받아 기록하는 마을의 '서기書記'가 됐다. 자칫 단절될 뻔한 마을의 역사가 느티나무에 의해 맥을 잇게 된 것이다. 이러한 '계승繼承'의 과정에 포석의 삶과 문학이 존재한다.

1784년에 태어난 그가 지금까지 살면서 가장 친한 친구는 '바람'과 '새'였을 것이다. 236년 동안 대처의 소식을 들을 수 있었던 것도 오로지 평생의 지기인 바람과 새가 있었기 때문일 것이다. 그는 바람과 새가 내왕할 수 있는 곳곳의 소식들은 모두 알게 됐다. 움직이지 못하는 발 대신 하늘이 그에게 준 선물은 십방十方의 소식을 들을 수 있는 '열린 귀'다. 지용은 "제약을 통하지 못한 비약은 정신적인 것이 될 수 없다"고 했다. 움직일 수 없다는 숙명은 나무에게 제약으로 작용하지만 그 제약 때문에 오히려 높고 깊은 정신의 세계로 비약할 수 있었던 것이다. 나무에게 들을 수 있는 열린 귀는 이러한 제약이 주는 정신의 선물인 셈이다.

하지만 바람과 새에 의지하지 않고 직접 자기의 눈과 귀로 보고 들을 수 있는 단 하나의 장소가 있었으니 바로 고향인 벽암리에서 생긴 일들이다. 앞에서도 언급을 했지만 포석의 출생의 순간과 집집 세간살이의 규모 등 마을의 대소사를 빠짐없이 모두 알 수 있었던 것도 한마을에 살았기 때문이다. 그는 포석이 태어난 해1894에 이미 110년 수령樹齡의 백수白壽를 넘어섰다. 그가 관장管掌하며 기록한 일기는 역사가 되고 예언서가 됐다. 백발이 성성한 노거수老巨樹가 신목神木의 경지에 이르는 것은 자연의 섭리로 그는 마을에서 한 생명이 태어난 비롯됨과 그 생명의 미래까지도 알 수 있게 됐다. 이런 이유로 예사롭지 않게 태어나 거역할 수 없는 한 인간의 비극적 삶의 운명 앞에 회한으로 밤을 새운 날들이 또 얼마였을까. 역사란 이렇게 인간의 영광보다는 불행과 슬픔을 먹고 조각된 시간의 성城은 아닐는지…….

이렇듯 벽암리의 느티나무는 포석과의 인연을 생각할 때 더욱 특별한 나무가 아닐 수 없다. 청운에 꿈을 안고 출타와 귀향을 반복할 때도 느티나무는 묵묵히 포석을 맞고 배웅했을 것이다. 아마 망명1928 전 마지막으로 고향에 들러 하직 인사를 하기 위해 왔을 때도 느티나무는 저 혼자 알고 있었을 것이다. 오늘의 귀향이 돌아올 수 없는 마지막 귀향이며 결코 살아 돌아올 수 없는 슬픈 이향離鄕이라는 것을. 같은 달을 보며 그리움의 대상과 상념이 다르듯 사람들은 하나의 대상을 놓고 저마다의 방식으로 그것을 자기화한다. 그래서 내게 벽암리의 느티나무는 '포석느티나무'다.

2020.9.9

꿈을 아느냐 네게 물으면 느티나무

앞으로 진천은 포석문학을 '집대성集大成'해야 하는 큰일을 앞두고 있다. 더 일찍 했어야하는 일인데 후학으로서 면목이 없다. 이제라도 만시지탄晩時之歎의 마음으로 지역민이 함께 힘을 모아야 한다. '문학관 건립'과 '문학제 개최'로 포석을 기릴 수 있는 기본적인 공간과 선양사업은 진행되고 있지만 '생가生家 복원'과 조명희 이름을 새긴 본격 '문학상 제정'은 아직도 요원하다.

이 두 가지가 실현된다면 포석의 삶과 문학은 명실상부하게 집대성된 외관을 갖추게 된다. 이후 그의 삶과 문학을 일상으로 누리며 진천을 대표하는 문화 브랜드로 키워내야 할 숙제는 오로지 우리의 몫으로 남는다.

'포석조명희문학상' 제정은 최근 폐지키로 한 '미당 문학상' 소식과 묘한 대조를 이룬다. 미당未堂 서정주는 시詩만을 놓고 본다면 한국문학의 큰 산이다. 시를 꿈꾸는 문청文靑들은 누구나 한때 열병처럼 홍역을 앓았던 앙망仰望의 대상이었다. 그러나 친일 행적과 5공 군사정권을 찬양한 과거가 주홍글씨가 돼 끝내 문학상 폐지라는 수모를 겪게 됐다.

박경리는 "아무리 위대한 예술도 그 터전으로서의 삶을 능가하지 못한다"고 했다. 문학을 포함한 모든 예술은 인간의 2차 표현 행위일 뿐이다. 표현 행위는 그 원형인 삶과 현실이라는 위대한 재료를 떠나서는 성립할 수 없다. 그렇기 때문에 문학이 괴력난신怪力亂神의 허무맹랑한 환상이 아니라 두 발이 딛는 인간의 삶 속에서 길어 올린 애환일 때 위로를 주는 감로수甘露水가 되는 것이다. 미당 문학상 폐지는 삶의 '진실'에 기초하지 않는 문학은 아무리 미문美文이라고 해도 독자에게 깊은 감동을 주지 못한다는 사실이 또 한 번 입증된 사건이다. 삶이 곧 글이 되는 사람의 글에서 깊은 '공명共鳴'을 받는 게 인지상정이기 때문이다.

이것은 형식주의자들이 천편일률적으로 전가傳家의 보도寶刀처럼 강조했던 '미학美學'과 '작품성'이란 개념을 뛰어넘는다. 미학과 작품성이 서구 이론에 기초한 현학적 방법론으로 따로 존재하는 것이 아니라는 점이다. 역사 속에서 각 시대가 처한 암울한 현실을 극복하기 위한 각성된 '공동체의 정신'이 바로 '시대정신時代精神'이며 이를 문학을 통해 비전을 제시하고 실천한 글의 '메시지'가 미학이며 작품성이다.

이런 의미에서 포석조명희문학상 제정이야말로 '삶 자체가 글이며 글 자체가 삶'이었던 포석의 생과 문학을 총체적으로 집약하여 그 뜻을 보편적으로 공유하는 기념비적인 일이 될 것이다.

필자가 느티나무를 소환한 것은 생가 복원의 중요한 실마리가 되기 때문이다. 생가는 세월이 흘러 자취가 사라지고 그 근방을 어림잡을 뿐이다. 이런 희미한 상황에서 느티나무는 포석 생가의 위치를 유일하게 말해주는 '표식標式'이다. 포석문학 집대성의 한 축인 생가 복원이 암초를 만난 상황에서 천운이란 생각을 한다. 느티나무는 '명희네 집' 앞마당에 있다고 할 정도로 생가와 지척이다. 몇 분 안 남은 원주민들의 어렴풋한 기억에서도 느티나무는 한결같이 등장해 당신들의 아슴푸레한 기억을 더듬는 '매개'가 된다.

또한 이 기회에 '고깃집'이 들어선 느티나무 주변 환경도 쾌적하게 만들어야 한다. 주야로 풍기는 매캐한 살육의 냄새에 어떻게 청정한 일신을 보존할 수 있단 말인가. 흠모하는 마음으로 옷깃을 여며야 할 장소가 질펀한 선술집으로 변해 '명정酩酊'이 판을 치는 것은 한 인간의 순절殉節한 삶을 짓밟는 천박한 '패륜悖倫'이다. 당장 우려스러운 점은 느티나무의 생육 상태가 건강하지 않다는 것이다. 236년의 수령이라고 하지만 보통 오래된 느티나무는 500년 수령에도 청정한 기상을 자랑한다. 나순옥 포석문학회장의 말에 의하면 "느티나무 주변이 온통 콘크리트로 덮여있어 나무가 숨을 제대로 쉬지 못하기 때문"이란다. 듣고 보니 일리 있는 말이다. 숨통이 조이는데 어떻게 피가 돌 수 있을까.

느티나무가 수암 경로당과 고깃집 사이에 끼어 있는 것도 문제점이다. 틈이 없는 것은 말할 것도 없고 건물의 지붕 위쪽으로 뻗는 튼실한 가지를 잘라낸 상처가 곳곳에 흉물처럼 보인다. 건물에 가로거친다고 생각했기 때문에 저지른 '만행蠻行'이다. 이곳은 느티나무의 땅이며 느티나무가 원주민이다. 하루빨리 느티나무의 건강 상태를 점검해 본래의 기상을 회복시켜줘야 한다. 236년 동안 동네를 스쳐가거나 정착하며 살았던 수많은 사람의 기억 속 삶의 일부인 느티나무를 이렇게 방치해서는 안 된다. 지금 이 순간에도 누군가는 저 느티나무를 진천과 벽암리를 생각할 때마다 특별한 추억이나 그리움으로 회고하는 진천의 전부일 테니까.

더구나 정신과 문향文鄕의 마을인 진천의 '관문關門' 벽암리가 아닌가. 예나 지금이나 관문은 안쪽과 바깥을 구분하는 경계로 늘 긴장이 감도는 곳이지만 밖에서 복이 들어오는 구복口福의 초입으로 한 지역의 첫인상을 결정하는 얼굴이었다. 얼굴에 '분粉'을 발라주지 못할지언정 '분

糞’칠을 해서 될 일인가.

강신재는 소설 『젊은 느티나무』에서 "그에게는 언제나 비누 냄새가 난다"고 했지만 필자는 벽암리에 서 있는 저 느티나무에게서 포석의 냄새를 맡는다. 비누 냄새보다 깊고 진한 대륙의 야성野性과 고향을 그리는 모성적 체취를 함께 맡는다. 포석은 그런 사람이었다. 야성은 실천과 행동으로, 가슴엔 민족과 동포를 향한 따뜻한 모성애를 품은 사람이었다. 두 냄새가 포석의 인격을 떠받치는 기둥임은 물론이다. 느티나무는 포석의 '배냇저고리'의 냄새까지도 기억하고 있을 것이다. 젖 내음이 물씬한 그 비릿한 향기를……

2020.9.10

다시 포석느티나무

'역사란 무엇인가'를 생각해 본다. 우리는 보통 역사를 사전적인 거창한 정의를 떠나 시간의 기록으로 인식한다.

이런 의미에서 시간 속에 있는 삶은 그리고 그 시간을 영위하는 인간은 누구나 역사의 자장磁場 안에 존재한다. 이것은 비단 인간만이 국한된 게 아니라 인간과 관계된 모든 유무형의 사물과 대상을 포괄한다. 그러나 그 시간을 경험한다고 해 누구나 역사가 되는 것은 아니다. 역사는 '기록'이 될 때 비로소 시작되는데 기록의 조건은 '특별함'이다. 의미가 있는 특별함일 때 기록돼 전해진다.

적절한 비유가 될지 모르지만 예를 한 번 들어보자. 조선의 어느 왕때 광화문 네거리에서 노상 방뇨를 한 갑돌이가 있다고 하자. 그런데 갑돌이는 역사가 되지 못했다. 왜 그럴까. 이유는 간단하다. 그 행위가 당시에는 특별한 것 없는 대중들의 일상이었기 때문이다. 만약 임금이 노상 방뇨했다면 어땠을까. 당연히 기록돼 역사에 남았을 것이다. 왜? 지엄한 임금의 기이함과 통념을 깬 파격이 특별한 까닭이다. 이렇게 역사는 기록이 될 때 시작되며 강한 생명력으로 항구성을 갖는다.

진천에 이런 역사가 서린 '나무'가 있다. 나무의 이름은 '느티나무'며 수령은 '237'년을 자랑한다. 사람들은 이 나무를 언제부터인가 '포석느티나무'라고 부르기 시작했다. 포석느티나무라고 부르기 시작한 순간부터 나무는 '역사'가 됐다. 보호수로서 피상적으로 관리되고 있던 상태에서 새롭게 역사로 거듭난 것이다.

필자는 작년2020.9.8 신문『동양일보』에 3회에 걸쳐 포석 조명희 생가와 지척에 있는 느티나무가 지니는 역사적 의미를 환기한 바 있다. 포석이 가고 없는 지금 느티나무는 포석의 삶을 명징하게 증언하는 유일한 대상이다. 포석이 태어난 해인 1894년에 이미 111년이 된 수령이었기 때문이다. 이와 관련해 필자는 포석느티나무가 가진 두 가지 특별함을 더하고자 한다.

첫째, 느티나무가 포석이 1924년에 출간한 우리나라 최초의 미발표 개인 창작 시집인『봄 잔디밭 위』에 '표제 그림'에 그려진 실제 나무라는 것이다. 필자는 작년 연재 이후 이 같은 사실을 확인하고 온몸에 전율이 일어 한동안 뛰는 가슴을 주체하지 못했다.『봄 잔디밭 위에』는 3부로 구성이 돼 있는데 그중 1부의 제목이 '봄 잔디밭 위에'다. 포석은 1부 제목을 표제로 사용한 후 느티나무가 있는 고향 풍경을 소묘했다.

책의 표제를 선택하는 것은 책의 전체 성격을 특정하는 매우 중요한 일이다. 또한 그와 관련된 표제 그림이야말로 이러한 의미를 심화시켜주며 작품의 사실성을 높이는 역할을 한다. 더구나 '봄 잔디밭 위에'가 수록된 부는 포석이 일본 유학을 정리한 후 고향에 돌아와 쓴 시로서 고향의 이름으로 세상에 내놓은 그의 손때가 묻은 처음이자 마지막 시집이 아닌가.

필자가 아는 한 한국 근현대문학가 중 자신의 고향 풍경을 표제로 그린 작가는 포석이 처음이다. 더구나 그 시대가 어떤 시대인가. 나라를 강탈당한 시대 고향이 상실된 야만의 시대가 아닌가. 그런 시대에 고향을 표제 그림으로 전면에 배치한 것은 그 자체로 무언의 저항을 뜻하며 느티나무는 지금도 살아 그 시대의 역사와 포석이 걸어간 선구자의 형극의 삶을 묵묵히 증언하고 있다.

두 번째로 놀라운 일이 있었다. 1991년[11.12] 러시아에 사는 포석의 자손[선아·선인·블라디미르]의 고국 방문이다. 포석은 망명 후 러시아에서 3남매를 낳았다. 3남매가 태어나 처음으로 아버지의 땅 대한민국 아버지의 고향 '진천벽암'을 방문한 감격스러운 순간이었다. 3남매의 고국 방문이 격한 감동으로 밀려오는 것은 1928년 포석이 망명 후 64년 사후 54년 만의 '귀향이기 때문이다. 포석의 전기적 삶은 1938년 5월 11일 밤 11시에 멈췄지만 영[靈]과 육[肉]은 자손에게로 고스란히 이어져 반세기가 훌쩍 지나 그렇게 꿈에 그리던 고향 땅을 밟은 것이다. "나의 고향이 저기 저 흰 구름 너머이면 / 새의 나래 빌려 가련마는"[「나의 고향이」] 하며 오매불망한 고향 땅을.

이때 자손들을 마중한 것도 느티나무였으며 아마도 버선발을 하고 뛰쳐나갔으리라. 처음으로 만나는 이복형제와 일가친척 등 피붙이와 상봉을 하고 눈물을 흘렸던 곳도 느티나무 아래였다. 지금도 이때 기념 촬영을 한 사진이 어제처럼 선명하게 그날을 이야기한다. 포석은 1928년 망명 전 마지막 고향 방문을 한 일이 있다. 이때도 느티나무와 작별을 고했을 것이고 느티나무는 포석과의 작별이 이승에서의 마지막 모습이란 것도 직감하며 속으로 애끓는 울음을 삭였을 것이다.

이런 느티나무가 '포석느티나무'가 지금 아프다. 한국문학사에서 일획을 그은 포석 그를 상징하는 포석느티나무가 많이 아프다.

필자는 이 자리에서 비통하고 절절한 마음으로 묻는다. 저 포석느티나무를 어떻게 할 것인가. 이제 누군가는 반드시 답해야 한다. 그것이

미완으로 남은 포석의 완전한 귀향^{유해, 영혼}을 손짓하는 노란 손수건이 될 것이므로.

2021.2.4

소덕동 팽나무야 포석느티나무야

"우 to the 영 to the 우, 똑바로 읽어도 거꾸로 읽어도 우영우입니다."
지난달 종방을 한 ENA 수목드라마 〈이상한 변호사 우영우입니다〉에
서 주인공 우영우 변호사가 하던 독특한 인사법이다.

우영우는 홀아버지 밑에서 '자폐 스펙트럼 장애'를 가진 아이로 성
장하는데 어렸을 때부터 유독 법조문과 판례를 외우는 일에 탁월한 능
력을 보인다. 결국 그는 서울대 로스쿨을 수석 졸업하고 뛰어난 성적으
로 변호사가 돼 대형 로펌에 취직한다. 장애에 대한 사회적 차별을 극
복하고 변호사로서 사회 현실과 부딪치며 회의하는 과정을 통해 우리
사회의 모순과 부조리의 단면을 인식해 가는 장면이 인상적인 드라마
였다.

이처럼 전체적인 스토리는 편견의 대상인 한 인간의 성장을 그린 휴
먼 드라마지만 왠지 극중 가상의 동네에 있는 '소덕동 팽나무'에 특별
히 관심이 갔다. 이 팽나무는 창원시 대산면 동부마을에 현존하는 500
년 된 수령의 아름드리나무로 천연기념물 등록을 신청할 정도로 사방
을 감싸는 풍성한 자태와 유구한 역사를 자랑한다. 드라마가 공전의 인
기를 누리면서 팽나무를 찾는 외지인들도 폭발적으로 증가해 오히려
마을과 나무가 몸살을 앓는다고 한다. 관심에 대한 유명세를 혹독하게
치르고 있지만 한없이 부럽고 또 부럽다.

진천군에도 소덕동 팽나무와 비교해 전혀 손색이 없는 나무가 있기

때문이다. 바로 진천읍 벽암리 수암마을 입구에 있는 수령 238년 된 '포석느티나무'다. 이 나무는 한국 근대문학과 '디아스포라문학'의 선구자인 포석 조명희의 분신이다. 우리나라 최초의 미발표 개인 창작 시집인 『봄 잔디밭 위에』[1924]의 표제 그림과 프로문학의 기념비적인 소설 「낙동강」[1927]에 적지 않은 분량으로 자세하게 서술돼 있는 까닭이다.

한국 근대문학의 대표적인 작가들의 상징물들은 대개 발표된 작품의 내용 속에 들어 있는 대상이나 공간들이 주를 이룬다. 이점은 앞에서 설명했듯이 포석도 마찬가지다. 그러나 포석 느티나무는 두 가지 점에서 이들과 구별이 된다. 포석이 태어나기 전에 이미 110년의 수령으로 그의 탄생과 성장을 지켜봤던 나무라는 점이며 포석의 러시아의 3남매가 처음으로 아버지의 고향을 방문했을 때[1991.11] 고국의 이복형제와 감격스러운 상봉을 했던 곳이 느티나무 아래였다는 점이다. 이렇게 포석느티나무는 그 자체로 살아 있는 역사가 됐다.

필자는 포석느티나무의 이러한 역사성이 갖는 가치에 대해 여러 차례 지면과 관계자에게 역설했으나 진전된 게 없었다. 성장에 문제가 없다면 그냥 지켜보면 되겠지만 포석느티나무의 상태는 주변 건물의 밀집과 바닥이 콘크리트로 둘러싸여 있어 뿌리가 숨을 제대로 쉴 수 없는 상황이다. 나무의 건강이 점점 생기를 잃어가고 있다. 그렇다고 고사枯死에 대비해 '후계목'을 육성하는 등 대안이나 계획이 있는 것도 아니다. 참으로 안타깝고 슬픈 일이다. 느티나무는 바위와 돌과는 다르게 환경의 직접적인 영향을 받는 '생물'이다. 가꾸고 보살피지 않는다면 내일을 장담하지 못한다. "남의 떡이 더 커 보이는 것"이 결코 인지상정일 수는 없다. 맛있는 떡이 내 손 안에 있는데 왜 남의 떡에 눈길을 주나? 이러한 생각은 자기 것에 대한 몰가치와 근본을 망각할 때 빠지게 되는 어리석음이다. 내 지역에서 사랑을 받는 상징물이면 그것으로 족할 뿐 다른 것과 단순 비교 자체는 무의미하다.

그러나 포석느티나무의 진가를 확인하기 위해 소덕동 팽나무와 굳이 비교를 한다면 역사성에서 포석느티나무가 더 많은 것을 함축하고 있는 게 사실이다. 포석이라는 위대한 한 인간과 얽힌 여러 이야기들을 간직하고 있기 때문이다. 포석느티나무는 위에서 열거한 여러 실화가 근거와 배경이 돼 오래도록 인구에 회자될 '스토리텔링'으로서의 매력적인 구조를 갖추고 있다. 수많은 상품이 즐비하지만 구매력이 떨어지는 것은 그 상품에 대한 이야기 즉 스토리텔링이 부재한 탓이다. 우리가 술 한 잔을 마실 때 추억과 사람 냄새 나는 공간을 찾는 것도 그 속에 관계된 이야기가 있기 때문이 아닌가. 똑바로 생각해도 거꾸로 생각해도 변할 수 없는 한 가지는 포석느티나무를 살리는 일이다.

2022.9.21

문학관 제언提言

‘문화’의 범주를 단순하게 정의하면 인간의 삶에서 생성된 유무형의 ‘잉여剩餘’을 말한다. 발생학적 기원을 거슬러 올라가지 않아도 현재 우리의 삶을 둘러봐도 쉽게 수긍이 간다. 잉여는 ‘남는 것’이다. 사용하거나 소비하고도 질량의 부피와 에너지가 ‘여력’이 있다는 것이다. 문화는 이 지점에서 즐기거나 향유하는 여백의 시간에 번지며 스민다. 실례로 ‘노동’이 문화가 되지 못하는 것도 그 자체의 ‘목적’ 때문이다. 생계가 축이 되는 노동의 현장에서 잉여로 얻게 될 문화여가를 상상하는 일은 연목구어緣木求魚일 뿐이다. 문화의 싹인 잉여는 ‘날것’의 허영과 사치가 ‘교양’으로 수련돼 가는 조건이기도 하다.

이런 까닭에 문화가 자라는 토양은 노동 이후의 비목적의 삶과 시간 속에서 번성한다. 맹자가 말한 ‘항산이 있어야 항심도 있다有恒産 有恒心’는 말과 같은 맥락이다. 항산의 순간은 노동이 모든 것을 수렴하는 생존의 시간이며 문화는 항산으로 축적된 잉여를 바탕으로 항심의 환경에서 움튼다.

필자가 모두冒頭에 문화의 개념을 장황하게 언급한 것은 문화의 한 갈래인 ‘문학’을 논하기 위함이다. 빼어난 문학은 작품을 통해 ‘시대정신’을 담는데 이러한 시대정신을 견인한 특정 작가의 삶과 정신을 기리기 위해 건립한 공간이 ‘문학관’이다. 우리나라의 문학관 건립의 역사는 1990년대 들어서면서부터 시작됐다.

1990년대는 우리 사회가 '서울 올림픽'[1988]을 기점으로 해방 이후 최초로 거족적 성취의 결과물을 경험하며 우리의 과거와 미래를 능동적으로 사유한 원년이었다. 문학관 건립은 바로 이 같은 시대적 조류潮流를 반영하고 때마침 '지방자치제도'[1991]가 출범하면서 본격화됐다. 즉 잉여의 시간이 도래하면서 촉발됐다. 박물관과 미술관 건립보다 일천한 연혁을 갖고 있지만 짧은 시간을 상회할 만큼 양적 팽창을 이루었다.

그러나 이렇게 건립한 문학관이 한두 곳을 제외하고 제 기능을 못하고 있어 안타까움을 자아낸다. 현재 전국 문학관협회에 등록된 문학관은 88개며 이중 작가의 '이름號'을 딴 문학관은 40여 개에 이른다. 우리 지역충북만 해도 4곳의 공립 문학관이 있다. 최근에는 청주의 신동문문학관과 괴산의 홍명희문학관, 충주의 권태응문학관을 건립하기 위해 본격적인 움직임을 보이고 있다. 해당 지자체의 입장에서 문학관 건립은 지역의 정체성이 형성되는 구심점으로 특별한 의미를 갖는다. 하지만 사람의 훈기가 사라진 건물은 그냥 시멘트의 구조물일 뿐이다. 언감생심 문전성시는 아니어도 문지방이 심심하지 않도록 사람들의 왕래가 잦아야 하는데 현실은 그렇지 못하다.

이에 대한 원인으로 우선 꼽게 되는 문제가 첫째, '전문인력'의 부재다. 전문인력의 부재는 문학관 내부의 콘텐츠의 부실로 이어지는데 이는 자연스럽게 예산 지원의 문제와 연동된다. 전문인력이 없는데 어떻게 책임 있는 예산 지원이 가능할까. 현재 문학관의 예산은 단순히 문학관을 관리하는 일상경비에 한정된 예산이 거의 전부다. 두 번째로 문제가 되는 것이 직제의 맹점이다. 문학관의 소속이 조직 편제상 문화예술과나 문화관광과에 속해 있는 것이 아니라 시설관리사업소나 그와 관계된 과에 소속돼 외형적인 건물 관리만을 하도록 돼 있다. 설령 문화예술과나 문화관광과에 소속돼 있다고 해도 관리 범위를 시설로 제한하는 한 문학관이 처한 '계륵'의 현실이 변화되는 것은 아니다.

진천의 경우는 연초2021의 조직 개편으로 문학관의 관리 주체가 문화관광과로 바뀜에 따라 일단 급변하는 문화 흐름에 발 빠르게 대응할 수 있는 일차적 조건이 마련된 점은 고무적이다. 필자는 현재 진천의 '포석조명희문학관'에 근무한다. 한국 근현대문학의 독보적 위상을 갖는 위대한 작가를 기념하는 현장에서 일한다는 것은 분명 행복한 일이다.

포석조명희문학관은 2015년 5월 14일에 개관했다. 오랫동안 어둠 속에 방치된 포석의 삶과 문학을 기리게 되는 최소한의 공간이 마련됐다는 점에서 늦었지만 퍽 다행스러운 일이다. 포석조명희문학관의 개관은 여타 지자체의 문학관 개관과는 또 다른 차별적 의의를 갖는다. 이념에 의해 심하게 왜곡되고 굴절된 아픈 상흔을 극복한 자리에 지역민의 염원으로 세워진 치유와 화해의 '전당'이란 의미를 지니기 때문이다. 이 과정에서 지역 문인들의 노력과 혈족의 헌신 그리고 이에 화답한 실무자들의 적극 행정이 큰 몫을 했다.

필자와 친분이 있는 경향의 문우들이 방문해 이구동성으로 하는 말이 있다. 전국의 유명 문학관과 견주어도 전혀 손색이 없다고. 그 자리에서는 예의상 겸양으로 받아들이지만 사실 필자가 봐도 동의하게 되는 말이다. 그러나 한편으로는 과연 그에 상응한 내실이 있는가를 자문해 보면 선뜻 주저하게 되는 게 솔직한 심정이다. 문학관을 명실상부하게 만드는 일은 어느 한 개인의 노력만으로는 한계가 있다.

문학인들의 숙원 사업인 '국립한국문학관'^{은평구 진관동}이 2024년 상반기 개관을 목표로 추진되고 있다. 포석조명희문학관은 물론 전국의 문학관이 하루빨리 자체 소프트 기능을 구축하지 않는다면 모체인 국립한국문학관과의 협력과 소통에 큰 어려움이 예상된다. 매년 적지 않은 국비로 지원되는 다양한 공모사업의 방관자로 전락할 가능성을 염려하는 것이다.

2021.3.8

두 천재의 우정과 이별 1

이성 간의 사랑이 타인으로 만난 두 주체가 불꽃처럼 타오르는 최고의 '열락悅樂'이라면 우정은 대개 동성 사이에서 차분하게 숙성되는 묵은지 같은 '신뢰' 관계다. '정인情人'의 틈에서 폭풍처럼 몰아치는 정념情念의 가변성과 말 그대로 오래 친한 사이인 '친구親久'의 예측 가능한 담담함은 모두 인간관계에서 비롯되는 감정이지만 전혀 다른 농도와 색깔을 지닌다.

어쩌면 '꽃'과 '신록'의 차이가 아닐까싶다. 우리는 보통 친구를 '피가 다른 형제'라고 말한다. 애초부터 타인이니 피가 다를 수밖에 없지만 같은 피를 나눈 형제처럼 끈끈하다는 형용모순의 말이다.

한국 근대문학 초창기에 이처럼 깊은 우정을 나눈 두 천재가 있었다. 포석抱石 조명희1894와 수산水山 김우진1897이다. 나이는 포석이 3살 연배지만 그들은 나이를 초월해 수산이 죽는 날1926까지 문학은 물론 삶에서도 막역한 우정을 나누었다. 포석과 수산이 어떤 사람들인가. 척박한 미명未明의 땅에서 한국 근대문학의 첫 장을 스스로 열어젖힌 시대의 첨병尖兵이며 격변의 과도기를 밝힌 당대의 지성이었다. 이들은 일찍이 장안의 명사로 위명威名을 떨쳤다. 세상은 이런 그들을 '선구자' 혹은 '개척자'로 불렀다.

두 사람이 처음 만난 것은 일본 유학시절 의기투합해 결성한 '극예술협회' 발족1920을 전후한 시기였다. 이때 포석은 수산을 본 첫 느낌을 수산의 사후 명징한 인상기^{印象記} —「김수산 군을 회함」— 로 남겼다. 포석은 망명¹⁹²⁸ 전까지 이념을 떠나 문단과 폭 넓은 인간적 교류를 나누었다. 평소 남다른 정의감과 민족의 암울한 현실을 고뇌하며 동분서주했던 그의 주변에 사람의 왕래가 잦았던 것은 너무도 당연한 일이다. 이기영과 송영, 한설야와 김소운 등이 그와 각별했던 인물들인데 이들은 모두 자신의 글에서 포석의 인간됨과 그가 문학에서 성취한 업적을 높이 평가하고 포석을 회억^{回憶}했다.

반대로 포석의 글에서 개별 인물이 특별하게 거론되며 전경화되는 사람은 수산이 거의 유일하다. 그만큼 포석은 수산의 인격과 문학적 재능을 아꼈다. 포석은 수산에 대하여 "몹시 침착한 사람, 단단한 사람, 심각한 곳이 있는 사람, 책임성이 많은 사람" 등으로 후한 평가를 했다. 이런 인간적 품성에 끌려 가까이 한 결과 "진실하였으며 그 진실은 가까이 하는 사람의 거짓을 없앨만하다"고 상찬^{賞讚}했다. 불투명한 인간사에서 수미상관^{首尾相觀}의 관계는 참으로 이루기 어려운 동행인데 포석은 수산을 이렇듯 일관된 사람으로 보았다.

포석이 수산을 그리워하며 비통한 소회를 밝힌 글을 쓴 것은 수산의 사후^{윤심덕과 동반 자살} 1년이 지난 때^{『조선지광』 17호, 1927.9}다. 이들의 우정의 깊이는 갑작스러운 친구의 죽음을 대하는 포석의 태도와 심정에서 잘 드러난다. 포석은 이때 받은 충격과 괴로움을 침묵으로 견인하며 세상의 억측에 분노했다. "그의 죽음을 말하지 않겠다. 잃어버린 그의 사람을 말하겠다"고 한 것도 이런 저간^{這間}의 심경의 일단이며 그것 자체가 진정한 친구를 애도하는 포석의 인격을 보여주는 대목이다.

두 사람의 끈끈한 인간관계는 수산이 — 귀국하여 선친의 강요된 가업을 잇기 위해 자신의 꿈을 포기하고 — 목포에 칩거하고 있을 때 포석이 그의 잠자던 꿈을 자극하고 질타하며 세상 밖으로 불러낸 일에서도 잘 드러난다. 수산이 죽기 전 마지막으로 편지를 보낸 사람도 포석이었다. 문학사적으로는 수산의 희곡 〈산돼지〉가 포석의 시 「봄 잔디밭 위에」서 영감을 얻어 쓴 작품이라는 점이 또한 이채롭다. 이 작품은 수산의 마지막 희곡이었으며 두 사람의 관계를 상징하는 식지 않는 일화가 됐다.

이 글을 쓰면서 못내 부러웠다. '부러우면 지는 것'이라는데 지는 게 대수일 수 없는 것은 좋은 친구는 억만금을 주고도 살 수 없는 귀한 사람이기 때문이다.

2021.4.6

두 천재의 우정과 이별 2

널리 알려진 사실이지만 수산 김우진과 떼어놓고 생각할 수 없는 인물이 노래 〈사의 찬미〉를 부른 윤심덕1897~1926이다. 윤심덕은 우리나라 최초의 프리마돈나이자 대중가수였다. 가부장적 사회에서 인형으로서의 여성과 결별하고 주체적 인간으로 살고자 한 동갑내기1896 트로이카 나혜석·김일엽·김명순와 더불어 근대 초입 대표적인 '신여성'이었다. 서구적 체형과 거칠 것 없는 언행은 전통적인 여인상에 익숙했던 조선의 뭇 남성들의 가슴을 뛰게 하기에 충분한 매력의 소유자였다.

이들의 관계는 1921년 일본 유학생과 재일 근로자들이 중심이 돼 조직한 '고국 순회공연단동우회'의 일원으로 함께 활동하며 가까워진 것으로 추정할 뿐 실제 정인이었는지 정말로 현해탄玄海灘에서 정사情死를 한 것인지 어느 것도 공식적으로 확인되지는 않았다. 오히려 이러한 미궁迷宮이 스토리의 원천으로 두 사람을 '영원'으로 만들었다.

사건 이후 이들의 정사에 관한 숱한 설왕설래가 있었고 지금도 호사가들의 입에 심심치 않게 오르내린다. 일견 이해 가는 측면도 없지는 않다. 목표 갑부의 장남이란 귀족적 환경과 일본 와세다대 영문과 출신인 천재 극작가란 배경은 당대 최고의 팜므파탈femme fatale적 엔터테이너였던 윤심덕이란 소재와 상호 작용하기에 충분한 가십거리였을 테니 말이다.

더구나 김우진은 유부남이었다. 소위 '사랑과 전쟁'이 갖추어야 할 강한 인화성까지 잠재적으로 갖춘 조건이었으니 누가 불을 붙이든 타오르게 되는 화인火因이었던 셈이다. 결과적으로 두 사람은 이루지 못할 사랑으로 밤을 지새우는 이 땅 청춘들의 비극적 로망 서사가 됐다. 이렇듯 수산의 삶을 얘기할 때 빼놓지 못하는 인물이 포석과 윤심덕이다. 포석의 삶을 얘기할 때는 수산과 윤심덕이, 윤심덕의 삶을 얘기할 때는 수산과 포석이 소환되며 잔영처럼 곁에 머문다. 다만 수산이 포석보다 일찍 삶을 마감했기 때문에 수산의 글에서 포석을 술회하는 인상기가 없을 뿐이다. 만약 수산보다 포석이 먼저 졸했다면 수산은 포석이 그랬던 것처럼 극심한 상실감으로 괴로워했을 것이다. 포석이 그랬던 것처럼.

「김수산 군을 회함」이란 글을 보면 창졸간倉卒間에 친구를 잃은 포석의 애통함이 어떠했는지 실감할 수 있다. 마치 '참척慘慽'의 고통을 연상시킬 정도로 포석은 수산의 사후 1년의 시간을 '곡기穀氣'가 살이 되지 못하는 죽음과 같은 시간을 보냈다. 포석에게 수산의 부재는 삶의 상실이며 세계의 상실이었기 때문이다. 문학을 통해 망국의 현실을 일신하고자 맺은 '동경결의東京結義'는 그렇게 허무한 짝을 잃고 말았다.

이들이 최종 목적지로 정한 곳은 '북행北行'러시아이었다. 그러나 러시아는 유럽 본토로 가기 위해 연착륙한 일종의 교두보에 지나지 않았다. 러시아로 만족하기엔 두 사람의 가슴이 너무 뜨거웠기 때문이다. 시베리아 횡단열차의 종착지인 모스크바는 유럽의 관문으로 이어지는 도시다.

이런 면에서 수산의 죽음1926.8.4은 두 개의 바퀴로 신생을 향했던 꿈이 좌절된 현실을 의미한다. 물론 수산의 사후 2년이 지난 뒤 포석은 북행1928.8.21을 결행하지만 수산이 없는 러시아는 외로운 나그네의 여

수旅愁가 짙은 고적한 땅일 수밖에 없었다. 포석은 수산이 26년 9월이 되기 전에 러시아로 갈 계획이었다고 밝힌 바 있다. 그러니까 수산의 죽음은 러시아행을 20여 일 앞둔 시기에 발생한 충격적인 비보였던 것이다.

19세기 문학과 예술의 메카 러시아는 세계의 젊은 문사들 특히 식민지 청년 지식인들의 욕망을 자극하고 배설한 해방구며 시대의 비전을 제시했던 정신문화의 산실이었다. 사상적으로는 사회주의 모국으로서 새날에 대한 힘찬 기상을, 문학적으로는 도스토예프스키와 톨스토이, 푸시킨과 투르게네프, 고골리와 안톤 체호프 등 거장의 숨결이 현존하는 '뮤즈Muse'의 땅이었다. 이들에겐 문학을 통해 세계의 변혁이란 분명한 사상적 지향점이 있었다. 우리의 역사와 문학에서 '북쪽'은 남쪽의 하향적 정서가 주는 모성적 이미지와 달리 대륙의 찬바람과 맞서는 남성적 정서가 지배적인 땅이다.

이처럼 기회와 소멸의 이중성이 상존하는 북쪽을 앞에 두고 수산은 현해탄에서 포석은 북쪽의 변방 하바롭스크에서 북행의 종착역인 모스크바를 목전에 두고 비극적 최후를 맞았다. 이로써 한국 근대문학은 그들이 쓰러진 자리가 '문학지리'의 종점이자 시점이 됐다. 두 사람의 운명 같은 우정과 이별의 자리에 '민들레꽃씨'가 또 하나의 '영토'를 꿈꾸기 시작한 것도 아마 이 즈음일 게다.

2021.6.3

포석과 어린이날

5월이다. 계절의 여왕이라고 할 만큼 5월은 가히 화려하고 낭만적이다. 세상의 모든 '대관식戴冠式'이 저마다 5월을 꿈꾸는 이유인지 모르겠다.

바야흐로 우리는 잔치 같은 '퀸'의 시절을 지나고 있다. 꿈이란 미래의 소망을 색으로 표현한다면 분명 5월처럼 눈이 부시게 형형색색形形色色일 게다. 어디를 둘러봐도 꽃과 녹음이 세상의 전부를 이루는 화란춘성 만화방창花爛春城 萬化方暢의 호시절이다. 그래서 그런지 말 그대로 '좋은 날'이 5월의 동산에 옹기종기 모여 산다. '어린이날'도 이 동산의 어엿한 주인이며 가장 파릇한 '새싹'이다.

내일이 바로 새싹들의 잔치인 '어린이날'이다. 한국인이라면 누구나 한 번쯤 어린이날에 대한 추억 한 장쯤 갖고 있을 정도로 이날만큼은 한 집안이 오롯이 '사랑의 가족'이 된다. 설령 이를 충족하지 못하게 하는 적지 않은 현실적 이유가 있다 해도 사랑의 가족이 되어야 하는 당위가 엷어지는 것은 아니다. 그만큼 어린이날의 의미는 미래 세대의 주역을 위하는 날이라는 점에서 인류 보편적인 꿈과 희망을 상징한다.

포석은 프로문학을 지향했음에도 '아동문학'에 깊은 관심과 안목을 가진 작가였다. 프로문학 자체가 정치 사회적 '운동'의 성격 때문에 상대적으로 어린이를 위한 문학에는 취약할 수밖에 없는 구조지만 포석은 망명1928 후 7편의 '동시동요'를 남겼다. 읽어보면 웃음이 저절로 나올

만큼 순백의 동심으로 가득하다. 『포석조명희문학전집』[2020]에는 '동요'로 분류해 놓았는데 큰 의미가 있는 것은 아니다. 동요와 동시의 구분이 최초의 동시집인 윤석중의 『잃어버린 댕기』[1933]가 출간된 이후 정착된 점을 고려해 볼 때 일정 기간 혼용해 사용했기 때문이다. 포석이 아동문학을 언급한 글에서 동요라고 적시한 이유도 망명 전 국내 문단의 이 같은 분위기를 기준으로 했기 때문일 것으로 보인다. 동요와 동시가 어린이의 정서 함양을 목적으로 한다는 것을 생각한다면 갈래의 경계는 사실 중요하지 않다. '시가詩歌'의 어원을 보면 명백해진다.

포석의 동시는 문학가지만 근엄한 지사적 풍모가 있는 그의 또 다른 내면세계를 유추해 볼 수 있는 중요한 갈래이자 단서다. 지용과 동주, 목월의 동시와 견주어도 결코 완성도가 떨어지지 않는다.

특히 포석의 시 「전봇대」는 윤동주의 시 「만돌이」에도 나오는 전봇대다. 동주는 「만돌이」에 나오는 전봇대를 소년화자이 시험에 대해 보이는 현재의 불안한 심리를 자기 암시로 극복하는 매개로 삼는다. 즉 소년은 다섯 개의 돌을 전봇대에 던져 세 개를 맞힘으로써 다섯 문제 중 세 개를 맞힐 수 있겠다는 주술적 믿음을 의탁한다. 우리가 일상에서 경험하는 '징크스'나 '루틴routine'과 같은 긍부정의 보상 심리를 재미있게 표현했다.

반면 포석은 어른만 한 키를 가진 전봇대가 매일 우는 것을 '못난이'로 책責하면서 그 원인으로 '바람'을 지목한다. 허우대가 멀쩡한 전봇대가 우는 것은 바람이 무섭기 때문인데 여기에는 매우 중요한 '복선'이 깔려 있다. 바람이 현재의 평화를 깨는 불순한 '침입자'인 까닭이다. 일제강점기에 바람이 누구이겠는가.

포석의 바람이 한국문학사에서 중요한 이유는 30년 이후[1968] 김수영의 시 「풀」의 '바람'으로 연결이 된다는 점에서 저항담론의 역사적 기원이라는 데 있다. 흔히 아동문학을 얘기할 때 '동심천사주의'라는 말을 한다. 이는 '시장의 우상'일 뿐이다. 어린이의 순수한 영혼과 맑은 눈은 세상의 모순과 부조리를 그대로 표현하는 '리트머스' 시험지와 같다. 그들의 때 묻지 않은 눈은 타성에 젖은 어른들의 고착화된 기성을 난타하는 날카로운 힘이 있다. 우회하면서 정곡을 찌르는 것이 시의 특성 중 하나인데 동시는 이러한 기법에 충실하며 더 나아가 '풍자시諷刺詩'의 원본이 되기도 한다. "변죽을 쳐서 들보를 울리는" 전략인 셈이다.

끝으로 포석의 글을 소개하면서 마무리하고자 한다. "아동문예를 쓴다고 자란이 문예를 쓰는 것보다 값이 적은 것이 아니다. 예전부터 유명한 동화작가나 동요시인이 적지 않은 것이다."[「아동문예를 낳자」, 『선봉』, 1935.3.18~21] 그렇다. 작가에게 '동심'은 창작의 고향이자 마르지 않는 샘물이며 한 인간에게 동심은 세상의 거친 풍파를 견디게 하는 푸른 '서정'이다. 오늘 하루만은 착해지고 싶다. 오월의 하늘처럼 어린아이처럼 그냥.

첨언하자면 포석은 러시아에서 「아동문예을 낳자」는 평론을 썼는데 이 글은 포석의 아동문학 전반에 대한 안목과 깊이를 한눈에 파악 할 수 있는 소중한 자료다. 어린이의 '눈높이'에 맞는 형식과 내용은 현대 아동문학의 기본인데 포석은 이미 1930년대 '사실주의' 문학이 지배적인 이국의 땅에서 이를 제시했던 것이다.

이 글에서 더 중요한 것은 '리듬'의 중요성을 역설했다는 점이다. 무릇 시가 본질적으로 리듬을 생명으로 하고 있지만 프로문학가의 입에서 리듬을 말했다는 사실이 '문제적(?)'이다. 이는 포석의 문학을 단순한 프로문학이라고 일반화시킬 수 없는 간단치 않은 지점이 존재한다는 것을 의미한다. 소설 「낙동강」의 도입 부분에 나오는 일명 〈낙동강에 대한 노래〉와 연관해 주목해볼 대목이다.

2021.5.4

진천의 꿈, 포석의 꿈

진천의 역사가 새롭게 쓰였다. 이제 진천은 과거와는 전혀 다른 위상을 갖게 됐다. 눈으로 보이는 외면적 변화는 크게 다른 게 없지만 지역민의 의식은 전과는 차원을 달리한다. 무엇이 지역민의 의식에 변화를 주었을까. 바로 '철도'가 놓이기 때문이다. 철도 불모지였던 진천에 '수도권 내륙 광역철도' 노선이 확정2021.6.29됨에 따라 진천은 새로운 도약의 발판을 마련했다.

우리나라에서 철도에 관한 기록은 '강화도 조약' 이후 일본의 수신사로 갔던 김기수1831~1894의 『일동기유日東記遊』1877에 처음으로 등장하는데 놀라움의 연속이다. 김기수는 『일동기유』에서 기차를 '화륜거火輪車' 즉 '불을 내뿜는 수레'로 표현하며 기차의 모습을 "우레와 번개처럼 달리고 바람과 비같이 날뛴다"고 묘사했다. 충분히 공감이 가는 말이다. 길게 늘어선 금속 덩이가 그것도 번개처럼 움직인다니 그 파죽지세가 주는 위용과 압력이 얼마나 큰 충격으로 다가왔는가를 미루어 짐작할 수 있다.

이처럼 경이롭게 바라봤던 철도가 우리나라에 처음으로 '기적'을 울린 것은 김기수가 경탄한 이후 23년이 흐른 1899년도 노량진과 제물포 구간33.2㎞의 '경인선'이 최초다. 정작 한국인으로서 최초로 기차를 소개한 본인은 이 광경을 보지 못한 채 눈을 감았다.

이후 '경부선'1904과 '경의선'1906이 개통이 되면서 한반도의 철도는 식민지 착취와 침략의 수단으로 악용됐다. '근대'를 상징하는 철도를 군국주의의 수탈을 목적으로 전횡한 것이다. 지금도 일부가 주장하는 '식민지 근대화론'의 연장선상에 '철도'가 있다. 세상에 어떤 식민지의 종주국이 식민화한 땅에 그들을 위한 선의의 '천사'를 연착륙시킨단 말인가. 이렇듯 한반도에서 철도의 기원은 우리의 아픈 역사와 궤를 함께한다. 이런 철도가 진천에 생긴다.

위에서 언급했지만 한반도에서 철도의 역사는 망국의 역사를 가로지른다. 그러나 해방 이후 철도는 1970년대까지 '산업철도'로써 본격적인 근대화를 견인하는 중추 기능을 담당했고 이 땅 서민들의 삶의 애환을 위무했다.

지금도 기억이 생생하다. 필자의 고향도 철도가 없는 '곳청양'인데 기차는 늘 외부로 향하는 동경의 대상이며 세상을 보는 창이었다. 형과 누나들 틈에 끼여 처음으로 대처를 향했을 때도 기차는 '예산역'까지 버스를 타고 온 산골 촌놈의 설렘을 싣고 서울로 향했던 부푼 희망이었다. 내 애창곡 중에 하나인 나훈아의 〈고향역〉은 〈테스형〉보다도 이 때의 기억으로 인해 감칠맛을 더하는 멋들어진 추억의 노래가 됐다.

우리 지역진천 출신 작가의 문학작품 중에 나타난 철도 이야기는 포석의 소설 「낙동강」이 대표적이다. 주인공 박성운의 동지이자 애인인 '로사'가 박성운이 죽은 후 그의 유지를 받들어 박성운의 삶의 행로를 밟기 위해 그들의 고향역인 '구포역'을 출발하는 장면이 엔딩으로 처리된다. 이 엔딩 장면은 「낙동강」의 도입부에서 '구포벌'을 서정적으로 아름답게 묘사한 구절과 더불어 긴 여운을 남기는 소설의 백미 중 하나로 꼽힌다.

로사가 고향을 떠나던 날은 12월로 보이는데 마침 또 '첫눈'이 오는 날이다. 그런데 로사가 탄 기차는 남쪽으로 가는 기차가 아니라 '북쪽'으로 올라가는 기차다. '철로'가 깔리면 어디든 가는 게 기차의 운명이지만 문제는 북쪽을 향한다는 점이다. 북쪽은 상대적으로 '남쪽'이란 정적 공간의 평온한 느낌과는 다르다. 북의 거친 지형은 숙명을 헤치고 돌파하는 기차의 저돌적인 힘이 상징하는 '선구자'의 이미지가 자연스럽게 오버랩되는 방향이며 공간이다.

포석은 한국 근현대문학에서 지금까지 필자가 확인한 바로는 '일곱 가지' 최초의 업적을 가진 문학가로 그가 가는 길이 곧 한국 근대문학의 첫 길이며 '선구자'의 길이었다. 바다에서는 쇄빙선碎氷船이 땅에서는 북쪽을 거슬러 대륙을 향해 거침없이 육박해 들어가는 기차의 기적 소리가 포석의 삶과 문학을 상징하는 대표적인 이미지다. 포석의 체취가 남아 있는 '블라디보스토크'는 시베리아횡단열차가 시작되는 출발지며 포석은 그 기차를 타고 꿈에 그리던 모스크바행을 목전에 두고 비극적 최후를 맞이했다. 머지않아 포석의 고향인 진천에서 기차를 타고 북한을 거쳐 블라디보스토크에서 서너 날 여장을 푼 후 미완으로 끝난 포석의 모스크바행의 꿈길을 따라갈 날을 생각하니 벌써부터 가슴이 뛴다.

2021.7.1

소설 작품집 『낙동강』(1928)
「낙동강」(1927)은 우리나라 근대문학의 기념비적인 작품으로 평가받는다.

여명黎明의 눈동자

죽음을 눈앞에 둔 인간이 보이는 반응은 대개 두 가지라고 한다. 삶에 대한 강한 애착으로 죽음을 거부하는 태도가 하나요, 체념을 하며 담담하게 죽음을 맞이하는 초월적 태도가 나머지 하나다. 어떤 태도를 보이든 생의 막다른 곳에서 극단의 상황과 마주해야 하는 한 인간이 처한 현실은 감히 그 깊이를 가늠하지도 공감하지도 못하는 의식 밖의 영역일 것이다. 키에르케고르가 말한 "신 앞에 선 단독자"의 절대 고독의 순간일 게다. 여기 그런 순간과 대면했던 인간이 있다. 포석 조명희다.

포석조명희문학관의 전시실은 다섯 개의 장으로 구성돼 있다. '시대의 장', '생애의 장', '문학의 장', '만남의 장', '계승의 장'이다. 다섯 개의 장은 포석의 삶과 문학을 이루는 전체로서 각각의 장이 살아있는 하나의 유기체다. 그중에서 포석의 삶의 발자취를 확인할 수 있는 '생애의 장'은 파란만장한 그의 삶이 역동적으로 펼쳐지며 관람객들의 발길이 오래 머무는 공간이다.

단연 압권은 '1938'년도란 숫자와 '167'번이라는 수인번호가 선명한 사진이다. 마치 살아 있는 포석을 보는듯한 착각에 빠질 정도로 굳게 다문 입술은 천 마디 만 마디의 말을 심중에 담고 있는 것처럼 보인다. 문학관에서 가장 강렬한 장면인데 사진을 좀 더 들여다보면 강렬함의 진원지는 1938도 167도 아닌 그의 '눈동자'에 있다는 것을 알게 된다. 시시로 조여 오는 죽음의 그림자 앞에서도 그의 눈동자는 형형하고 의연하게 빛나고 있다.

포석은 1937년 9월 18일, 추석을 하루 앞둔 새벽에 체포돼 다음해인 1938년도 5월 11일 밤 11시에 숨總殺刑을 거뒀다. 수형복을 입은 사진에 1938년이란 숫자가 있는 것으로 보아 체포 후 해를 넘기고 죽음이 임박한 시기에 찍힌 것으로 보인다. 짧게 깎여진 머리 수척한 얼굴은 수감 중 겪은 모진 취조의 흔적으로 보여 마음을 아리게 한다.

포석의 체포와 죽음까지에는 석연치 않은 부분이 많다. 포석이 사회주의 모국으로 망명했던 이유는 일제의 '탄압' 때문이었다. 그런데 죄명이 '일본 스파이에게 협력한 죄'라니. 급조한 흔적이 역력한 참으로 궁색한 죄명이다. 이것은 마치 품에 안긴 자식을 죽인 '어미의 살인'으로 반인륜적인 패륜과 같다. 더구나 살인의 이유로 내세운 것이 자신의 아들을 빼앗아 갔던 자들과 내통했다는 혐의라니 기함氣陷할 일이다.

또한 피체被逮와 사형 집행까지 거의 8개월 동안 취조를 한 셈인데 ─ 이 기간에 일본 스파이에게 협력한 죄를 인정하면 목숨만은 살려준다고 ─ 갖은 회유와 협박이 있었을 것이다. 그러나 포석의 행동은 바위처럼 끝까지 의연했다. 이를 인정한다는 것은 '항일'을 위해 '이념'과 '망명'을 택한 자가 결코 자인할 수 없는 자기부정이란 것을 포석은 누구보다도 잘 알고 있었기 때문이다.

게다가 포석은 1934년도 구소련의 문호 파제예프1901~1956의 추천으로 우리나라 최초로 '소련 작가동맹원'에 가입한 상태였다. 파제예프는 소련 작가회의 회장을 역임하고 러시아 교과서에도 수록될 정도로 유명 작가다. 포석은 이후 하바롭스크로 이사1935 해 '작가의 집'에 기거하게 되는데 눈여겨볼 대목은 파제예프도 작가의 집에 함께 기거했다는 사실이다. 이는 그가 지속적으로 포석의 후견인 역할을 했다는 것을 의미하는 것으로 포석에겐 사회주의 체제에서 적어도 당국의 부당한 배제로부터 일정 부분 보호받는 위치에 있었다는 것을 말해준다. 즉 포석의 체포와 죽음은 정부가 보증한 작가에게 가해진 극단의 폭력이라고 하기에는 무리가 따른다는 점이다. 다른 이유로 반드시 죽여야 할 이유가 있었다는 것이다.

그 이유는 1937년 9월부터 시작됐던 연해주 재소 고려인들의 강제 이주중앙아시아와 관련된다. 이주 전에 고려인들의 중심인물이었던 포석을 제거하기 위한 모략이었던 것이다. 이때 한인 지도자급 2천 5백여 명이 숙청됐는데 포석이 맨 앞의 명단에 포함됐다. 사회주의자였지만 민족적 색채가 짙은 포석이 스탈린의 명분 없는 폭거에 협조할 리 만무했다. 살기 위해 자신에게 씌워진 '누명'을 진실이라고 자백할 조건이 충분했을 텐데 포석은 끝내 타협하지 않고 죽음을 선택했다. 구차하게 산다고 한들 그것은 포석에게 죽음보다 더한 치욕이므로 도저히 받아들이기 어려운 조건이었을 게다. 역사 속에서 영원히 사는 길을 선택했기에 우리는 지금 포석을 기억하고 존숭하며 죽음 앞에서도 초연했던 한 인간의 표상으로 가슴에 새길 수 있는 것이다.

'여명의 눈동자'는 역사를 응시하며 새벽을 기다리는 선구자의 눈동자 포석의 눈동자였다. 1956년 7월 20일 포석 사후 18년 소련 극동군 관구 군법회의는 1938년 4월 15일 내린 사형 선고를 파기함으로써 포석은 무혐의로 복권됐다. 어둠은 빛을 이길 수 없고 거짓은 진실을 이길 수 없다는 것이 그들 스스로 백일하에 자인한 일이지만 포석의 넋은 바람이 된 후였다.

2021.7.29

홍범도의 유해, 포석의 유해 1

부럽다. 너무 부럽다. 부러우면 지는 것이라는데 백 번 천 번 진다고 해도 부러운 마음을 거두고 싶지 않다. 사실 부러움에 앞서 가슴 먹먹한 감동이 있었다.

부러워하는 인물은 '대한독립군 총사령관' '여천汝千 홍범도1868~1943 장군'이다. 그의 유해가 서거1943 78년 광복1945 76주년 만에 2021년 8.15일 저녁 조국 '대한민국' 품으로 돌아왔다. 한국인이라면 누구나 그의 귀환을 기뻐했을 것이다.

필자가 홍범도의 귀환을 부러운 마음으로 바라본 것은 포석의 처지와 대조됐기 때문이다. 두 사람 모두 독립을 위해 일신을 희생하며 형극의 삶을 산 사람이다. 한 사람은 '총'을 들고 또 한 사람은 '붓'을 통해 개인보다는 민족을 사익보다는 대의를 추구하며 망국의 현실을 극복하고자 했던 결이 다른 사내였다.

홍범도는 평안도평양 평민 출신으로 '을미사변'1895이 계기가 돼 본격적인 의병의 길에 뛰어든 후 대한민국 독립운동사에 길이 남는 '봉오동 전투'1920.6.7를 승리로 이끈 위대한 '대한국인'이다. 그는 이어 벌어진 또 하나의 빛나는 전사戰史인 '청산리전투'1920.10.21에도 참전 백야白冶 '김좌진북로군정서군 장군'과 함께 일본군 정규 부대를 대패시킨 명장이다. 봉오동과 청산리를 동시에 품은 것이다. 아직도 적지 않은 사람들이 홍범도를 봉오동으로만 오인하는 현실은 수정돼야 한다. 이런 위대한 민족의 영웅이 꿈에 그리던 조국으로 늦은 귀환을 했다. 우리는 그동안 그에 대한 평가에 인색했다. 청산리 전투에 참전했음에도 전공은 오로지 김좌진 일변도의 역사였다.

이 같은 원인으로 우선 꼽을 수 있는 것이 홍범도가 양대 전투^{만주} 이후 연해주로 이주한 뒤 사회주의자로 전향한 점과 독립전쟁의 외중에 그의 직계 혈족이 끊긴 점이 크게 작용한 탓으로 보인다. 이는 김좌진의 행로와 견주어 보면 쉽게 이해가 된다. 김좌진은 사회주의를 배격했고 사회주의자에 의해 죽었으며 아들인 김두한과 혈족들이 건재했다.

포석의 유해¹⁹³⁸는 현재 찾을 길이 없다. 하바롭스크 칼 마르크스거리에 있는 '시립공동묘지'에는 묘비석과 초상, 이름만 있을 뿐이다. 세월이 흐른 뒤 후손들이 유해의 아쉬움을 그나마 달래기 위해 마련한 공간이다.

시립공동묘지는 1937년 강제 이주에 저항한 고려인들이 집단 학살당한 뒤 웅덩이에 매장된 장소다. 버려져 묻힌 시신의 원혼이 지금도 해원^{解寃}되지 못하고 방황하는 자리에 간판만 '시립'으로 바꾼 셈이다. 설령 포석의 죽임이 정치범에 대한 최소한의 예우를 갖춘 형식이었다 해도 먼저 학살당한 고려인들의 참혹한 전철^{前轍}과 얼마나 차별을 가진 죽음인지 되묻고 싶다. 강제 이주¹⁹³⁷ 당한 포석의 유족들은 52년이 지난 1989년도에 그들의 유년의 추억이 깃든 하바롭스크를 방문해 포석^{아버지}의 체포와 죽음의 진실을 확인할 수 있었다. 그러나 정작 유해 확인은 영원히 불가능한 상태였다.

포석과 홍범도는 생전에 '연해주'를 중심으로 활약했다. 포석은 망명 이후 문학과 교육 언론을 통해 민족의 각성을 촉구하며 계몽적 역할로

필명을 떨쳤던 고려인 사회의 지도자였다. 홍범도 역시 고려인 사회의 존경받는 영웅으로 화려한 무장 투쟁의 전력은 이를 뒷받침하는 빛나는 삶의 이력이었다. 그러나 '자유시참변'1921 이후 백두산 호랑이는 무장 해제를 당하고 뚜렷한 활로를 찾지 못한 채 모색의 시간이 깊어진다. 그만큼 국제 정치의 역학 관계는 나라 잃은 망명 투사의 입지를 위축시켰다. 야성野性이 거세된 호랑이가 어떻게 행복할 수 있었을까. 홍범도는 이 시기에 포석의 글에 크게 감동을 받았다고 전해진다. 포석은 고려인 신문인 『선봉』 편집자로 문예란에 정기적으로 글을 기고하며 문학 일반에 대한 그의 생각을 피력했는데 문학이 결국 '민족어 의식'의 결정체라는 점에서 고려인 사회의 역사의식을 고취하는 데 큰 역할을 했다. 이같은 상황을 고려할 때 홍범도가 처음에는 『선봉』에 쓴 포석의 글을 통해 그를 인식했을 가능성이 크다.

또 한 가지 두 사람의 인연에 빼놓을 수 없는 특별한 사연이 있다. 바로 포석이 체포 직전 탈고를 마쳤던 장편소설 『만주 빨치산』이다. 프로문학 최초의 장편소설로 한국 근대문학사에 일획을 긋는 기념비적인 작품으로 추정되지만 체포될 때 압수 유실됐다. 생각할수록 통탄스러운 일이다. 이 소설은 홍범도와 김일성의 항일 유격 독립투쟁의 일대기를 배경으로 한 소설로서 홍범도가 주인공이다. 포석이 홍범도를 직접 만났다는 공식적 기록은 없지만 본인의 소설에 등장하는 주인공이 연해주라는 동일한 공간에 사는 인물이란 점을 고려한다면 한 번쯤 만났을 합리적 개연성은 충분한 것이다. 포석의 유해는 언제쯤 돌아올 수 있을까. 바람 찬 시베리아의 하늘 아래 포석의 넋이 고향으로 머리를 두며 오늘도 잠들지 못하고 있다.

나의 고향이 저기 저 흰 구름 너머이면 / 새의 나래 빌려 가련마는 / 누른 땅 위에 무거운 다리 움직이며 / 창공을 바라보아 휘파람 불다. 포석, 「나의 고향이」

2021.8.26

홍범도의 유해, 포석의 유해 2

필자는 지난 글2021.8.26에서 여천 홍범도의 유해가 사후1943 78년 만에 고국으로 돌아온 장면을 보고 기쁨과 함께 아직 돌아오지 못한 포석의 유해를 비통한 심정으로 바라본 상념을 피력하며 두 거인의 인연과 발자취를 따라가 봤다. 이번 글은 그 여정의 세 번째 글 중 두 번째에 해당하는 글이다.

그때 선봉은 진실한 의미에서 연해주 조선족의 민족지로 계몽지로 지도자로 되어 있었다. 1920~1930년대 선봉의 절대적인 창시자들로, 지지 후원자들로 이동휘 선생, 홍범도 장군, 최고려 선생, 황운정 선생, 계봉우 선생, 오창환 선생, 조명희 선생, 김 아파나시 선생, 김 미하일 선생과 같은 애국지사들이 서 있었다. 나는 이 선생님들을 신문사와 기념행사에서 자주 봤으며, 또 이들의 연설을 들은 바 있다.정상진, 『아무르만에서 부르는 백조의 노래』, 지식산업사, 2005, 251~252쪽

위의 인용문은 포석이 하바롭스크 고려조선사범대학교 교수 시절1935~1937 제자인 정상진의 증언이다. 정상진은 1937년도 중앙아시아카자흐스탄로 강제 이주 당한 뒤 해방 후 북한으로 들어가 북한 문화선전성 제1부상의 자리까지 오른 입지전적인 인물이다. 남한으로 치면 문체부 차관에 해당하는 고위직이다. 김일성을 직접 만나는 등 북한 체제

의 내밀함은 물론 생사가 불명했던 월북 작가들과 친분을 나누며 그들의 동향을 생생하게 전해준 거의 유일한 사람이다. 정상진은 이후 숙청을 피해 1957년 다시 카자흐스탄으로 돌아와 『고려일보』 기자와 문학평론가로 활동하면서 그가 북한에서 경험한 일들을 세상에 알렸다. 한 편의 드라마 같은 삶이다. 정상진의 증언이 중요한 이유는 포석과 홍범도가 공식적인 자리에서 만났다는 사실 자체가 아니라 이후 잦은 만남을 통해 민족의 현실을 고민하며 소통했다는 가설과 상상이 확실한 실체에 기반을 두었다는 것이 확인됐기 때문이다. 숱하게 만났어도 '만남'으로 보지 않는 것은 소통이 부재한 까닭인데 『선봉』은 포석과 홍범도는 물론 고려인 사회의 지도자들이 자주 만나 교류한 곳이며 연해주 고려인들의 소소한 '문화 사랑방' 역할을 한 열린 공간이기도 했다. 정상진은 이 장소에서 포석의 「조선문학」 강의도 들었다고 한다.

『선봉』은 1923년 창간한 고려인 신문이다. 정상진의 증언에 의하면 『선봉』 초기부터 홍범도가 지속적으로 『선봉』의 후원자 역할을 했다고 한다. 문맹인 사람이 신문의 가치를 절감하며 후원을 한다는 것은 큰 공감을 얻기 어렵다.

지금까지 국내에 잘못 알려진 홍범도의 관한 대표적인 왜곡은 글을 모르는 '문맹'이라는 것인데 이는 심각한 허위다. 우수리스크 '고려인 문화센터'에는 일제강점기 연해주 일대에서 독립운동을 한 애국지사들의 삶과 업적이 전시돼 있다. 포석도 진천 출신 독립운동가인 보재 이상설과 함께 연해주 독립운동사의 빛나는 '59인의 영웅' 속에 포함 전시되고 있다. 그곳 전시실에는 '초서체'로 멋지게 일필휘지 써 내려간 홍범도의 글씨가 있다. 초서체는 숙련이 필요한 글씨체다. 이는 홍범도가 단순한 무장이 아니라 문무를 겸비된 출중한 인물임을 반증하는 것이며 포수 출신이라는 배경 속에 은연중 도사린 편견이 얼마나 잘못된 것인가를 보여주는 대목이기도 하다.

이런 홍범도가 자유시참변[1921] 이후 연해주로 이주 정착한 시기에 창간된 『선봉』에 직접 참여한 일은 자연스러운 일이다. 과거에 신문 구독과 관계된 형태의 업業들은 소위 글 꽤나 읽는 사람들의 전유물로 한 사회의 '지성'을 의미했다. 홍범도의 경우도 이 범주에 포함된 인물이며 자금만 돕는 일개 후원자가 아니었던 것이다.

이 같은 추정은 계연수가 펴낸 『환단고기』[1911]의 범례에 홍범도가 오동진과 출판 자금을 댔다는 기록에서도 확인이 되는데 그가 역사의식을 갖춘 인물이라는 것을 반증한다. 일제강점기 독립투쟁의 사상적 중심은 '대종교'였다. 홍범도가 "대종교와 단군계열인 단학회에 가입해 활동했다"는 기록이 『홍범도 평전』과 고증된 관련 연구서 등에 기술돼 있다.

홍범도는 우수리스크의 시절[1927~1929] 여러 학교에 초청을 받아 강연하는 날이 많았다. 노구老軀였지만 영웅의 전설적 항일 투쟁담은 피 끓는 젊은이들의 민족의식을 고취하는데 교과서를 뛰어나온 살아 있는 역사의 현장이었을 것이다. 홍범도의 이러한 날들은 포석이 우수리스크 '고려 사범전문학교'에 재직할 시기와 겹친다. 더구나 고려 사범전문학교는 연해주 최고의 교육 양성 기관으로 고려인 사회의 자랑이며 『선봉』이래로 이어진 두 영웅의 인연을 생각한다면 당연히 강연을 통해서도 친분을 이어갔으리라 추정한다.

그동안 두 사람이 만났다는 사실과 개연성에 주목한 사람은 없었다.

그러나 동일한 시기에 동일한 장소에서 동일한 목적으로 왕래를 했다면 만났다는 공식적인 기록이 없다는 이유가 안 만났다는 것을 단정하는 근거가 될 수는 없다.

필자가 당초에 두 사람의 만남과 그 가능성에 강하게 집착했던 것은 바로 유실된 장편소설 『만주 빨치산』이 홍범도의 증언을 바탕으로 충실하게 쓰였을 가능성이 크기 때문이었다. 이는 곧 작품의 리얼리티를 의미하며 리얼리티는 작품의 완성도를 결정하는 무시할 수 없는 요소라는 점에서 소설 『만주 빨치산』의 유실이 두고두고 아쉬운 대목이다.

2021.9.28

홍범도의 유해, 포석의 유해 3

포석 문학이 위대한 점은 그가 망명 생활 10년[1928~1938] 동안 개인 창작은 물론 교육을 통해 한글문학의 씨앗을 지속적으로 뿌리며 후진을 양성했다는 것이다. 이 제자들은 포석 사후 한국 근현대문학에서 점점 더 큰 비중을 차지하는 '디아스포라[diaspora]'문학의 후예로서 연해주와 중앙아시아 그리고 북한과 연변까지를 포함한 고려[조선]인 문학의 전통과 부흥에 지대한 영향을 끼친다. 강태수, 조기천, 한진, 태장춘, 유일룡, 김해운, 전동혁, 김중손, 이은영, 정상진, 연성용, 김세일, 한 아나톨리 등 지면상 이름을 열거하지 못할 정도로 포석의 후예들이 성시[成市]를 이룬다. 우리에게는 낯선 이름들이지만 연해주와 중앙아시아의 고려인 사회에서는 문명[文名]을 떨친 우수한 인재들이다. 한 가지 첨언하면 조기천은 북한에서 민족시인으로 추앙받는 인물이다. 남한에서 민족시인으로 존경받는 소월과 만해 윤동주를 떠올리면 그 위상을 짐작할 수 있다.

연해주 고려인문학은 1928년 포석의 망명 이후 그에 의해 본격적인 궤도에 오르며 절정을 맞이한다. 당시 연해주 고려인들은 포석의 출현을 마치 '섬마을 선생님' 같은 기대와 호기심으로 바라봤다. 실제 그들의 이 같은 바람에 포석은 학교 안팎에서 문학교육과 재외 한인 최초의 '문단 결성'으로 화답했다. 포석의 이러한 전방위적 문화 활동은 고국의 문화에 대해 결핍과 갈증을 느낀 동포들에게 생명수가 되는 '표주박'이었다. 마치 공자가 14년 동안 주유천하를 마친[68세] 후 귀향해 생을 마감[73세]하기 전 5년 동안 본격적으로 후진을 양성한 일과 동일한 의미를 지닌다.

결국 오늘날 우리가 아는 공자의 위대함은 이때 양성된 제자들의 선양과 기림에 의해 후대의 성인으로 남을 수 있었던 것이다. 포석 또한 망명 후 10년 동안 베일에 싸였던 그의 연해주에서의 삶과 문학이 이때 배운 제자들의 증언에 의해 복원됐다.

포석과 신문 『선봉』은 매우 각별한 인연이 있다. 홍범도 등 고려인 사회의 지도자들과 만나는 교류의 공간이기도 했지만 망명 후 첫 번째로 발표한 시 「짓밟힌 고려」[1928.11.7]를 실었던 지면이기 때문이다. 포석은 그 후 지속적으로 『선봉』에 글을 기고했고 후일 『선봉』의 편집자로 참여해 문예면을 만드는 등 그의 주도하에 현지 고려인들의 문학이 본격 문학의 형식과 구조를 갖추게 됐다.

「짓밟힌 고려」는 발표 즉시 연해주 고려인 사회에 큰 반향을 불러일으켰다. 포석의 시 중에서 가장 강력한 저항시인데 궁핍한 민족의 현실이 적나라하게 표현돼 있다. 국내에서 억압된 창작의 자유가 어느 정도 확보된 후에 봇물처럼 터진 사자후였다. 이 시는 고려인들이 삼삼오오 모이는 곳이면 어김없이 낭송되며 나라 잃은 망국민의 설움과 일본에 대한 적개심을 불태우는 마중물 역할을 했던 시다. 노래 〈아리랑〉 같은 역할을 한 것이다.

특히 젊은 청년들의 민족애를 자극해 연해주에서 포석의 위상을 제고하는데 결정적으로 기여했다. 더욱 중요한 것은 이 시가 연해주에서만 사랑받았던 것이 아니라 1937년 중앙아시아로 강제 이주된 현지에서도 1990년대까지 지속적으로 고려인 사회를 하나로 결속시키는데 구심적 역할을 했다는 점이다.

이 같은 사실은 지금까지 보편적으로 알려지지 않았던 일로 이 시 하나만으로도 포석이 고려인 사회의 정신적 지주였음을 보여주는 일이다. 포석의 제자인 한진은 연해주의 한인들을 '조선인'이라고 하지 않고 '고려인'이라고 한 것도「짓밟힌 고려」때문이라고 증언한 바 있다.한진,「민족문학의 진로」,『고려일보』, 1992.7.24 일찍이 고려혁명군[1923] 등 '고려'라는 이름을 쓰는 독립군부대가 있었지만 무장 투쟁 부대의 보안 특성상 고려인 사회에 보편적으로 알려지기 힘들었던 점을 생각한다면 포석의 시「짓 밝힌 고려」의 '고려'라는 말이 연해주의 한인 사회에 널리 퍼지게 된 결정적 계기가 된 점은 분명해 보인다. 포석은 이미「짓밟힌 고려」를 통해 고려인 사회의 혜성처럼 등장한 문사였고 이처럼 유행가 가사와 같이 연해주 전역에 확산된 포석의 시를 홍범도가 읽고 감동을 받았다는 얘기는 역사적 정황상 너무도 자연스러운 얘기다.

홍범도의 유해가 돌아오는 기적 같은 현실을 바라보며 필자는 그와 생전에 같은 공간과 장소에서 교류했던 포석과 그의 유해를 생각하고 상념에 젖어 3회에 걸쳐 소회를 밝혔다. 포석이 매장된 곳은 총살 후 집단 학살된 장소로 보인다. 유골을 찾아 고향으로 돌아올 수 있는 가능성은 안타깝지만 기대할 수 없다. 그러나 숨을 거두거나 매장된 장소의 '흙'이라도 가져와 고향 뒷동산인 '포석공원에 '초혼묘招魂墓'라도 만들어 이국땅에서 아직도 방황하는 포석의 넋을 이제 편히 쉬게 해 주어야 한다. 이것이 후세대인 우리가 해야 할 최소한의 도리이자 몫이다.

2021.10.29

포석, 고향 공원에 깃들다

13일 충북 진천에서는 28회 '포석조명희문학제'가 열렸다. 문학제는 포석[1894~1938]의 '83주기 추모제'로 시작됐다. 올해는 COVID-19로 인해 예년보다 축소해 진행됐으나 그 어느 때보다 의미 있는 내용들로 채워졌다. 포석조명희문학관과 인접해 있는 공원이 조명희 선생의 호를 딴 '포석공원'으로 명명된 날이기 때문이다. 포석공원이란 이름으로 명명된 것은 단순히 일개 공원의 이름이 바뀌었다는 의미를 넘는다.

원래 공원의 이름은 '진천 1호 근린공원'인데 '생거진천거리 조성사업'의 일환으로 2011년에 착공을 해 2015년 12월에 완공을 했다. 진천읍 시가를 한눈에 볼 수 있고 공원 부지에 군립도서관과 청소년수련관, 포석조명희문학관 등의 문화시설들이 종합적으로 들어서 있어 군민들의 교양과 문화의 질을 높이는 학습의 장으로 사랑을 받아 왔다. 그러나 '근린'과 '숫자'는 이름이라기보다는 의미를 갖지 못한 피동적인 편의의 산물로 지역민들에 의해 지속적으로 개명의 필요성이 제기된 상태였으며 이때 자연스럽게 공론화된 것이 '포석'이었다.

공원의 위치는 포석의 생가 '뒷동산'으로 포석의 유년시절과 청년시절 뛰어놀거나 자주 오르내리며 산책과 신문 연재소설을 보던 장소였다. 그의 산문 「느껴본 일 몇 가지」에 보면 그가 뒷동산엘 자주 오르내렸다는 것을 짐작케 하는 구절이 나온다. "14~15세의 일로 기억을 하는데 그때 저녁때가 되어서 밥 먹으라고 조르는 집안 사람의 소리가 듣기 싫어서 보던 신문을 들고 뒷동산으로 올라가 잔디밭의 눈 녹은 자리를 골라 앉아서 추운 줄도 모르고 읽던 소설 끝을 다 읽고 내려와 본 적이 있다"고 회상하는 대목이다.

이때가 포석이 중앙고등보통학교를 다니다 중퇴한 후 북경사관학교에 입학하기 위해 출분을 시도했다 둘째 형^{경희}에게 중도에 잡혀 집에 머무르고 있던 때였다. 민족의 현실에 비분강개했던 피 끓는 젊은 나이에 꿈을 저당 잡힌 채 집에 머무르게 된 현실은 포석에게는 용납하기 어려운 무용無用하고 답답한 나날이었다. 뒷동산은 이런 포석의 뜨거운 피를 식혀주며 앞날을 설계하는 마음의 안식처였다. 이렇게 포석의 젊은 날의 상념과 추억이 깃든 뒷동산이 '포석공원'이란 이름으로 거듭난 것이다.

이름의 실질적 기능은 나 자신보다는 타인에 의해 내가 호명되거나 기억되는 의미를 갖는다. 아무리 좋은 이름도 호명되지 못하면 죽은 이름과 같다. 세속적인 '출세'를 의미하는 '이름을 날린다'는 말도 사실 따지고 보면 내가 누군가에게 지속적으로 호명될 때를 말하는 것이다. 호명되지 않으면 잊히는 것이며 잊히면 존재하지 않는 것이 된다.

이런 의미에서 포석공원이란 명명은 포석의 집 뒷동산에 문학관과 더불어 공원이 나란히 자리하는 일로 '포석 테마파크'의 성격을 갖는다. 여러 사람이 오가며 휴식하는 대중적 장소에 포석의 정신이 함께 호흡하는 것이다.

게다가 '포석공원'이라 새긴 표지석은 다른 공원의 표지석과는 근본적으로 다른 특별한 의미를 갖는다. 조명희의 호는 '포석抱石'으로 '돌을 품었다'는 뜻이다. 이는 민족에 대한 사랑과 자신의 신념을 실현하기 위해 지켜야 하는 지조와 절개를 의미하는 것으로 '정신주의'의 극치를 보여주는 일이며 현실의 모순과 부조리에 일체의 타협도 용납하지 않는 치열함을 의미한다. 포석은 이 같은 의미를 염두에 두며 호를 지었다.

표지석은 포석기념사업회의 제안과 진천군의 지원으로 정창훈 조각가가 돌을 고르고 포석의 종손인 조철호 시인『동양일보』 회장이 글씨를 새겨 특별한 의미를 더했다. 표지석은 '청석靑石'으로 한눈에 봐도 포석의 분신임을 알 수 있을 정도로 외양이 범상치 않다. 필자가 포석의 생가터를 둘러보면서 가장 참담했던 것은 생가터의 유실과 함께 '벽암리甓岩里'라는 동네에 있었던 그 많은 '푸른 바위'와 '돌'의 부재였다. 이곳은 화강암으로 이루어진 터전으로 돌이 삶의 기반이 되는 동네였다. 그러나 '개발'이라는 미명하에 그 돌들은 언제부터인가 발파 해체되고 그 자리에 아파트와 상가 등이 들어서기 시작했다.

이런 작금의 상황에서 매우 뛰어난 미적 가치를 두루 지닌 청석이 포석공원의 표지석으로 세워짐으로써 그동안 안타깝게 생각했던 돌의 부재가 공원과 더불어 한꺼번에 풀리게 돼 여간 다행스러운 게 아니다. 표지석 뒷면에서 문학관 전경을 보면 포석 동상이 넓게 벌리고 있는 두 팔 한가운데로 표지석이 포석의 품에 안기는 형상인데 이는 호의 뜻을 그대로 재현하는 구도와 모습이다. 조형물은 그 자체의 형태가 한 인간의 삶의 스토리텔링이다. 문학관을 찾는 관람객들에게 필자가 반드시 설명하는 부분이 동상에 대한 '입체성'과 '역동성'인데 이제 한 가지 더 곁들여 설명해야 하는 일이 생겼다. 포석을 보다 깊게 이해할 수 있는 단초가 마련된 것이다. 오늘따라 포석공원을 감싼 가을 하늘이 참 높고 공활空豁하다.

2021.10.14

기러기 울어예는

"기러기 울어예는 하늘 구만리 바람이 서늘 불어 가을은 깊었네 아 아 너도 가고 나도 가야지" 박목월 시 김성태 작곡의 〈이별의 노래〉다. 전체 3절로 되어 있는데 가슴 저미는 아련한 가사가 뭇 연인들의 심금을 울려 가을이 되면 어김없이 아픈 추억의 현絃을 건드리는 명곡이다.

이 시는 청노루처럼 목이 긴 순정의 시인 목월의 이루지 못할 사랑의 방황과 아픔을 진솔하고 담담하게 써 내려간 자기 고백의 서정이다. 문학이 교과서 같은 전범典範과 도식으로 설명할 수 없는 '바람'과 '유랑'의 서사라는 점에서 한 시인人間의 삶의 부면部面은 세월이 갈수록 마르지 않는 여운을 남긴다.

절기상으로는 입동立冬이 지난 지 오래지만 감각적으로는 12월로 접어들어서야 비로소 본격적인 겨울로 인식하게 되는 것 같다. 아니 어쩌면 가을을 의도적으로 늦게 떠나보내고 싶은 마음 때문인지 모르겠다.

이렇게 가을은 사계 중 그 특유의 콘트라베이스 같은 중후와 침잠, 우수와 조락으로 마지막 잎새를 떨구려 한다.

포석조명희문학관의 명물 중에 하나가 문학광장에 서있는 포석의 '동상'이다. 진천 출신 조각가 정창훈 교수의 작품이다. 동상은 인물의 삶을 집약하는 상징성의 결정체로 그 자체가 인물의 전기傳記를 풀어내는 스토리의 원천이다.

특히 포석의 동상은 다른 지역 유명 작가의 정靜적이고 소박한 동상과 달리 역동적이며 입체적이다. 먼 곳을 응시한 채 '아무르강가'의 칼바람에 펄럭이는 두루마기를 입고 맨발로 양팔을 넓게 벌려 큰 손으로 세상을 품는다. 한눈에 봐도 전인적 풍채가 예사롭지 않다. 정창훈 조각가의 말에 의하면 "바쁘게 멀리 가야할 길이 있었기에 맨발이요, 할 일이 너무도 많아 큰손이 되었다"고 한다. 과연 선구자의 풍모답다.

필자는 포석의 '맨발'만 보면 가슴이 시리다. 바쁘게 먼 길을 가야할 길은 예부터 '지식인'의 길을 의미했다. 구한말 재야 지식인 황현도 망국의 현실을 보고 "세상에서 글 아는 사람 노릇하기 어렵구나難作人間識字人"라는 「절명시絶命詩」를 남기고 목숨을 끊었다. 공자도 『논어』「태백」편에서 지식인의 길을 "책임은 무거운데 갈 길은 멀다任重而道遠"고 했다. 한마디로 '일모도원日暮途遠'의 상황이 지식인의 삶이고 포석의 삶이었다.

포석의 동상은 한국 근현대문학에서 자그마치 '일곱 가지' 최초의 업적을 가진 선구자의 삶을 적확的確하게 압축한 묵시록黙示錄이다. 정창훈 조각가에게 포석의 동상을 형상화하는 일은 이미 죽은 포석을 살리는 부활의 시간이었을 게다. 어찌 그 하루가 어제 같은 평범한 시간이었을까. "자료를 찾고 작품을 제작하는 내내 나의 눈에는 눈물이 마를 수가 없었"정창훈, 「기러기 떴다 진천 벽암동산에」, 『포석문학』 창간호, 포석문학회, 2017, 105쪽다고 술회했다. 포석과의 영혼의 교감 없이는 완성할 수 없는 위대한 작업이었던 것이다.

그런데 동상을 옆에서 보면 '받침대'에 유독 눈길이 간다. 이것 역시 동상의 일부로 깊은 뜻이 서려 있다. 받침대로 형상화한 것은 '기러기'다. 기러기는 포석의 소설 「낙동강」에 나오는 노래 가사에서 영감을 얻은 것이라고 한다. "기러기 떴다. 낙동강 위에 / 가을바람 부누나 갈꽃이 나부낀다." 낙동강 주변의 만 평 가까운 넓은 '갈밭'을 노래한 것인데 낙동강을 터전으로 살고 있는 사람들에게 갈밭은 "갈을 베어 자리를 치고 그 갈을 털어 삿갓을 만들고, 그 갈을 팔아 옷을 구하고 밥을 구하"는 생계의 수단이었다. 이런 갈밭을 강탈한 일제에 항거하다 결국 주인공 박성운이 죽임을 당하는 것이 소설의 주요 내용이다.

곰곰이 생각해 보면 기러기는 포석의 삶과 많이 닮았다. 보통 우리의 전통적 관습에서 기러기는 '가을'과 '이별'을 상징한다. 사실 기러기는 철새이긴 하지만 가을에 우리 곁을 떠나는 것이 아니라 우리 곁으로 돌아와 이듬해 봄에 떠나기 때문에 가을과 이별로 이어지는 상관성이 적다. 아마도 기러기를 이별로 떠올리는 것은 구슬픈 울음소리와 가을이 주는 쓸쓸한 잔상에서 비롯된 듯하다.

이렇게 기러기는 먼 거리를 숙명적으로 이동하며 자신의 생을 변주한다. 포석의 삶이 그랬듯이. 늦은 가을 '포석공원'에 석양이 물들고 '안행雁行'하는 기러기의 무리가 포석의 동상을 선회하며 구만리 장천長天을 지나간다. 아아 너도 가고 나도 가고 가을이 저물어 간다.

2021.11.29

포석은 유죄다 그래서 다행이다

〈포석은 유죄다〉는 연극 제목이다. 지난달2021.11.25~27 청주 '씨어터 J 소극장'에서 4회 공연을 한 후 막을 내렸다.

필자가 공연장을 찾았던 것은 포석 관련 일을 하는 자로서 당연한 일이지만 두 가지 이유가 더 있었다. 하나는 포석 자신이 우리나라 최초의 창작 희곡집『김영일의 사』, 1923을 발간한 극작가며 〈김영일의 사〉1921 발표 100년이 되는 해에 그의 삶과 문학이 무대에 오른다는 역사적 의미 때문이다.

또 하나의 이유는 작가가 오세혁이라는 점이다. 그는 요즘 대학로에서 소위 잘나가는 핫한 극작가다. 전문성을 가진 유명 작가에 의해 공연이 된다는 점에서 남다른 의미를 지닌다. 결론적으로 공연을 본 소감은 포석의 삶과 문학에 대해 전반적으로 잘 준비된 연극이었다는 생각이었다. 작가가 포석의 삶과 문학을 진지하게 공부하고 연구한 흔적이 역력했으며 배우들극단 리플레이 또한 혼신을 다한 열연이었다. 그러나 모든 작품은 '완성'으로 가는 과정에 있다. 보완하고 수정하면서 완전한 정형성을 갖춘 작품으로 탄생한다.

이런 점에서 〈포석은 유죄다〉도 예외가 아니다. 아무래도 일반 관람객의 관점보다는 비판적 관점을 유지하면서 관람해야 했다. 몰입은 하되 매의 눈이 필자가 맡은 악의 몫이었고 그것이 곧 앞으로 연극의 완성도를 높이는 데 일조하는 일이라 여겼기 때문이다. 다음에 거론할 세

가지 소회는 이러한 매의 눈으로 본 몇 가지 바람이다.

첫째, 포석 '생가生家'를 굽어보며 관장하는 일명 '포석느티나무'를 등장시켰다면 좋았을 것이다. 포석느티나무는 237년의 수령을 자랑하며 지금도 세월의 무게를 묵묵히 견인한다. 이 나무는 포석이 태어나던 해 1894에 이미 110년이나 되는 수령이었으며 포석의 탄생과 성장과정을 지켜봤다. 그 후 포석이 고향을 드나들 때마다 어김없이 동네 어귀에서 그를 마중하고 배웅한 나무였다.

특히 1928년 포석이 망명하기 전 고향집 어머니께 하직 인사를 드리기 위해 찾았을 때도 느티나무는 그를 맞고 이것이 다시 돌아오지 못하는 이별임을 직감했을 것이다. 그리고 포석 사후1938 반세기가 지난 1991년, 아비 없는 이복형제들이 처음으로 상봉했던 곳도 느티나무 아래였다.

대표작인 소설 「낙동강」에서도 느티나무는 주인공 박성운의 고향 어귀에 등장해 박성운의 추억을 환기하는 매개 역할을 한다. 세기의 명작 베케트의 『고도를 기다리며』에서도 무대 한가운데 나무가 서있다. 등장인물들이 나무 아래서 각자 자신의 생각과 행동에 몰입하게 되는데 나무는 관점에 따라 여러 상상과 감수성을 자극한다. 하물며 포석 느티나무는 역사적 사실을 이야기하는 증언자로서의 자격과 문학작품 속의 스토리의 대상으로 실제 한다. 살아 있는 화석이며 영감의 보고일 수밖에 없다.

둘째, '망명'은 실존적 고뇌가 동반되며 한 사람의 전 생애가 기로에 서게 되는 백척간두百尺竿頭의 선택의 길이다. 지금도 삶의 터전을 옮긴다는 것은 쉽지 않은 일로 여러 복합적인 조건과 결부된 중층적 성격을 갖는다. 포석이 살았던 시대는 전근대와 근대가 혼재된 과도기로 더구나 부모와 처자를 두고 바다를 건너는 선택은 내일을 장담하지 못하는 극단의 모험을 의미한다. 보다 깊은 실존적 고뇌가 강조돼야 할 지점이다.

마지막으로 포석의 '죽음'이다. '일본 스파이에게 협력한 죄'란 죄목으로 재판 없는 '총살형'이었다. 파란만장했던 한 인간의 비극적 최후가 주는 '비장함'이 극대화돼야 하는 장면이다. 포석의 망명은 내 나라 내 땅에서 살지 못하는 현실을 타개하고자 결행한 불가피한 고육책이었다. '사회주의'는 이러한 포석이 믿는 가장 강력한 무기였고 보호막이었으며 현실적으로 소련은 이를 뒷받침 해주는 '모국母國'이었다. 잃어버린 자식이 어미 품에 안긴 셈인데 그 어미가 자기 새끼를 죽이는 패륜을 자행한 것이다. 한국문학사에서 가장 참혹한 비극적인 순간이었다. 극은 비극적인 장면과 운명적으로 조우할 때 극적 효과를 높인다. 상식적으로 일어나기 어려운 일이 피할 수 없는 현실이 됐을 때 이에 반응하는 인간의 태도와 본성은 극을 한 차원 고양시키는 요인이 된다. 선택의 기로에 놓인 인간의 운명과 직결이 될 때 극은 생명력을 얻는데 평범하게 산 인간의 삶이 극과 거리가 있는 것도 이 때문이다.

포석은 한국 근대문학사에서 만 44년의 삶을 불꽃처럼 치열하게 살다 간 사람이다. 운명에 순응을 거부하고 '저항'함으로써 일회적인 자신의 삶의 고귀함을 온몸으로 실현했다. 이런 포석의 삶을 보고 오래전부터 그의 생을 극으로 만들면 좋겠다는 생각을 해왔다. 이제 경향에서 그의 삶을 주목하며 예술로 승화시키고자 하는 포석의 후예들이 속속 등장하고 있다. 늦었지만 여간 다행스러운 게 아니다.

필자는 포석에 대하여 세 가지 꿈이 있다. 하나는 완성된 '연극'을 만드는 것이요, 둘째는 '뮤지컬'로 만드는 것이요, 셋째는 '영화'로 만드는 것을 보는 일이다. 이 세 가지는 서로 상호적인 관계로 이중 한 장르가 빛을 보게 되면 나머지도 연쇄작용으로 이어지게 된다. 이번 연극이 이러한 도화선이 되기를 소망한다. 〈포석은 유죄다〉는 '포석 민족주의자로 죽다'라는 부제를 포함한다. 제목과 부제 속에 미완으로 남은 포석 삶의 총체성이 함축돼 있다. 다행이다. 유죄여서. 다행이다. 민족주의자로 우리 곁에 남아서.

2021.12.29

디아스포라Diaspora를 아시나요 1

'디아스포라Diaspora'는 '민족 분산' 혹은 '민족 이산'을 말한다. 어원은 고대 그리스어인 전치사 dia^over, ~을 넘어 + 동사 spero^to sow, ~씨를 뿌리다에서 유래됐다. 초기에 이 용어는 침략자가 식민지에 자국민들을 이주시켜 세력을 확장하고 정착시키는 강자의 공격적 개념으로 쓰였으나 후에 자신의 땅에서 강제로 추방당한 유대인들이 자기 민족의 역사와 전통을 지키며 사는 집단 거주지와 공동체를 가리키는 용어로 쓰이기 시작했다.

지배의 논리가 피지배의 생존 논리로 역전된 것이다. '연변 조선족 자치주'와 연해주에 있던 '신한촌新韓村' 등 지역을 불문하고 해외에 거주하는 한민족 공동체가 이에 해당한다. 이는 다른 나라에도 동일하게 적용된다. 최근에는 경제적 목적에 의해 자율적으로 이주하는 삶도 디아스포라의 범주로 포괄한다. 국경과 인종을 뛰어넘어 일상으로 스며든 이웃인 '다문화'가 좋은 예가 될 듯하다.

현대에 와서 디아스포라의 용어는 20세기 초 제국주의 시대에 식민화된 약소국 신민臣民들이 자신의 조국을 떠나 다른 나라의 변방에 정착하며 자민족의 정체성을 지키고 제국의 야만성을 고발하는 인류의 양심적 진실과 정신을 상징한다. 특히 '예술'이 이를 수용하고 확장하는 '증언담론'의 고유한 통로 역할을 해왔다. 이러한 개념을 '문학'으로 증언하면 디아스포라문학이 되고 '음악'으로 증언하면 디아스포라음악이 되며 '미술'로 증언하면 디아스포라미술이 된다. 무엇보다 디아스포라가 소수자와 약자를 보듬고 승인되지 않은 권력의 횡포에 맞선다는 점에서 휴머니즘의 고귀한 발현체란 보편적 특성을 지닌다.

우리의 근현대사가 식민과 분단, 전쟁과 독재로 점철된 수난의 역사인 탓에 국외문학은 물론 국내의 소위 반도문학 자체도 디아스포라문학에 해당한다고 할 수 있다. 이 시기에 내로라하는 다수의 출중한 작가들이 정치적 소용돌이 속에 월북과 월남을 결행했으며 지금도 여전히 자의든 타의든 분단 체제와 냉전 구조의 산물이 후대 작가들의 문학의 토양이기 때문이다. 사실상 한국 근현대문학이 디아스포라문학의 테두리 안에 있는 셈이다.

첨언하자면 작년2021 노벨문학상 수상자인 압둘라자크 구르니Abdulrazak Gurnah, 1948도 영국에서 활동하는 탄자니아 출신 작가소설다. 그는 난민으로 영국에 정착해 난민의 아픔을 증언함으로써 소수자에 대한 세계 시민의 관심을 증폭시켰다. 음악의 경우도 노래로는 〈아리랑〉과 작가로는 독일에서 체류하다 생을 마감한 윤이상이 디아스포라 음악가다. 세계적으로는 흑인 영가인 '재즈'가 대표적인 디아스포라 음악이다. 재즈 속에는 고향에서 팔려와 노예가 된 아프리카인들의 아픔이 영혼으로 각인돼 있다. 미술은 세계적인 비디오 아트의 창시자인 백남준과 고암 이응로, 변월룡과 이우환 화백 등이 디아스포라 미술가다.

이렇듯 디아스포라의 개념은 예술의 전 영역에서 아픔과 치유, 증언과 연대, 희망과 미래의 담론으로 가장 낮은 곳에서 평화를 지향하는 글로벌한 인문적 가치를 지니며 문학이 이를 선도한다.

바야흐로 진천은 자타가 공인하는 한국 디아스포라문학의 '본향'이며 포석 조명희가 그 '비조鼻祖'다. 포석은 일제의 탄압이 극심한 1928년에 소련러시아으로 망명 38년 사망할 때까지 10년 동안 약 18만여 명이 살던 연해주 고려인 한인공동체에서 존경받는 지식인으로 한글문학의 씨앗을 지속적으로 뿌렸다. 최초로 한글 문단을 결성하고 최초로 한글 문예지인 『노력자의 고향』1934과 『노력자의 조국』1937을 발간 민족의식 고취에 헌신했으며 한편으로는 세계 시민의 평균적 삶을 고민했다.

포석의 디아스포라의 삶은 망명 전 1923년에 출간한 우리나라 최초의 희곡집인 『김영일 사』 '표제 그림'에서 이미 운명처럼 예감된다. 표제 그림은 우리에게 〈만종晩鐘〉의 화가로 알려진 장 프랑수아 밀레Jean-François Millet, 1814~1875의 〈씨 뿌리는 사람〉1850이다. 사회의 기층민인 농부가 '씨'를 뿌린다는 설정은 척박한 현실에 굴하지 않고 낙관적 희망으로 미래를 견인한다는 밀레의 당초 소박한 본위와는 달리 파장이 컸다. 농부가 그림의 주인공으로 그것도 씨를 뿌리는 모습으로 등장한다는 것 자체가 당시에는 급진적 전위성으로 인식됐기 때문이다.

포석이 자신의 작품의 표제 그림으로 〈씨 뿌리는 사람〉을 선택한 배경은 이후 포석의 선구자적인 삶의 행로를 통해 확인된다. 선구자의 삶은 씨를 뿌리는 고난의 생애지만 내일을 약속하는 희망이므로 오늘을 견디게 하는 힘이다. 디아스포라는 이를 생생히 증언하는 인간애에 대한 거룩한 진실이며 문학은 이를 치열하게 기록한 '전사戰史'다.

2022.2.28

디아스포라Diaspora를 아시나요 2

디아스포라의 의미 자체가 삶의 터전에서 추방당한 '뿌리 뽑힌 자'를 일컫는 말이기 때문에 근본적으로 '귀소본능'이 강하다. 민족은 삶의 터전의 역사적 배경과 외피로 혈연공동체가 결속하는 기원인 까닭에 귀소본능이 궁극적으로 지향하는 '정점'이고 '구심'이다. 어쩌면 이같은 현상은 모든 파편이 원형을 꿈꾸는 것처럼 당연한 자연의 섭리처럼 보인다. 포석의 디아스포라문학도 그동안 이러한 '회귀성'에 방점을 두고 연구돼 왔다.

그러나 디아스포라가 위대한 이유는 단순한 회귀의 열망과 실현에 그치지 않고 추방당한 땅에서 열악한 환경을 딛고 새로운 문화를 만드는 '전진기지'로서의 열린 '창조성'이 큰 몫을 한다. 척박하고 유폐된 죽음의 땅을 재건하는 놀라운 생명력이 힘의 원천이다. 돌아가려는 구심력 못지않게 팽창하려는 '원심력'이 디아스포라를 한 차원 높게 고양시킨다. "새로운 문화는 다양한 문명들이 교차하는 '걸출한 변두리'에서 파생한다"고 한 호머 바바의 말을 상기하면 좋을 듯하다. 일종의 '혼종성hybridity'으로 유전학에서 말하는 '잡종강세'의 현상을 말하는데 경계를 뛰어넘는 곳에서만 경험되거나 생성되는 '우성優性'적 변이다.

포석은 추방당한 땅인 '연해주'를 교두보로 자신은 물론 고려인 한민족 공동체와 지역적 공간을 걸출한 변두리로 자가 발전시켰다. 포석의 디아스포라문학의 세계적 위상은 이러한 회귀의 단순성을 극복하고 현지에서 발현된 개방적 지점에서 위의威儀를 얻는다. 포석은 한 민족 디아스포라문학의 선구자일 뿐만 아니라 영화 〈지옥의 묵시록〉의 원작인 『어둠의 심연』을 쓴 폴란드 출신 영국 작가인 조지프 콘래드Joseph Conrad, 1857~1924와 함께 1920~1930년대 세계 디아스포라문학의 2대 거장으로 꼽히는 작가다.

당대는 제국주의가 기승을 부리던 강약强弱이 부동不同한 시대였다. 약소국은 세계 열강들의 식민지 쟁탈의 각축장으로 전락했다. 자신의 조국에서 추방당한 약소국의 신민들이 자민족의 아픔을 문학예술을 통해 증언하는 환경이었다. 포석의 디아스포라문학도 이러한 환경의 소산이었지만 관련 작가 모두가 제국주의의 야만성을 증언한 것은 아니었다. 세계문학사를 중심으로 포석의 문학을 들여다보면 보다 선명한 모습으로 포석의 디아스포라문학이 갖는 뚜렷한 층위를 확인하게 되는데 이를 강화시켜 주는 요소가 보편적 인류애를 향한 문학의 역할과 실천이다.

진천이 디아스포라의 본향이라는 점은 보재溥齋 이상설1870~1917의 삶에서도 확인된다. 보재의 디아스포라는 '원형'을 꿈꾸는 '구심적 디아스포라'였다. 떠나온 곳으로 회귀하려는 강한 열망이 특징이다. 관료이며 지사였던 보재의 보수적 신분에서 오는 정통적 성향을 고려하면 쉽게 이해되는 대목이다. 보재의 디아스포라의 절정은 그가 만주 간도로 망명한 해1906 용정에 설립한 '서전서숙瑞甸書塾'을 통해 찬연燦然하게 드러난다. 서전서숙은 민족학교로 설립 후 1년여 만에 폐교됐지만 수많은 독립운동가와 민족교육가를 배출한 '명동明東학교'1908로 계승 발전됐다. 명동학교가 어떤 학교인가. 이름도 예쁜 이 학교는 영원한 문학청년인 '북간도'의 시인 윤동주와 송몽규 그리고 문익환 목사 등이 티

없이 뛰어놀며 민족의식을 키웠던 모교다.

교육이야말로 미래를 위해 씨를 뿌리는 디아스포라의 어원과 본질적으로 부합한다는 점에서 보재의 디아스포라의 역사적 의미가 자못 크다. '백년지대계百年之大計'는 교육의 오랜 미래가 아닌가. 포석의 연해주 10년의 삶 또한 교육을 통한 후진 양성의 길이었다. 개인 창작에 머무르기 쉬운 작가 특유의 자발적 소외를 벗어 던지고 문학을 근간으로 민족교육과 세계 시민의 소양 육성에 힘썼다.

이렇듯 궁핍한 식민지 시대에 활동한 진천 출신인 보재와 포석은 안과 밖을 아우르는 한민족 디아스포라와 세계 디아스포라문학의 위대한 선구자였다. 이런 희생과 헌신으로 우리는 — 비록 분단됐지만 — 독립 국가를 이루었고 백범이 말한 "세계 인류가 네오 내오 없이 한 집이 되어 사는" 사해동포四海同胞의 다문화시대를 산다. 역사적으로 추방당한 절륜絕倫의 두 인물이 태어난 고난의 땅 진천이 세계 시민의 새로운 보금자리로 거듭나고 있다. 인구 9만에 가까운 진천의 농업과 제조업 등 실질적 노동력을 외국 이주 노동자들이 담당하고 있기 때문이다.

고난의 아픔을 누구보다도 잘 아는 사람과 그 땅이 디아스포라가 된 그들의 처지를 역지사지易地思之와 측은지심惻隱之心으로 보듬는 것은 지극히 자연스러운 인지상정人之常情일 게다. 진천은 그런 땅이다. 그러나 "구슬이 서 말이라도 꿰어야 보배"이 듯 더 늦기 전에 디아스포라의 본향에 걸맞은 행정적 제도적 뒷받침을 절실히 고민할 때다. '본향'이라는 근본적 자부심으로만 안주하기엔 디아스포라의 아우라가 너무도 넓고 광휘光輝롭다.

2022.4.27

디아스포라Diaspora를 아시나요 3

'디아스포라문학'은 특정 민족이 경험한 차별과 배제의 아픈 수난의 역사에 관한 진실의 기록으로 작가에 의해 구현된 일종의 '증언록'이다.

그렇다면 구현의 주체로 누가 가장 이상적일까. 당연히 적합한 주체는 디아스포라인 본인 자신일 것이다. 자신의 일을 자기처럼 정확하게 말하고 기록할 수 있는 존재는 없기 때문이다. 사실 예술을 형상화하는 과정은 소위 제3자가 관찰자의 입장에서 대상을 그리는 경우가 더 많다. 어차피 예술은 직접 경험과는 무관하게 누군가의 눈으로 바라본 객관적 물상物像에 대한 새로운 해석과 의미 부여인 까닭이다.

여기서 잠깐 신동엽이 말했다고 알려진 "우리나라의 시는 지게꾼이 느끼는 절박한 현실을 대변해야 한다"는 말을 상기할 필요가 있다. 물론 신동엽의 말은 당시 '지게꾼'으로 대표되는 우리 사회 기층민이 자신의 열악한 사회적 처지를 스스로 형상화하기에는 현실적으로 여러 환경의 제약이 있다는 것을 전제로 한 말이다.

어쨌든 할 수만 있다면 가장 이상적인 것은 누군가에 의한 '대변'이 아니라 지게꾼 스스로가 자신의 현실의 절박함을 문학이란 도구를 통해 직접 드러내는 일이다. 제3자에 의해 그려진 주체는 이미 주체라기보다는 외부의 눈에 포섭돼 능동성을 상실한 '피사체'에 지나지 않기 때문이다. 현실의 주체라는 면에서 역사적으로 하나의 예증이 될 만한 사건 하나를 여담으로 소개하고자 한다.

주인공은 바로 박노해다. 그는 이런 피사체를 단호히 거부하고 시집 『노동의 새벽』¹⁹⁸⁴을 통해 지게꾼의 절박한 현실에 눈을 감는 무딘 기성^{旣成}을 역사에 고발했다. 박노해의 등장은 1980년대를 관통하는 하나의 사건으로 1960년대 신동엽이 말한 지게꾼이 드디어 피사체로만 존재했던 역사 사회적 제약을 스스로 풀고 자신의 현실적 체험을 문학의 전면에 쏘아올린 첫 신호탄이라는 점에서 일획을 긋는 역사적인 장면이라고 할 수 있다. 이러한 일은 어느 날 갑자기 돌출된 사건이 아니다. 1970년대 전태일의 수기『전태일 일기』가 거름이 된 결과라는 점에서 하나의 인과적 맥락을 가진 연속성을 띠는 소중한 열매라고 할 수 있다.

이처럼 디아스포라문학은 지게꾼 스스로가 자신의 절박한 현실을 본인의 육성으로 토로하는 문학이라는 점에서 신동엽이 말한 지게꾼의 문학에 해당한다. 단지 여타의 현실과 다른 점이 있다면 그 현실이 국내가 아니라 타의에 의해 추방된 '국외'라는 점이다. 국외는 단순히 국내의 현실과 동일한 수평적 상황으로 인식할 수 없는 매우 이례적이며 특수한 가혹성이 엄존하는 공간이라는 점에서 문제적이다.

포석은 한민족 디아스포라문학의 선구자요 개척자로 그의 디아스포라문학은 자신이 직접 체험한 사실 즉 지게꾼이 체험한 현실을 문학이란 형식에 온전히 담아 써 내려간 디아스포라문학의 진수였다. 포석의 위대성은 그가 척박한 현실에서 일군 디아스포라문학의 터전이 국적과 경계를 초월한 질긴 생명력으로 살아남아 또 다른 씨앗을 뿌리는 후세 디아스포라인에게 기름진 토양이 됐다는 사실이다.

최근에 화제가 됐던 미국 드라마 〈파친코^{Pachinko}〉가 있다. 『파친코』는 한국계 미국 작가 이민진이 쓴 장편소설로 일제강점기인 1920년대부터 1980년대에 이르기까지 '재일 한국인^{자이니치}'들의 고난과 수난의 삶을 4대에 걸쳐 역동적으로 그린 가족사이자 민족 대서사다. 그는 7살 때 미국으로 이주한 이민 1.5세대다. 2017년 미국에서 출판한 장편소설 『파친코』는 그해 『뉴욕타임스』가 선정한 '소설 베스트 10'과 '전미 도서상' 최종 후보에 오르며 『USA투데이』와 『영국BBC』에서 '올해의 책'으로도 선정될 정도로 유명세를 치렀다. 그 후 소설 『파친코』는 '애플TV+'가 1,000억여 원을 들여 8부작 드라마로 제작하고 올해 3월 25일 전 세계에 공개하면서 외신과 비평가 그리고 시청자들로부터 최고의 찬사를 받았다. 요즘 세계 문화의 흐름을 주도하는 'K-컬처'의 위력이 다시 한 번 입증된 순간이었다.

상업성이 생명인 드라마 제작 현실에서 왜 미국의 거대 자본은 한국 역사가 담긴 소설 『파친코』에 관심을 갖고 모험을 했을까. 여러 이유가 있겠지만 우선 '스토리' 전개가 무척 매력적이라는 점을 빼놓을 수 없다. 사랑과 이별, 전쟁과 평화, 기쁨과 절망, 욕망과 절제, 죽음과 희망 등 드라마에 필수적인 극적인 요소가 풍부하며 주인공 '선자'의 삶의 궤적이 한국과 일본 미국 등을 중심으로 파란만장한 역동성을 띤다는 점이다.

물론 어느 나라 어느 시기에도 역사적 격랑 속에 휩쓸린 개인은 항상 존재했지만 그 질곡의 현실을 예술로 빚어 인류애의 보편성에 다가가는 일은 전혀 다른 차원의 영역이다. 우리가 가진 탁월한 감성의 집적물이 세계 최고의 영상 자본과 만나면 엄청난 상승효과를 만들어 낸다는 사실이 또 확인된 것이다.

한국인의 역사가 특별한 것은 경험한 역사적 사실 그 자체가 아니다. 보다 중요한 것은 그 경험을 보편적으로 공감케 하는 '정서적 힘'인데 문학이 영화나 드라마 스토리의 1차 텍스트를 제공하는 '원천源泉'이라는 점에서 대체 불가능한 위상을 갖는다. 결국 모든 예술의 바탕은 스토리며 그 스토리의 배경이 글자가 수단이 되는 것이 '문학'이라는 점이다.

지난 3월 16일 미국 'LA아카데미 뮤지엄 파친코 글로벌 프리미어 행사'에서는 감동적인 장면이 연출됐다. '애플TV+' 측이 관객들에게 나눠준 '무궁화 그림'이 새겨진 티켓 봉투 안에 '무궁화 씨앗'이 들어 있었기 때문이다. 봉투의 뒷면에 영어로 '무궁화 씨앗'이라는 문구와 '한국의 국화'라는 친절한 설명도 곁들여져 있었다. 더구나 무궁화 게다가 '씨앗'이야말로 디아스포라의 '종자種子'며 다가올 열매가 아닌가.

앞으로 한민족 디아스포라 후예들 아니 포석의 후예들이 지속적으로 등장해 부모의 역사 조부의 역사 또 그 조부의 역사를 거슬러 목 놓아 노래할 것이다. 거역할 수 없는 자신의 현재 정체성의 본질이기 때문이다. 이것이 포석 조명희가 길을 낸 디아스포라문학의 유산이 영원한 이유다.

2022.6.13

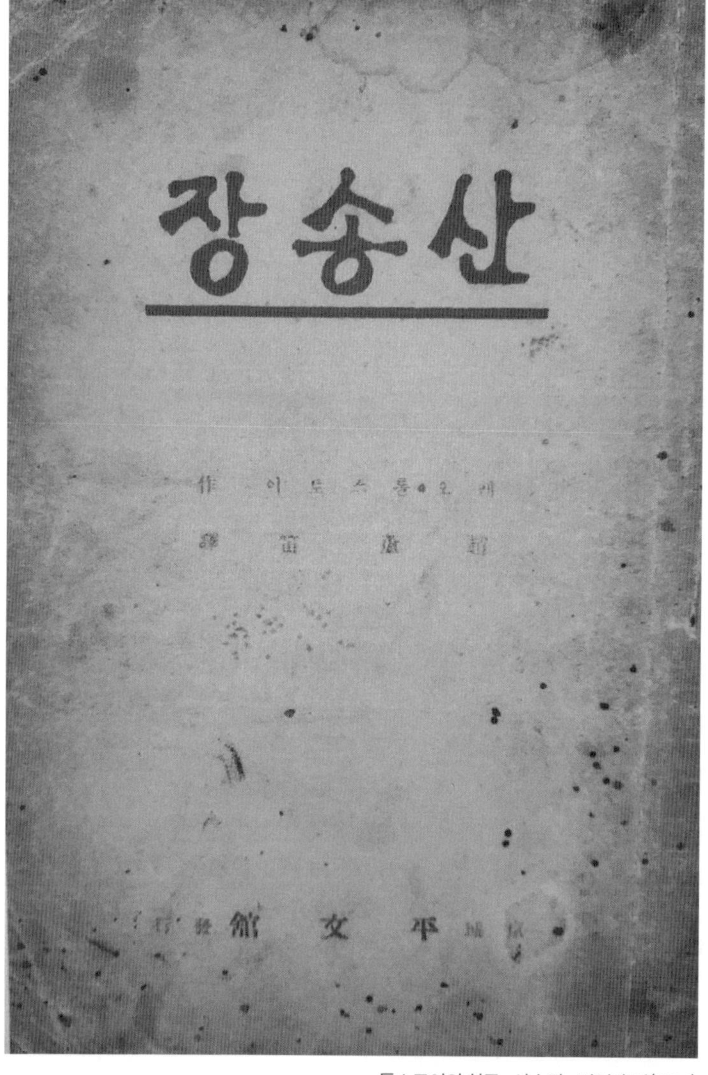

톨스토이의 희곡 <산송장> 번역 출판(1924)

정신주의 문학의 두 극점,
포석과 육사를 말하다

모든 예술의 재료와 영감은 인간의 삶인 '현실'을 배경으로 한다. 현실을 떠난 예술은 존재할 수 없다. 박경리는 "아무리 위대한 예술도 터전으로서의 삶을 능가하지 못한다"고 했다. 이 말은 현실의 지엄함과 절대성을 의미한다. 예술이 아무리 창조의 고유성을 천명해도 본질적으로 현실의 '모방'이란 숙명을 벗어날 수는 없다.

특히 문학은 다른 예술에 비해 현실의 재현이라는 측면에서 핍진逼眞함이 더하다. 예술은 어디까지나 현실이란 '누에'에서 뽑은 '실'에 지나지 않으며 '비단'은 수많은 실들이 각축하는 유예된 '꿈'일 뿐이다.

전통적으로 문학이 추구하는 방법론과 정신은 두 가지로 나뉜다. 문학의 '미학'적 완성도에 초점을 맞춘 관점과 '윤리'적 가치에 중점을 둔 관점이다. 동양에서는 이를 문학과 '도道'의 관계 즉 '현실'과의 관계로 파악해 '문이관도文以貫道'와 '문이재도文以載道'로 개념화했다. 문이관도는 "문학은 도를 꿰는 그릇"이라는 뜻으로 현실보다 문학에 초점을 맞춘 미적 관점이고 문이재도는 "문학은 도를 싣는 그릇"으로 문학의 미적 가치보다 현실에 초점을 맞춘 관점이다.

서양에서는 일찍이 미학적 관점이 문학 평가의 주요 잣대가 됐고 동양에서는 현실의 문제가 평가의 기준으로 '효용론'을 중시했다. 인문주의 정신이 지배적인 동양에서 현실의 문제는 곧 '어떻게 살 것인가'를 생각하는 삶의 윤리성의 문제와 연동돼 자연스럽게 문이재도의 관점에서 문학을 향유했다.

이러한 관점은 지금도 '현실 참여문학'이란 이름으로 문학의 사회적 역할에 대한 고민의 한 축을 담당한다. 일제강점기 왕성한 창작활동을 했던 단체로서의 '카프KAPF'나 개별적 의미에서의 저항 시인이 이 같은 고민의 산물의 집합체며 별처럼 빛나는 주체들이었다.

한국 근대문학에서 문학의 현실 참여적 윤리성에 생을 걸었던 대표적인 두 작가가 있다. 포석 조명희1894~1938와 이육사1904~1944다. 강약强弱이 부동不同했던 야만의 시대에 이들은 문학을 단순한 여기餘技가 아니라 현실을 변혁하는 강력한 수단이자 목표로 견인했다. 필자의 뇌리에 두 사람은 언제나 동일한 이미지로 각인된다. 단순한 문학가 그 이상의 원시적 생명력이 충만한 진짜 사내 멋진 사내의 모습으로 출렁인다.

두 사람은 생전에 한 번도 만난 적이 없지만 그들의 삶과 문학의 지향점은 초지일관 불꽃처럼 치열한 삶이었다. 우선 전기적인 측면에서 그들은 구한말 저물어 가는 조선의 대표적인 명문가 출신이다. 포석의 할아버지조제만는 청주 목사를 지냈고 아들 4형제 중 막내인 포석의 부친 병행은 인동 부사를 지냈으며 위로 득림이조판서·철림진주목사·병휘이조판서가 모두 출사해 벼슬을 한 조선의 전통 사대부 가문이다. 육사 또한 벌열閥閱한 가문 출신인데 퇴계 이황의 14대 손으로 그의 6형제원기·원록·원일·원조·원창·원홍가 모두 독립운동에 헌신한 뼈가 강한 골육들이다.

조선의 사대부정신은 곧 '성리학'적 삶의 철학을 의미한다. 학문으로는 수양을 통해 성인의 반열을 꿈꾸며 정신으로는 옳은 길이 아니면 타협하지 않는 지조와 절개의 '선비정신'이 그들의 삶의 윤리성을 이루는 기반이다.

이러한 도도한 정신은 구한말 '위정척사衛正斥邪'와 망국 후의 애국지사들의 구국의 정신으로 면면히 이어진다. 포석의 선비정신의 일단은 소설 「낙동강」에서 주인공 박성운이 정인情人인 '로사'에게 한 말을 통해 확인할 수 있다. "당신은 최하층에서 터져 나오는 폭발탄 같아야 합니다. 가정에 대하여, 사회에 대하여, 같은 여성에 대하여, 남성에게 대하여, 모든 것에 대하여 반항하여야 합니다. (…중략…) 당신은 또 당신 자신에 대하여서도 반항"해야 한다고 말한다. '폭발탄'은 결국 '반항정신저항정신'으로 인간을 구속하는 일체의 모순과 부조리를 타파하려는 '자유의지'의 소산이다.

육사도 시 「절정」과 「광야」는 물론이거니와 그의 수필 「계절의 오행」에서 "말도 아니고 글도 아닌 무서운 규모가 우리를 키워주었다"고 고백한 바 있다. 이 '무서운 규모'야말로 육사에게는 직계 조상 퇴계에서 만개한 조선 성리학의 핵심 사상인 '주리론主理論'적 세계관의 배경이 되는 '절의節義'를 의미한다. 이런 저항정신이 포석과 육사의 삶을 관통하는 신념으로 육화돼 죽음 앞에서도 그들은 당당할 수 있었던 것이다.

포석과 육사가 행동하는 지식인이란 증표는 사회주의에 깊이 경도됐던 실천적 지식이었다는 점에서도 잘 드러난다. 포석이 중앙고등보통학교를 자퇴한 후 '북경사관학교'에 뜻을 두고 출분1914한 일과 육사가 김원봉이 세운 의열단 계열의 '조선혁명군사정치간부학교'를 졸업1933한 전력 등이 이를 뒷받침하는 근거다.

이 같은 사상적 맹아는 시간적 차이는 있지만 모두 일본 유학시설 사회주의 계열과 무정부주의 사상 단체 — 흑도회1921와 흑우회1924 —

에 가입해 활동했던 이력에서도 확인된다.

세월이 흘러 우리는 그들의 숭고한 희생 위에 독립이 되고 — 비록 분단이 됐지만 — 문명이 불야성을 이루는 풍족한 시대를 산다. 그러나 포석과 육사가 그토록 심중에 견지했던 '정신주의'의 가치는 시공을 초월해 여전히 한 개인의 삶을 가르는 주체적 힘으로 우뚝하다.

2022.1.26

파괴의 길, 창조의 길
이어령의 부음에 관한 단상

우리 시대 최고의 지성의 창窓 석학 이어령 교수가 지난달[2.26] 세상을 떠났다. 문학가로 출발해 언론, 교육, 행정 등 다방면에서 그가 종횡한 발자취는 타의 추종을 불허하는 독보적 생애였다. 누구도 범접할 수 없는 첨예한 이성주의자였던 그는 「우상의 파괴」『한국일보』, 1956란 문학비평 그 이상의 '경세문警世文'을 통해 약관[22세]의 나이에 도하都下 혜성처럼 등장했다. 이는 한국 사회에 하나의 사건으로 그의 시대를 알리는 서막인 동시에 갱신이 불가한 우상과 그를 향한 이교도들의 맹신을 깡그리 통매痛罵하는 '망치'였다.

이 글은 문학을 넘어 전후세대의 견고한 권위와 위선으로 찌든 도그마된 기성에 큰 충격과 파열음을 일으키며 우상의 종언을 고한 '제문祭文'이었다.

이후 그가 토해낸 글은 현대문명의 어두운 징후를 읽어내고 바람직한 미래상을 제시하는 잠언적 성격을 갖는 키워드로 읽혔다. 과거 또한 그가 집요하게 천착한 근본을 캐는 쉼 없는 물음의 여정이었다. 한국인의 의식구조와 생존 양식에 대한 정의와 호명도 그의 과거를 향한 심연이 이룬 한민족 정체성의 '족보族譜'였다.

『흙 속에 저 바람 속에』『문학사상』, 1963는 그의 이러한 섬세한 안목과 탁월한 깊이가 빚은 역작이며 필자가 그의 육성을 처음으로 들은 책이기도 했다.

주목해 볼 부분은 우리 민족의 자랑과 영광의 역사만을 복기한 것이 아니라 부끄럽고 숨기고 싶은 '치부恥部'를 드러냈다는 점에서 문제적(?)이다. 자서전의 성패가 자신의 치부를 얼마나 많이 드러내느냐가 관건이라고 할 때 그는 우리 안에 일그러진 은폐된 자화상을 과감하게 양지로 끌어내 일광日光함으로써 내일을 전망하는 광합성光合成으로 삼았다. 일그러진 자화상의 한국적 아픔의 이유와 특성을 규정해 역사에서 우리의 성찰의 몫을 적시하고 치부를 긍정적으로 재해석했다.

일그러진 자화상은 일종의 '전통'일 텐데, 김수영의 전통「거대한 뿌리」이 손이 까만 새끼들을 품은 엄마의 '치맛자락'이라면 이어령은 그 새끼들을 하나하나 밖으로 불러내며 '생명'을 부여했다. '순수와 참여 논쟁'1968으로 날카롭던 두 거성이 전통에 있어서는 자신들이 감당해야 할 각자의 시대적 소명에 충실했다.

그러나 무엇보다도 그의 이러한 경이로운 전방위적 사유가 가능했던 것은 '앎'에 대한 끝없는 지적 호기심 때문이다. "목마름 없는 지식은 고문이"이라고 한 그의 말은 이 같은 지적 갈증의 절박함을 단박에 표상한다. 너무 물어 서당에서 쫓겨났다는 유년시절의 일화는 인간 이어령의 '싹수'를 알 수 있는 '떡잎'으로 오래전부터 회자되는 유명한 후일담이다.

마치 공자의 인격 완성이 '호학好學'을 통한 물음 즉 '매사문每事問'으로 인한 것이듯 이어령의 사유와 글도 납득할 때까지 묻고 또 묻는 지적 태도의 소산이었다. 공자는 이처럼 묻는 게 바로 '예문禮也'라고까지

했는데 이는 모르면서 아는 체하는 일반의 가식적 통념을 함께 비판한 것으로 공자 사상의 핵심이다. 기실 이어령의 「우상의 파괴」란 독설도 진실을 가리는 허상과 위선을 질타했다는 점에서 공자의 이 같은 지적 토양과 궤를 함께 한다.

이어령은 생전에 "나는 우물을 파지만 내가 먹으려고 판 게 아니"라고 했다. 설령 우물물을 마신다고 해도 단맛에 탐닉해 정주하지 않고 다른 우물을 파기 위해 끊임없이 이동했다.

이렇게 파놓은 헤아릴 수 없는 우물들은 그가 떠나고 없는 현실에도 여전히 존재의 역설로 그를 소환한다. 한마디로 그의 생은 초원과 사막을 개척한 '노마드nomad유목민'의 삶이었다.

이런 점에서 이어령의 삶은 포석의 삶과 오버랩된다. 포석의 종손인 고 조성호 수필가는 포석의 생애를 "끝없는 탈출"로 규정했다. 한국 근대문학에서 포석이 성취하고 걸어간 일곱 가지 최초의 업적과 길은 이처럼 탈출과 모색으로 점철된 선구자가 '우물'을 파는 길이었다.

이외에도 중앙고보 자퇴 후 북경사관학교에 입학하기 위해 출분했던 일과 일본 유학길에 오르게 되는 일 그리고 미완으로 끝났지만 망명한 다음 하바롭스크에서 모스크바 입성을 눈앞에 두고 체포된 일은 모두 포석의 생애를 가르는 '탈출기脫出記'였다. 체포되지 않았다면 모스크바를 거쳐 아마도 유럽으로 유럽에서 다시 신생新生을 꿈꾸었을 것이다.

엄혹했던 시대 탓에 포석의 탈출이 '행동'이 결부된 실천성으로 진폭이 컸다면 후생後生인 이어령의 탈출은 '지성'에 더 골몰한 모습으로 나타났다.

그러나 부인할 수 없는 한 가지는 이들은 육체든 정신이든 안주하지 않고 항상 떠났다는 것이다. 그러므로 죽음조차도 이들에게는 전혀 다른 세계로의 탈출에 지나지 않았을 것이다.

2022.3.28

아! 5월, 포석을 다시 생각한다

어제^{2022.5.10} 진천에서 '29회 포석조명희문학제'가 성황리에 개최됐다. 문학제는 오전에 1부 추모제와 오후 2부 문학제로 나누어 진행됐다. 문학제의 큰 틀 속에 추모제가 있다.

그동안 문학제는 선생의 기일에 맞추어 개최됐으나 COVID-19로 인해 가을로 순연 축소돼 열리다 올해는 다행히 일상이 회복되어 감에 따라 문학제가 3년 만에 본래의 모습을 갖추게 된 것이다.

실로 오랜만에 만끽하는 문학의 향연이었다. 추모와 문학제가 어우러지며 펼쳐지는 두 행사는 5월이 선사하는 '꽃'과 '녹음'의 풍경처럼 한 인간을 위한 슬픔의 '념念'과 기리는 '축제'의 '흠모의 날'이라는 점에서 특별한 여운을 남겼다. 포석이 운명한 84년¹⁹³⁸ 전의 동토의 땅 5월도 그달만큼은 이렇게 눈이 부시도록 아름다웠을 것이다. 그러나 참담한 비극을 딛고 슬픔 위에 수놓은 그의 문학정신으로 인해 5월은 끝내 포석의 계절이 됐다.

이번 문학제는 '추모곡'과 '낭독극'이 추가됨으로써 예년과 다르게 진행됐다. 과거에 추모곡은 추모제 특유의 엄숙성 탓으로 '노래'에 대한 편견이 있었으나 이를 불식하고 싶었다. 노래만큼 상황을 핍진逼眞하게 드러내고 마음을 공명共鳴케 하는 것이 없기 때문이다.

이 같은 생각이 처음부터 구체화 된 것은 아니었다. 동료인 정민 작가와 소통하던 중 '산오락회'라는 음악 단체로 활동하는 작곡가 겸 연주가 김강곤 씨를 소개받은 게 계기가 됐다. 김강곤 씨는 동학과 항일 가요 디아스포라 동포의 노래와 산사람의 노래를 찾아 채록하며 순례하는 '가객歌客'이다. 가객처럼 김강곤 씨를 적확하게 규정하는 말도 없을 듯하다. 그는 시대의 아픔을 노래하며 완치되지 못한 역사의 통증에 유독 민감한 감수성을 지닌 노래하는 음유시인이다. 역사의 뒤안길에 버려지거나 방기된 민중의 노래를 발굴 현재화하는 작업을 소명으로 하는 ― 포석의 생애와 매우 잘 어울리는 결을 가진 ― 장인이다.

그를 만난 건 정민 작가 일행의 문학관 방문이 있던 4월 어느 비 오는 날 청주의 모처 선술집이었다. 문학관 방문을 마치고 청주에서 다시 회합한 자리에 마침 기회가 돼 함께 한 것이다. 공통의 관심사를 나누고 몇 순배巡杯가 돌아간 후 분위기가 무르익자 즉석에서 노래와 연주가 시작됐다. 그 자리에는 산오락회에서 노래를 담당하는 조애란 명창도 합석해 한껏 흥을 돋우었다. 평소 수인사를 나누었으나 가까이에서 노래를 듣는 건 처음이었다. 노래 제목은 〈우수리스크 편지〉. 억제할 수 없는 감동이 밀려왔다. 물론 그날따라 비까지 내린 무심천변의 고즈넉한 호젓함과 우울이 취흥으로 작용한 탓이겠지만 전적으로 술기운이라고 하기에는 너무도 생생한 감흥이었다. 전혀 예기치 않은 공간에서 소위 '게릴라 콘서트'가 열린 것이다.

'우수리스크'는 포석이 10년 동안 러시아에서 활동하며 6년을 머물렀던 창작과 후진 양성의 산실인 지역이다. '육성촌푸칠로프스카 농민청년학교'와 '조선사범전문학교' 등 포석의 흔적과 체취가 지금도 고스란히 남아 있는 장소다. 김강곤 씨가 〈우수리스크 편지〉를 노래하고 작곡한 것은 당시 독립을 위해 국외에서 헌신했던 선각자들의 고난의 삶과 애환을 민족의 보편적 정서로 환기하기 위한 목적이었지만 내게는 그 노래가 오로지 포석에게 바쳐지는 포석만을 위한 '헌정곡獻呈曲'으로 들렸다. 그만큼 〈우수리스크 편지〉의 선율과 가사는 4월의 비처럼 가슴을 적셨다. 노래는 러시아 트로이카의 경쾌한 리듬을 타고 흘렀으나 가사는 한 편의 서사시로 지극히 슬픈 서정이었다. 혼자 듣기에 너무도 벅차 뜻깊은 문학제에 초대를 하게 된 것이다.

우수리스크는 비단 포석뿐만 아니라 보재溥齋 이상설 선생1870~1917과도 깊은 인연이 있어 진천과는 여러모로 남다른 땅이다. 우수리스크 '수이푼강슬픈강'에 선생의 유해가 한 줌의 재로 뿌려졌고 그 강변에 선생의 '유허비遺墟碑'가 있기 때문이다.

이렇게 해 공연된 추모곡은 예상대로 문학제에 참석한 사람들에게 깊은 감동을 주었다. 감상을 돕기 위해 노래 가사를 따로 출력해 나누어 준 것도 감동에 한몫으로 작용했을 터이다. 또 하나 오후에 진행된 문학제 '낭독극'은 포석을 사랑하는 사람들포석기념사업회원, 포석시울림이 열정 하나로 만든 땀의 결실이었다. 2달 동안 매주 저녁 시간을 할애해 만든 역작이다. 전문예술인의 세련미와는 다른 투박함은 그 자체로 순수하고 진지한 감동이었다. 남의 손을 빌리지 않고 회원들 스스로 포석의 작품을 읽으며 현대적으로 재해석한 결과물이다. 문학제가 가야 할 올바른 방향을 제시했다는 점에서 고무적이었다.

문학제가 끝나고 파장罷場처럼 어둠이 내린 포석공원의 꽃과 초록이 가로등에 비쳐 더욱 화사했다. 2층 테라스에서 바라본 포석이 두 팔 벌려 안고 있는 것은 '돌'이 아닌 '꽃'이었다. '가야 할 길은 멀지만 돌을 품었던 그 멍든 가슴에 이젠 꽃을 안겨주어도 될 만큼 우린 당신의 회생 위에 서운한 대로 넉넉한 부족한 대로 괜찮은 나라를 만들었습니다. 오늘만큼은 당신 포석의 날 마음껏 자유와 행복을 5월처럼 누리소서…….'

2022.5.11

문향文鄉의 고장, 생거진천生居鎭川

인물 열전 1

　한 지역의 성격을 규정하는 것은 사람을 규정하는 것만큼 어려운 일이다. 규정할 만한 '고유성'이 존재해야 하기 때문이다. 고유성은 개인은 물론 하나의 지역이 다른 지역과 구별되는 그들 지역만의 특별한 성격인 '개성'을 말한다. 개성은 다른 지역과 차별화를 통해 뚜렷하게 드러나며 동시에 관심과 주목을 받는 계기가 된다. 또한 차별화는 정책과 기획이 개입된 고도의 '전략'으로 각 지방정부가 꿈꾸는 '이미지 만들기'의 산물이다.

　인공지능 시대의 이미지는 산업화 시대의 효율성에서 오는 성과보다 개인을 넘어 기업과 국가의 경쟁력을 좌우하는 '가치'로 평가받는다. 이미지의 허실을 모르지 않으나 튀어야 사는 개성화의 시대에 이미지는 먹고 사는 생존의 문제까지 깊숙이 관여한다.

　이런 이유로 모든 영역에서 상징적 이미지의 창조와 개선을 위해 사활을 건다. "보기 좋은 떡이 먹기도 좋다"는 말은 시각적 효과를 배경으로 높아진 호감도가 자연스럽게 미각으로 연결되는 것을 의미하는데 이미지를 상징하는 대표적인 말로 주목해 볼 글귀다. 그동안 '생거진천生居鎭川'은 진천의 공식 로고logo로서 진천의 고유성을 부각하는 이미지에 크게 기여해 왔다.

　필자는 여기에 더하여 생거진천의 뒷자리에 남아 있던 '공란'에 감히 '문향文鄕'이라는 이름을 새기고 싶다. 사람이 살기에 모자람이 없는 천혜의 자연조건의 구비와 더불어 '문화'까지도 풍성한 인문의 전통이야말로 인간이 고래古來로 꿈꾼 완벽한 이상향이기 때문이다. 문향은 언감생심 아무 곳에나 붙일 수 없는 이름이다. 그에 걸맞은 명실상부한 조건이 갖추어진 지역에만 해당하며 쓸 수 있는 자랑스러운 면류관인데 진천은 이에 적합한 조건을 두루 갖춘 고장이다.

송강松江 정철1536~1593이 영면하고 한국 근현대문학의 선구자인 포석 조명희1894~1938와 그의 조카 벽암 조중흡1908~1985 그리고 유촌柳村 유재형1907~1962과 그의 아들 유종호1935, 현대시조의 영역을 새롭게 개척한 녹원綠原 이상범1935 시인이 태어난 곳이기 때문이다. 진천 태생 혹은 진천과 관련 있는 그들이 차지하는 한국문학사의 위상을 생각할 때 진천은 몇몇 유명 문학가 출생이라는 국지적인 향토성을 초월한다. '추로지향鄒魯之鄕'이 공맹孔孟의 고향이란 차원을 넘어 학문과 예의 시원으로 존숭되듯 진천은 문향이 겸비해야 하는 내외의 조건과 전통이 잘 갖춰진 지역이다.

가사歌辭문학의 최고봉인 송강의 묘는 본래 경기도 고양에 있었으나 조선 현종 6년1665에 지금의 자리로 이장했다. 송강의 고향은 서울 '장의동청운동'이며 성장해 주로 활동했던 지역은 조부의 묘가 있는 전라도 '담양'이다. 담양은 송강의 청년시절 시심의 발원지며 내로라하는 강호의 시인 묵객과 소통하고 이기理氣 철학의 대가들과 교류했던 지역이다. 중앙 정치에서 부침을 겪을 때마다 낙향해 정신적 위안과 힘을 충전했던 곳도 담양이다. 송강에게 실질적인 고향은 담양이라고 할 수 있다.

그러나 사후 진천 땅에 만 357년을 잠들어 있으니 고향 서울과 사실상 고향인 담양보다 오히려 더 오래 '거居'하고 있는 것이어서 살아 머문 유한한 '생지生地'의 의미가 시간이 소멸된 '영면永眠' 앞에 차라리 한 점 찰나刹那로 무색해 보인다.

결국 송강이 사후 거하는 공간이 '사거진천死居鎭川'인 셈인데 이는 생거진천과 짝을 이루어 회자되는 말 '사거용인死居龍仁'을 보란 듯이 대체한다. 생거진천 땅에 사거진천으로 의지해 들어와 세상의 통념을 비웃기라도 하듯 영원한 복락을 누리는 송강의 천하의 호기가 세월을 희롱하는 묵객답다.

송강의 작품들은 학창시절 국어 시간을 이방인으로 만든 주역이었다. 비슷비슷한 '~인곡'과 '~별곡'이란 이름이 붙은 내용은 헷갈리기 일쑤였고 현대문학에서 생긴 즐거움이 고전문학에만 오면 고시가古詩歌 특유의 관념적 낯섦과 중세어의 해독 불가한 이물감 탓에 겉돌기만 했었다. 성인이 된 후에는 치기 어린 술잔을 기울이며 권주가랍시고 「장진주사將進酒辭」를 뇌까렸던 자칭 명정酩酊의 리즈시절이 있었다. 이런 송강을 진천에서 다시 만나게 될 줄은 미처 몰랐다. 그야말로 '진천별곡'이다.

2022.7.22

문향文鄕의 고장, 생거진천生居鎭川

인물 열전 2

'포석'과 '벽암'은 한동네인 '벽암리碧岩里'에서 태어난 숙질叔姪이다. 예부터 벽암리엔 큰 돌과 바위들이 즐비했다고 전해진다. 벽암리란 지명은 '푸른이끼 바위'란 뜻으로 그들의 호號도 '돌'과 '바위'에서 비롯됐다. 조명희의 호인 '포석抱石'은 '돌을 품에 안는다'는 뜻이며 조중흡은 아예 호를 마을의 지명인 벽암碧岩으로 지었다. 그러나 애석하게도 마을의 지명이 될 정도로 신성시한 큰 바위와 돌은 지금 없다.

필자는 동네의 상징인 큰 바위가 구한말이나 일제강점기의 역사적 과도기에 불가항력적인 외부의 강제력으로 사라진 줄 알았다. 그런데 수소문한 결과 2014년도 주변의 건물을 지을 때 발파 해체했다는 것이다. 차라리 안 들었더라면 좋았을 실망스러운 진실이었다. 그러니까 이때 발파된 바위는 주변에 산재해 있던 바위 중 마지막 실낱같은 힘으로 마을을 지키고 있던 벽암리의 마지막 '시애틀의 추장'이었던 셈이다.

벽암리는 땅 자체가 바위가 사는 터여서 개발과 근본적으로 양립할 수 없는 지질환경이다. 굳이 단단한 화강암을 깨고 건물을 올려야 성이 차는 인간의 모질고 우악스러운 집요함에 아연 질색할 뿐이다. 자본의 탐닉에 천부적 후각을 지닌 적지 않은 개발업자들의 발길을 돌려세웠던 벽암리의 돌과 바위는 결국 자리를 내주고 사라졌다.

마치 시애틀의 추장이 누대의 터전을 넘겨주며 야만백인을 향해 일갈

한 마지막 말처럼 ―"짐승들이 없는 세상에서 인간들은 무엇인가? 모든 짐승들이 사라져버린다면 인간은 영혼의 외로움으로 죽게 될 것이다. 짐승들에게 일어난 일은 인간들에게도 일어나기 때문이다." ― 그렇게 장렬한 최후의 길을 택한 것이다.

자본과 탐욕의 거악으로 쌓은 성城이 번영을 누릴 수 있다는 믿음은 한낱 '고모라'의 성城일 뿐이다. 돌과 바위의 터전을 부수고 세운 기둥이 어떻게 사람의 휴식처가 될 수 있을까. 선조들의 건축과 주거 양식의 생활 원리가 배제와 분리가 아닌 수렴과 포함의 '상생'의 정신이란 것을 되새겨 본다. 허름한 집 한 채를 지어도 '바탕'을 훼손하지 않고 자연의 결을 최대한 살리는 '차경'의 지혜를 발휘했다. 바탕이 사라지면 기댈 곳이 없다는 것은 너무도 자명한 일 아닌가. 회사후소繪事後素가 어찌 그림에 국한된 일일까.

일제는 그들의 식민 통치를 강화하기 위해 명산의 바위에 '쇠말뚝'을 박았는데 이 사실은 비교적 널리 알려진 일이다. 이유는 분명하다. 산수의 기氣를 꺾어 큰 인물의 출생을 미리 방지하고자 행한 비열한 작태였다. 예부터 동양에서는 풍수지리를 떠나 땅과 인간을 하나로 생각했다. 하천은 피의 흐름, 흙은 피부, 나무와 풀은 머리카락과 동일시했는데 가장 중요한 '뼈'를 '돌바위'로 봤다.

지금도 전설처럼 남아 있는 지용이 쓴 윤동주의 유고 시집인 『하늘과 바람과 별과 시』의 서문에 "뼈가 강한 죄로 죽은 윤동주의 백골은 이제 고토 간도에 누워 있다"라는 구절이 나온다.

이 서문은 앞부분인 "일제 헌병은 동 섣달에도 꽃과 같은, 얼음 아래 다시 한 마리 잉어와 같은 조선 청년 시인을 죽이고 제 나라를 망치었다"의 전체 서문 중의 일부로 지금까지 윤동주의 삶과 시를 평가하는 최고의 명문으로 회자된다. 지용의 이 말의 출처는 노자의 『도덕경』이다. "마음을 비우고 배를 실하게 하고 뜻을 약하게 하고 뼈를 튼튼히 한다虛其心 實其腹 弱其志 强其骨"는 말이다.

'노장老莊'과 상반된 현실성이 강한 유교는 뼈가 강한 것을 중심과 내실을 상징했던 『도덕경』의 원문과 달리 피 끓는 지사의 신념과 지조를 의미하는 굳센 뜻으로 변주해 즐겨 사용했다. 노자의 무위자연의 유토피아 사회의 도래를 유교에서는 뼈가 강한 사람이 뜻을 세워야 실현할 수 있는 전제 조건이라고 생각했기 때문에 현실적인 측면에서 '강한 뼈'를 '굳센 뜻'과 연결시킨 것이다. 강한 뼈를 가지면 뜻이 굳세 지고 뜻이 굳세면 당연히 비분강개한 열사烈士와 의사義士가 많이 등장해 난세를 풍미하므로 지금 당장은 노자가 지향하는 궁극적인 세계와는 다른 세계일 수밖에 없다.

이렇게 동양에서 강한 뼈를 상징하는 돌과 바위는 굳센 뜻으로 승화됐고 또 그런 마을에서 태어난 두 사람의 '호號'가 이와 관련이 있다면 이들의 삶이 어찌 장삼이사張三李四의 평범한 삶일 수 있을까. 이름을 포함한 호칭은 '허명虛名'이 아니다. 의미가 담긴 소망의 결정체이기 때문에 호명될수록 이름처럼 되고 이름처럼 살며 이름처럼 역사가 된다. 포석과 벽암은 그런 인물이다.

2022.8.23

문향文鄕의 고장, 생거진천生居鎭川

인물 열전 3

포석에 비해 조중흡은 호가 이름처럼 불리는 문학가로 문단에서는 조중흡보다 '조벽암'으로 익숙한 이름이다. 진천은 포석과 더불어 벽암도 기려야 한다. 다른 지역의 경우라면 벌써 조중흡은 '문패문학관' 하나쯤 당당하게 걸고도 남았을 인물이다. 해방 전후 격동의 한국 근현대문학사에서 뚜렷한 족적을 남긴 작가이기 때문이다. 벽암은 소설로 데뷔를 해 20여 편의 작품을 남겼지만 1935년 '구인회' 탈퇴 이후 8편의 소설을 쓴 이래 주로 시 창작에만 전념했다.

벽암은 1938년 첫 시집인 『향수』를 출간한 다음 절필1939.6 이후을 하다 해방을 맞이했다. 그리고 1948년 두 번째 시집인 『지열』을 출간한 뒤 1949년 6월 월북 조선작가동맹 중앙위원회 상무위원, 『조선문학』과 『문학신문』 주필, 평양문학대학장을 역임하는 등 동시대 함께 월북한 작가보다 왕성한 작품 활동을 한 후 1985년 사망했다. 『벽암시선』1957을 발간하고 77세에 자연사한 것으로 미루어 보아 벽암은 체제의 문화정책과 갈등하지 않고 비교적 협조 관계에 있었던 것으로 보인다. 이는 북한문학사에서 일정한 위상을 갖는다는 것을 의미한다.

벽암에게 절필은 야만의 시대에 저항하는 침묵의 항변으로 이 시기는 일제가 일으킨 중일전쟁1937의 소용돌이와 태평양전쟁1941의 암운이 고조됐던 때로 우리 귀에 익숙한 국민총동원령1938과 창씨개명1939 등

'황국신민화 정책'이 극에 달했던 단말마斷末魔적인 탄압의 시기였다. 그 동안 인내하며 지조를 지켜왔던 많은 지식인 문학가들이 변절해 친일로 돌변했던 시기가 바로 이즈음이며 벽암의 절필은 이에 대한 무언의 강력한 저항이었다.

이때의 상황을 지용의 「조선시의 반성」이란 글을 통해 확인할 수 있는데 ― "친일도 배일도 못한 나는 산수에 숨지 못하고 들에서 호미도 잡지 못하였다. 그래도 버릴 수 없어 시를 이어 온 것인데 이 이상은 소위 '국민문학'에 협력하던지 그렇지 않고서는 조선 시를 쓴다는 것만으로도 신변의 위협을 당하게 된 것이었다." ― 앞날을 장담하지 못하는 위기가 체감되는 고백이다. 이러한 시기에 벽암은 절필과 침묵으로써 폭주하는 광기와 분연히 맞섰다.

벽암의 시 중에서 필자가 최고로 꼽는 시는 「향수」다. 이 시는 지용의 국민 시인 「향수」와 동일한 제목이라 의도치 않게 비교가 되곤 하는데 일별하며 지나칠 수 없는 중요한 부분이 존재한다. 해만 저물면 찾아오는 외로움을 바닷물에 저린 '여수旅愁'로 표현하며 그리움의 애절함을 미각인 '짭조름'이란 단어를 사용해 형상화함으로써 한국근현대시의 최고의 '감각적 시어'를 탄생시켰기 때문이다.

짭조름은 여전히 한국인의 칼칼한 입맛의 대명사로 일상에서도 사랑받는 언어다. 벽암은 이 언어를 그리움이란 복합적인 정서를 표현하는데 효과적으로 활용했다. 그리움 자체를 맛으로 치환한다면 '달거나' 혹은 '쓴' 단일한 지향성을 갖지만 발화된 정서가 숙성되기까지는 이러한 단일한 맛으로는 설명하지 못하는 매우 중층적인 느낌을 갖는다. 그리움이 깊어지면 선명하기보다 아득해지는 것도 이 때문이다. 원래 이

시는『조선문학』1937에「여수旅愁」로 발표됐다가 시집『향수』1938를 발간
할 때 제목을「향수」로 바꾸어 수록했다.

벽암을 생각할 때마다 늘 안타까운 마음을 금할 수 없다. 지역적으
로 또 가족적으로 포석이라는 위대한 문학가에 가려 진정한 재평가가
쉽지 않은 환경이기 때문이다. 필자는 이러한 상황을 축구 가족인 '차
범근 부자父子'에 비유하며 안타까움을 토로하곤 한다.

아들인 차두리는 과거 선수 생활 당시 대표적으로 저평가된 선수였
다. 유럽 선수들도 버거운 뛰어난 체격과 체력은 물론이고 기술도 갖춘
선수였다. 기술을 갖추지 못하고 단순히 하드웨어만 뛰어난 선수였다
면 어떻게 국가대표가 돼 평생 한 번도 어려운 월드컵에 그것도 두 번
이나 출전할 수 있었으며 해외에서 프로 생활을 할 수 있었을까. 그런
데 사람들은 차두리의 평가에 늘 인색했다.

이유는 단 한 가지로 아버지인 차범근과 비교를 하기 때문이다. 태
산이 앞을 가로막는 형국이니 차두리 입장에서는 소위 잘난 아버지 때
문에 적지 않은 피해를 보며 선수 생활을 했던 것이다. 살면서 잘난 아
버지 덕에 어깨가 으쓱할 때가 어디 한 두 번이었을까. 그러나 이러한
자랑스러움이 같은 길을 가는 동종의 업業에서는 아버지를 극복해야
하는 숙명으로 작용했을 것이다.

이렇듯 벽암 조중흡에게 포석은 문학의 차범근이었고 자신은 차두
리였다. 벽암 개인에게 포석은 빛인 동시에 그림자인 셈인데 이제 벽암
문학의 진수를 보여주는 일이 우리의 또 하나의 과제로 남았다.

그런데 한 가지 궁금한 게 있다. 그들이 평범한 삼촌과 아버지 밑에
서 태어났다면 더 큰 능력을 발휘할 수 있었을까. 딱히 단정할 수 없지

만 그렇지는 않을 것 같다. 단지 그들에겐 호랑이 삼촌과 호랑이 아버지가 적수가 없던 '맹수'라는데 새끼 호랑이의 고민이 있었을 뿐 결국 오리새끼는 물로 가고 호랑이 새끼는 산으로 가니까. 그것이 그들의 운명이니까.

2022.11.21

문향文鄕의 고장, 생거진천生居鎭川

인물 열전 4

또 한 사람의 뛰어난 문학가의 고향이 진천이다. 필자는 그러한 사실을 몇 년 전에야 뒤늦게 알았다.

왜냐하면 그를 소개하는 프로필엔 예나 지금이나 공식적으로 다른 지역을 고향으로 명기하고 있기 때문이다. 과거 그가 펴낸 명저들을 처음으로 읽었을 때도 그곳이 고향이라 적시돼 있었다.

따라서 그를 생각하면 언제나 그의 고향 '충주'와 평생의 외우畏友며 문우인 신경림 시인이 자연스럽게 연상됐던 것은 어쩌면 너무나 당연한 일이었다. 교사인 아버지의 잦은 전근으로 한곳에 오래 정주하지 못하고 이사를 한 탓에 청소년기를 보낸 충주가 그에게는 실질적인 고향으로 포란抱卵처럼 여겨졌을 것이다.

더구나 자아가 형성되는 청소년 시기의 예민한 감수성은 그 자체가 세계 형성의 새로운 신생이었을 테니까.

그런데도 육신이 태어나 정신이 깃든 '생리生里'는 변할 수 없는 운명이며 그의 고향이 진천이라는 사실이다. 태어나고 자란 땅이 주는 숙명적 관계는 한 인간의 일생을 흔드는 '지향성'일 수밖에 없다. 그에게 진천은 이런 땅일 것이다. 진천에서 유년시절을 회고하는 글도 최근에 읽은 바 있는데 미세하지만 의식의 여명기에 세계를 향한 소년의 동경과 집 주변에서 있었던 어머니와의 소소한 일상이 강력한 기억으로 환기되는 내용이었다. 그가 바로 유종호 교수다. 영문학자로서 국문학까지 지평을 넓힌 한국현대문학 1세대의 저명한 문학비평가다. 그의 고향이 진천이란 사실을 알고 뒤통수를 얻어맞은 기분이었다. 마치 축구선수 '메시'의 고향이 진천이라는 것과 같은 가슴 설레는 충격이었다.

유종호가 영문학을 택한 것은 ― 그의 고백에 의하면 ― 집안 어른들의 면피용이었다고 한다. 실용성이 강한 학문은 어른들이 반대할 이유가 없기 때문이다. 사실은 처음부터 국문학에 뜻을 두었으나 인문에 대한 주변의 우려를 고려해 실용성에서 보다 호의적인 영문학을 택했다는 것이다. 학문의 종가임에도 밥 먹고 사는 생업의 문제는 지금도 인문 특히 국문학을 바라보는 세상의 냉정한 눈이며 당면의 현실이기도 하다.

여기에 영문학의 개방적 이해가 결국 국문학에도 도움이 될 것이라는 나름대로의 판단이 한 몫을 했다고 한다. 문학은 영문학이든 중문학이든 개별 국가의 문학이 중요한 것이 아니라 문학이라는 하나의 뿌리를 가진 여러 줄기 즉 동근이지同根異枝라는 것이 본질이다. 유종호는 동서문학 비평의 일가를 이룬 대가大家다. 그가 쓴 글들은 필자의 젊은 날 김윤식 김현의 글과 함께 갈증으로 점철된 학문의 결핍을 채워주는 주술 같은 '영혼의 빵'이었다. 그런 대가의 고향이 진천이란다.

유촌 유재형 시인도 진천의 근현대문학을 얘기할 때 빼놓을 수 없는 인물이다. 1928년 『조선시단』에 황석우·김억 등과 함께 「새벽에 올린 기도」와 「낙엽」을 발표하며 중앙 문단에 등단했다.

유촌은 앞에서 언급했던 교사로 유종호의 부친이며 아들과 더불어 신경림을 길러낸 충주문학의 토양을 갈고 닦은 인물이기도 하다. 유촌

시인의 표제이며 대표시가 「대추나무 꽃피는 마을」인데 동네 후배인 김부원 시인의 말에 의하면 문백면 봉죽리에 실제 대추나무가 많았다고 한다. 체험을 바탕으로 한 회고와 기억의 정서가 시의 밭이라는 점을 생각할 때 마치 눈이 살포시 내려앉은 것 같은 하얀 대추나무꽃이 빼곡하게 만개한 마을 풍경이 한 폭의 그림처럼 눈에 선하다. 유촌의 생가터에 '표지석'이라도 세워야 한다며 조바심을 내던 김부원 시인의 모습이 뇌리에 떠오른다. 그의 바람처럼 대추나무가 우거진 영화로웠던 마을이 복원돼 문학과 삶이 시간을 초월 향유되기를 소망한다. 삶은 이렇게 안목을 가진 한 사람의 향토애와 정성에 의해 일상이 풍경으로 번진다.

2023.1.13

문향文鄕의 고장, 생거진천生居鎭川

인물 열전 5

현대시조의 큰 성취를 이룬 녹원綠原 이상범[1935] 시인도 진천 땅이 배출한 대표적인 문사文事다. 시조 특유의 정형성을 유지하지만 그것에 얽매이지 않고 정서가 위축되지 않게 절묘한 균형을 추구하는 현대시조의 전형을 보여준 시인이다.

시조란 장르는 형식의 의도적 제약에서 오는 언어의 한계를 최고조로 끌어올려 그 정점에서 압축된 진한 여운이 생명이다. 이상범 시인은 이를 정갈한 언어로 구현했다. 요즘 더욱 가치 있게 평가받는 시서화詩書畵 삼절三絶에 대한 능력과 식견도 그의 시의 격조를 한 차원 높게 고양시킨 요소다.

늦은 나이에 새롭게 개척한 '디카詩dica시'의 영역은 문학에 대한 끝없는 열정과 탐미耽美의 결과로 경이로움을 자아낸다. 디카시는 자연이나 사물에서 포착한 시적 형상을 디지털 카메라로 찍은 영상을 5행 이내의 문자를 섞어 표현한 멀티 언어 예술이다. 누구나 쉽게 창작할 수 있는 문학 장르라는 장점이 있지만 이는 일반적인 '스트레이트 포토'에 해당하는 것이다. 이상범 시인이 개척한 영역은 이보다 첨단적인 기술을 요하는 '메이킹 포토'의 영역이다. 장면자연, 사물을 순간적으로 포착하는 것은 동일하지만 컴퓨터 영상 작업을 통해 인위적으로 이미지를 선명하게 창조한다는 점에서 다르다. 자연 속에서 순간 포착한 장면을 디지털 기술을 이용해 눈에 나타나지 않는 놀라운 이미지를 만들어 낸다.

이는 시인에게 매우 중요한 의미를 갖는다. 가시적 거리가 주는 반복적 피로감에서 벗어나 눈에 보이지 않는 미시적 세계를 들여다봄으로써 전혀 새로운 차원의 영감을 얻을 수 있기 때문이다. 소제 고갈의 위험성으로부터 해방된다는 점에서도 시인 개인에게는 시맥詩脈의 발견인 셈이다.

백남준이 누구도 생각하지 못했던 '기계 덩어리TV'를 이용해 '비디오아트'의 창시자가 되었듯 이상범 시인이 개척한 디카시란 새로운 장르의 개척은 전통 장르를 새롭게 갱신한 실험정신의 결과로 평가를 받는다. 그의 시 중 필자가 좋아하는 「벚꽃 길」과 「섬」의 이미지가 명징하게 눈앞에 아른거린다.

이외에도 진천문학의 토양을 풍요롭게 한 많은 문학가와 그 '후생後生'들이 오늘도 하야夏夜 삼경三更의 불을 밝히며 '필경筆耕'의 밭을 일구고 있다. 문장으로 일가를 이룬 앞선 선배들이 흐뭇해하고 한편으로는 '가외可畏'할지도 모르겠다. 일개 지렁이 한 마리도 지령地靈의 영향에서 자유로울 수 없는데 하물며 사람인바에야 불문가지일 터이다. 고향 땅이 키운 인물이 그 인물로 인해 빛나는 관계처럼 아름다운 보은은 없다. 가사문학을 완성한 송강의 문업文業을 오늘날로 치환해 보면 현대문학의 가장 독보적인 '시성詩聖'에 해당하는 위상이다.

한국 근대문학의 선구자인 포석이 어느 날 혜성처럼 등장한 신진기예가 아닌 것도, 벽암 조중흡이 빼어난 총명함으로 당시 배고픈 문단을 보듬으며 붓을 갈았던 것도, 유촌과 그의 아들 유종호가 혈을 이어 시마詩魔에 노니는 것도, 이상범의 현대시조가 내용과 형식에서 새로운 갱신을 이룬 것도 생거진천이라는 땅과 맺은 씨줄과 날줄로 이어진 필연 때문일 것이다. 세상에는 돌연한 것이 없다. 콩 심은 데는 '콩'이 나온다. 설령 팥이 나오는 돌연한 변이가 있다한들 우리는 그 변이를 콩이라 부르지 않는다.

이렇듯 세상의 삼라만상은 끝없는 인과관계로 형성된 인연의 줄로 이어져 있다. 낙양洛陽의 지가紙價를 올렸던 '좌사左思'처럼 문文이 승한 지령을 갖춘 생거진천 태생의 걸출한 '우사右思'의 출현을 기대해 본다. 문으로 주객일치主客一致의 입신의 경지에 올랐던 송강의 후예 가슴에 돌을 품고 시베리아 정글의 맹수들과 어깨를 나란히 하며 사자후를 토한 포석이란 조선호랑이의 새끼 말이다. 호랑이 새끼는 들로 가지 않는다.

2023.7.5

문향文鄕의 고장, 생거진천生居鎭川

인물 열전 6

　문향, 생거진천을 말할 때 한국 근대문학과 디아스포라문학의 선구자인 포석을 필두로 지나칠 수 없는 또 한 사람의 인물이 바로 표암豹菴 강세황1713~1791이다. 그도 송강처럼 진천에 '사거진천死居鎭川'으로 와 영면한 인물이다. 그러나 송강과 달리 부모 사후 6년 동안 '시묘侍墓살이'를 했기 때문에 생전에 진천과 직접적인 인연이 있었다.

　강세황은 단원 김홍도의 스승으로 일반에 알려졌지만 사실 그는 조선 후기 영정조 시대의 빼어난 화가며 명실상부한 시서화詩書畫 삼절三絶로 독보적인 예술세계를 구축한 절륜한 인물이었다. 그는 기존의 회화진경, 인물를 발전시켰으며 특히 당시로서는 획기적인 서양화 기법을 과감하게 수용해 새로운 차원의 미래 비전을 제시했다. 예원藝苑의 총수로서 그의 역할은 시평詩評과 화평畫評에서 더욱 빛을 발했다. 작품을 보는 심미안은 당대의 기준이 되었으며 작가의 역량을 가늠하는 최고의 감식안이었다. 대표작으로는 〈자화상自畵像〉과 〈현정승집도玄亭勝集圖〉, 〈송도기행첩松都紀行帖〉 등이 있다.

　강세황은 고향인 서울에 살다 처가가 있는 '안산'으로 이주해 살았다. 이 기간30년은 안산이 조선 후기 문화 예술의 부흥기를 이끈 중심 지역이었으며 그 한가운데에, 강세황이 있었다. 그런데 한 가지 특이한 점은 그가 조선의 4대 장서각 중의 하나인 '청문당' 소유주인 유명천의

'손녀사위'라는 점이다. 유명천의 동생인 유명현이 소유했던 또 하나의 장서각인 '경성당'도 인근에 있었는데 강세황은 2만여 권이 소장된 두 곳의 장서각을 자유롭게 드나들며 시서화를 연마하면서 지역 예술가들과 교류함으로써 삶과 예술의 폭 넓은 안목을 마음껏 키울 수 있었다. 지식과 정보의 창고였던 만권루가 없어 경향으로 번거로운 출타를 해야 했던 시대에 그에게 '이만권루'에 쌓인 '책더미'는 고금의 인문적 지식을 습득하고 그것을 자양분으로 삼을 수 있는 값진 충일充溢의 시간이었다.

강세황이 이주한 안산은 강화학파의 시조인 정제두1649~1736가 강화로 삶의 터전을 옮기기 전 20여 년 동안 '양명학'을 공부한 땅으로 실용적 학문과 진보적 사상이 함께 번성하던 문화 생동의 '핫 플레이스hot place'였다.

필자는 이 부분에서 자연스럽게 재미있는 상상을 해본다. 강세황에게 진천이 '사거死居'가 아니라 '생거生居'였다면 아마도 '완위각'에서 학문과 예술의 세계를 천착했을 것이라는 상상 말이다.

그러나 선대가 잠들어 있는 진천과의 인연이 세세로 이어져 왔다고 해도 불효에 대한 속죄의 의미가 큰 시묘살이는 산소에 구속될 수밖에 없는 특수한 상황으로 본격적인 정주의 삶과는 다른 조건임에는 분명하다.

그럼에도 불구하고 눈여겨볼 대목은 시묘살이 기간1734~1738, 21~25세에도 부모와 조상이 잠든 '문백'과 반대 방향에 있던 '초평'에서는 여전히 완위각이 조선의 명사들로 문전성시를 이루고 있던 시기였다는 점이다.

이에 대한 정확한 기록이 존재하지 않아 사실로 단정할 수 없지만 당시 4대 장서각 중 2곳의 장서각과 특별한인척 관계를 맺고 있던 강세황이 완위각의 존재를 알고 있었다고 가정한다면 그가 완위각을 한 번쯤 들렀다고 상상해 보는 것이 지나친 비약은 아닐 것이다. 참새와 그것처럼 선비가 어떻게 문방사우文房四友를 지나칠 수 있을까.

강세황이 시묘살이할 무렵에는 완위각의 주인인 이하곤이 이미 세상을 떠난 후였기 때문에 그와 대면할 기회는 없었다. 하지만 이하곤과 막역한 우정을 나누었던 겸재 정선1676~1759이 여전히 왕성한 창작활동을 하던 때였다. 존경과 극복의 대상인 선배 정선과 윤두서1668~1715가 제 집처럼 드나들며 삶을 이야기하고 예술로 주야를 밝혔을 완위각은 강세황에게 그 자체로 흠모와 함께 묘한 호승심好勝心이 발동하는 동기 부여의 현장이 되기에 충분한 공간이었을 것이다.

또한 서예의 대가 백하白下 윤순1680~1741과 그의 제자 이광사1705~1770가 방문해 써 걸은 완위각과 만권루의 현판은 이곳이 시서화 문사철로 상징되는 인문적 본향임을 실증하는 것으로 강세황에게 완위각은 여러모로 관심이 갈 수밖에 없는 공간이었을 것이다.

이하곤은 시서에도 능했지만 무엇보다 뛰어난 '화가'였다. 그렇기 때문에 지기 중에서 윤두서와 정선을 평생 가까이 두고 사귈 수 있었으며 완위각에는 고금의 희귀하고 첨단의 그림 이론에 관한 책들이 또한 즐비했었다.

2024.3.28

문향文鄕의 고장, 생거진천生居鎭川

공간과 장소

'완위각宛委閣'은 담헌澹軒 이하곤1677~1724이 진천 초평에 지은 18세기 조선의 4대 장서각藏書閣, 사립도서관 — 안산의 유명천의 청문당淸聞堂과 유명현의 경성당竟成堂, 서울의 월사月沙 이정구 고택 — 중 한 곳으로 일명 '만권루萬卷樓'라고 불렸다.

예나 지금이나 동양에서 만 권의 의미는 장서의 기준이고 장서가의 꿈이며 지식인을 상징하는 박학다식의 배경이다. 설령 책을 쌓아만 놓고 읽지 않는 호사가의 허장성세라고 해도 책은 그 자체로 선하며 유의미하다. 문자향 서권기文字香 書卷氣 책은 그런 것이다.

주목해 볼 대목은 완위각이 있던 '지리'적 위치다. 3대 장서각이 서울 경기 소재인데 반해 완위각은 진천 그것도 '초평면'이라는 벽지에 있었다는 점이다. 진천이 '기전畿田지방'을 이어주는 교통의 요지라고 해도 서울 경기에 비해 물리적으로 오지일 수밖에 없는 거리다. 개인 장서각이라는 점이 고려의 대상이 되겠지만 당시 일반적 통념을 벗어난 위치에 완위각이 있던 것만은 분명하다.

그러나 한편으로는 도서관이 당대의 첨단 지식이 유통되며 공유되는 열린 공간이란 점을 환기한다면 문화적 위상과 지리적 거리와는 별개라고 할 수 있다. 도서관이 존재하는 장소와 공간이 곧 문화의 중심이며 시대정신의 첨병이기 때문이다.

완위각은 이하곤이 말년에 출사의 길을 단념하고 은일처사隱逸處士의 삶을 택하며 책을 벗 삼아 시를 짓고 서화를 치며 시인 이병연·문신 신정하·원교圓嶠 이광사·공제恭齋 윤두서·겸제謙齋 정선 등 당대의 문화 명사인 시인 묵객들과 소통하며 강학講學을 즐겼던 공간이다.

명사들의 구체적인 면면은 잘 모르더라도 이광사의 〈서예〉 윤두서의 〈자화상〉 정선의 그 유명한 〈진경眞景산수화〉 등은 학창시절 익히 주워들은 풍월이 있는 내로라하는 인물들이다. 완위각은 골동의 아취를 완상하는 사랑방이 아니라 조선 후기 명망 있는 '셀럽celebrity'들이 진천에 머물거나 왕래하며 세상을 보는 '창窓'이었다. 앎에 목마른 지식인들과 보다 넓은 세상을 향한 선각자들의 강렬한 지적 호기심이 충만했던 담론의 현장이기도 했다.

이러한 담론의 중심에 '양명학陽明學'이 있었다. 완위각은 조선 양명학의 태두인 하곡霞谷 정제두1649~1736가 창학한 '강화학파'의 마지막 거점이던 곳이다. 진천 강화학파는 조선 후기와 근대에 진천에서 활동한 지식인과 독립운동가 중에 정제두의 양명학을 이어받은 사람들을 일컫는 말이다. 주요 인물로는 문원汶園 홍승헌·기당綺堂 정원하·학산學山 정인표·연재淵齋 정은조·보재溥齋 이상설·위당爲堂 정인보 등을 꼽을 수 있다.

양명학은 송대의 주자학과는 달리 명대의 왕양명에 의해 주자학에서 새롭게 분파된 학문思想인데 주자학의 '이학理學'과 달리 '심학心學'을 중심으로 한다. 우리 귀에 익숙한 '지행합일知行合一'이 양명학의 대표적인 삶의 철학이다. 사물과 이치를 이理와 기氣로 분리하지 않고 하나로 보는 역동적이며 통합적인 성격을 갖는다.

이러한 철학적 관점으로 세상을 보기 때문에 차별을 배제하는 '평등주의'가 가능했다. 당시 현실에서는 전위적이며 혁명적 요소가 다분한 철학사상이었다. 주자학 외에는 '사문난적斯文亂賊'으로 규정해 멸문지화를 시키는 지배체제에서 양명학은 정제두가 '안산'에서 '강화'로 이주하면서 '강화학파'란 이름으로 거듭난다. 한국적 양명학의 본격적 태동인 셈이다.

초기에는 가학家學으로 학맥을 이어오다 구한말 위난의 시기가 닥쳐오자 점차 뜻있는 우국지사들이 모여들어 국권 회복의 정신으로 강한 실천성을 띤다. 강화학파의 정신은 근대의 주체적 민족정신으로 발전해 많은 애국지사에게 큰 영향을 주었다. 대표적으로 이회영의 6형제와 이상설 등 실제 독립군 기지를 건설하거나 뛰어든 인물들의 핵심사상이 됐다.

이렇듯 정제두 이후 200년 강화학파의 최후의 불꽃이 타올랐던 곳이 바로 완위각이며 그 완위각이 있는 곳이 '생거진천'이다. '문文'으로 세상을 바꾸려했던 포석과 '정政'으로 나라를 되찾으려했던 보재 그리고 '상무尙武'정신으로 일제의 간담을 서늘케했던 동천東天 신팔균 1882~1924 등은 풍찬노숙하며 이역만리에서 근대의 여명을 적극적으로 열어젖혔던 진천의 걸출한 인물들로 이들이 아무런 이유 없이 솟아난 '봉우리'가 아님을 완위각은 생생하게 증언한다.

2024.2.29

투르게네프의 소설 『그 전날 밤』 번역 출판(1925)

5월 단상, 김지하의 부음을 듣고

무심코 뜬 속보를 봤다. 그가 죽었다는. 특별한 감정의 요동이 있었던 건 아니었지만 '또 한 시대가 이렇게 저물어 가는구나'라는 상념이 스쳤다.

올해에는 유독 천상의 별이 된 이 땅에 재림한 독보적 문사들이 많다. 그렇다. 그의 죽음은 한 시대의 종언을 고하는 비보였으며 장엄한 '별리別離'이어야 했다. 사실 그는 익명으로 처리될 수 없는 사람이다. 그 이름 석 자는 강렬하다 못해 차라리 빛보다 더 강한 어둠으로 무딘 정신을 난타했던 시대의 창槍이었으며 역사의 하중을 가진 풍운아였다.

김지하1941~2022.5.8 그는 그런 사람이었다. 문학이 짊어지는 당대의 명에를 온전히 감당했던 유신維新의 영웅이자 '타는 목마름'으로 민주주의를 외친 들판의 투사였다. '지하 형'이란 호명은 젊음이 앞다투어 동경하며 손가락으로 지목하는 가장 빛나는 '별'이었다. 별은 그의 육신이 처절한 몸부림으로 지상을 품은 끝에 얻은 아픈 영광이었다. 나는 그와 한 번도 만난 적이 없지만 결코 타인일 수 없는 인연이 있다. 필자의 박사학위 논문의 주제가 그의 문학이었기 때문이다. 문학은 필연적으로 삶을 관통하는 숙명인 까닭에 인간 김지하의 심연을 남보다 깊이 들여다볼 수 있었다.

그러나 이런 그의 부음에 세상이 별다른 동요가 없었던 것은 한때 빚은 설화舌禍가 적지 않은 사람들에게 상처를 준 일 때문일 것이다. 물론 나도 그 상처의 예외자는 아니었다. 대표적인 일이 1991년 분신 정국에서 쓴 「죽음의 굿판을 걷어치우라」는 칼럼과 2012년 대선에서 박근혜를 지지한 일이다. 주지하듯 박근혜는 자신을 탄압한 독재자 박정희의 딸이 아닌가. "지옥으로 가는 길은 선의로 포장돼 있다"는 세간의 말이 있다. 의도와는 다른 오해라고 항변해도 결국 한 번 입을 떠난 말은 '지옥열차'를 멈추지 못한다.

그렇다고 그를 위한 변명의 여지가 전혀 없는 것은 아니다. 그가 감옥에서 만난 건 더욱 날카롭고 벼린 '칼'이 아니라 당시로서는 매우 낯선 담론인 '생명사상'이었다. 일체 뭇 생명의 훼손은 그 어떤 목적으로도 정당화될 수 없는 그만의 철학이요 논리가 됐다. 일회적인 고귀한 생명 앞에 이데올로기와 정치적 신념은 한낱 지엽적 충동으로 보였을 것이다. 현실은 여전히 야만이었지만 그는 이제 '투사'에서 '성자'가 되는 길을 택한 것이다.

정적政敵의 딸을 지지한 이유도 동일한 함의를 갖는다. 대립과 분열의 정치를 끝내고 역사와의 화해라는 점에서 가장 큰 피해자인 본인의 결단이 갖는 대의명분에 대한 믿음이 한몫했을 것이다. 그러나 지식인의 행동은 자신의 역사적 위치가 지니는 엄중함을 인식해야 씻지 못할 경솔함을 줄일 수 있으며 그가 내민 '어려운 화해'도 정당성을 확보하게 된다. 이것이 결여될 경우 선택은 변절로 선의는 왜곡으로 전락한다.

이런 면에서 김지하의 선택은 진의와는 관계없이 역사의 '패착'으로 귀결됐다. 그럼에도 그에 대한 시선은 비판 일변도보다는 안타까운 시선이 더 많았다. 전사가 얻은 전리품병든 영육이 그의 무모한 선의가 초래한 참극을 상쇄하고도 남는 인간적 연민과 슬픔이 있었기 때문이다. 빛이 강했던 만큼 그늘도 넓었던 김지하, 끝없이 기존을 파괴하며 시적 갱신을 도모한 '담시譚詩'로 상징되는 파천황적인 발자취는 시대와의 불화가 도화선이 된 역작力作의 시작이었다. 더불어 문학사가 잊지 말아야 할 점은 말의 난무亂舞와 '요설饒舌' 속에서도 항상 영롱한 '서정'이 그의 시를 풍부하게 했다는 점이다.

김지하의 죽음을 보며 역사와 대중의 바람에 전적으로 호응하는 삶은 하나의 환상이란 생각을 하게 된다. 삶이란 그렇게 단선적인 것이 아님을, 산다는 것은 그것을 깨닫는 과정이라는 것을 새삼 느낄 때 뇌리에 떠오르는 한 사람이 있다. 포석 조명희1894~1938.5.11다. 한국문학사에서 가장 무결점의 인간이며 근대문학의 지평을 가장 앞서 열어젖힌 선구자 조명희, 그가 태어난 1894년은 개화의 여명기갑오경장이기도 했지만 주술처럼 환유되는 '갑오년' 가슴 타는 '동학혁명'이 일어난 파란의 해이기도 했다. 어찌 그의 삶이 순탄할 수 있었을까. 그가 추구했던 무정부주의와 사회주의가 동학의 서구적 재현인 특징이 있다는 점이 예사롭지 않은 이유다.

김지하의 삶과 문학의 필생의 화두도 '동학'이었다. 생명사상의 구현도 동학이 발원지다. 동학의 해에 태어난 포석, 그 동학을 품었던 김지하, 그들이 감당한 시대는 달랐지만 한결같이 지향한 꿈은 '붓'을 수단으로 억압의 사슬로부터 개인의 자유와 생명의 자율성이 실현되는 '대동세상大同世上'이었다. 파란만장했던 두 사내의 생애가 만 84년의 시간차를 두고 저 눈부시게 아름다운 5월의 녹음 속으로 영원히 우리 곁을 떠났다.

2022.5.26

근대의 3걸傑, 진천 미래 유산의 보고寶庫
이상설·조명희·신팔균

　　예부터 해당 지역의 '특별함'은 그 지역의 유무형의 생산물인 물산과 인심 그리고 지리가 촉매제 역할을 했다. 그중에서 '인물'은 지역의 특별함을 가장 빛나게 하는 눈부신 광휘光輝다. 인물로 인해 지역은 다른 곳과 뚜렷한 차별성을 가지며 자립적인 힘을 갖는다. 인걸人傑은 지령地靈이며 지령地靈은 인걸人傑이라는 옛말을 실감한다.

　　이런 의미에서 진천은 축복받은 땅이다. 근대의 돌올한 '3걸'이 태어난 고장이기 때문이다. 보재 이상설1870~1917, 포석 조명희1894~1938, 동천 신팔균1882~1924이 그들이다.

　　본 글은 위에서 언급한 인물의 삶을 이상설의 '정政治', 조명희의 '문文學', 신팔균의 '무尙武'로 규정했다. 일명 '정문무政文武' 3축을 하나로 묶어 진천의 미래 유산의 보고로 재해석하고 이를 어떻게 지역 발전의 동력으로 승화시킬 것인가를 공유하기 위한 목적으로 쓴 글이다.

　　세 명의 인물은 모두 일제강점기 항일 투쟁으로 빛나는 족적을 남긴 대한민국 건국훈장의 자랑스러운 서훈 대상자며 독립운동가다. 진천이란 향리를 뛰어넘어 청사靑史에 길이 남는 이름을 새긴 애국 충렬지사다.

　　이상설이 우리에게 익숙한 것은 이준·이위종과 함께 네덜란드 헤이그에서 개최된 세계만국평화회의에 고종의 밀사로 파견된 일 때문이다.

그러나 필자가 주목한 것은 '을사늑약'[1905] 체결 후 그가 보인 비분강 개한 의기義氣다. 당시 그는 대신 회의 실무자인 의정부 참찬으로서 조약 체결 저지를 시도했으나 일군의 방해로 실패하자 곧 황제에게 사직 상소문을 올려 아직 황제의 비준 절차가 남아 있음을 역설하고 조약 파기를 위한 상소를 올렸다.

그 핵심은 "이 조약은 인준을 해도 나라가 망하고 인준을 하지 않아도 나라는 망하니, 황제는 단연코 인준을 거부, 종묘사직을 위해 '순사殉死'하라"고 강경하게 요구한 것이다. 당시 조정朝廷의 상황은 경향 각지에서 을사늑약을 반대하는 상소로 들끓고 있었다. 그러나 황제에게 죽음으로 막아야 한다고 극단적 충언을 마다하지 않은 것은 그가 유일한 사례였다. 이러한 의기가 바탕이 되었기 때문에 구한말과 대한제국의 관료 또는 교육자로서 독립운동의 절륜絶倫한 발자취를 남길 수 있었다. 그의 화려한 이력과 비범한 경륜은 이처럼 불의에 항거한 무서운 애국정신의 소산이었다. 구한말 진천이 비타협 민족주의 정신의 산실인 '강화학파양명학'의 마지막 거점이었고 보재가 이를 수학한 후예였다는 사실은 시사하는 바 크다.

포석 조명희는 또 어떤가. 그는 문학을 통해 일제의 야만성을 폭로하고 망명 이후 18만 연해주 고려인들에게 한글문학을 가르친 '디아스포라문학'의 선구자로서 우리 민족의 자긍심을 한껏 높인 1920~1930년대 이미 경계를 뛰어넘은 세계적인 작가다. 그가 걸어간 길은 운명적으로 최초의 업적들로 점철된다. 최초의 희곡집『김영일의 사』, 2023, 최초의 미발표 개인 창작 시집『봄 잔디밭 위에』, 1924, 프로문학의 기념비적인 소설「낙동강」, 1927 발표, 일제강점기 최초의 망명 작가[1928], 최초의 망명문단 결성, 최초의 망명 문예지『노력자의 고향』, 1934;『노력자의 조국』, 1937 발간 등 그가 옮기는 발걸음이 곧 한국 근대문학의 지평을 새롭게 넓히는 기적 같은 순간순간이었으며 사상적으로는 광기가 판을 치는 제국주의 시대에 피식민 소수 민족의 생존의 활로를 진정한 세계주의로 극복 실현하고자 했다.

동천 신팔균을 생각할 때마다 참으로 안타까운 마음을 금할 수 없다. 보재와 포석에 비해 지역에서의 선양사업이 거의 전무한 상태이기 때문이다. 그는 대대로 정통 무반 가문에서 태어난 무장武將으로서 그의 조부 신헌은 병조판서를 지낸 인물로 강화도조약과 조미수호통상조약을 체결한 인물이며 임진왜란 때 충주 탄금대에서 전사한 신립 장군도 그의 선조다.

이런 집안의 내력은 동천에게 자연스럽게 영향을 미쳐 그는 대한제국 육군무관학교 2기생으로 졸업 후 마지막 황실근위보병대에서 근무하다 군대가 강제 해산1907당하자 낙향해 지금의 '이월초등학교보명학교'를 설립한 뒤 후진 양성과 비밀결사 대동청년당大東靑年黨에 가입 활동했다. 한일병탄이 되자 망명해 대한 통의부 총사령관과 신흥무관학교 교관으로 지청천 김동천과 더불어 남만南滿 '삼천三天'이라 불리며 일제의 간담을 서늘하게 했던 대한독립군의 맹장이었다.

망국의 시기 독립운동에 투신한 위인들은 많지만 특정 지역의 동향 출신이 정치외교, 문화문학, 국방군사 즉 상무정신을 배경으로 고난의 시대를 앞서 헤쳐 간 선각자는 흔치 않다. 이들 3걸은 해외 독립운동의 본거지인 만주와 연해주를 무대로 조국 독립이라는 대의에 목적을 두고 주권의 가장 핵심적인 '영역政文武'에서 헌신한 위대한 '근대인'이었다.

이제 3걸의 체취가 선연한 고향 땅 진천에서 그들의 정신을 올바로 받드는 일이 선결 과제로 남았다. 특히 3걸의 한 축인 동천 신팔균에 대한 선양사업이 급선무다.

2023.3.15

포석, 지역과 시민 속으로 한 발 더 스미다

'2022년 농예문 통합축제'가 성황리에 끝났다. COVID-19 이후 3년 만에 개최된 이번 축제는 농다리축제, 예술제, 문화축제를 통합해 외양적인 큰 규모 때문에 자연스럽게 대외적인 관심도를 높였다. 행사 진행에 있어서도 내실을 기함으로써 내외가 풍성하고 충실한 소위 두 마리 토끼를 모두 잡은 성공적인 축제로 막을 내렸다. 수십 개가 설치된 전시 부스와 참여 부스는 생거진천의 의미에 걸맞은 다양한 콘텐츠를 선보였고 지역민과 외지 방문객들이 직접 참여해 흥미를 돋우는 기획력이 돋보였다. 여기에 축제의 백미라고 할 수 있는 역사 문화에 대한 이해와 배려는 통합축제의 비전과 메시지를 살리는 핵심 요소였다.

이러한 차원에서 설치된 '포석 조명희 전시 부스'는 당초의 기대를 상회하는 큰 성과를 거두고 내년을 기약하게 됐다. 지역 축제에서 그 지역 출신의 위대한 인물을 기리는 일은 너무도 상식적이고 당연한 일이지만 그동안 이러한 당연한 일들에 관심이 적었던 게 사실이었다. 그러나 이번 축제에서는 포석의 부스가 처음으로 설치돼 축제에 참여한 많은 사람들로부터 큰 관심과 주목을 받았다. 포석기념사업회 차원에서 정성스럽게 준비를 했고 구체적이며 세밀한 부분은 아무래도 포석 조명희문학관이 담당할 수밖에 없었는데 그 과정에서 큰 보람과 즐거움을 느꼈다.

포석을 상징하는 여러 개의 '패널'을 준비했으며 특히 내심 기대를 하고 준비한 '연해주 항일 영웅 59인'의 얼굴과 명단이 들어간 현수막이 압권이었다. 이 사진에는 잘 알려지지 않은 일화가 있다. 문학관 건립[2015]을 앞두고 포석기념사업회 일행이 포석의 발자취를 확인하러 간 [2014] 러시아 여정에서 우수리스크 고려인문화센터 1층에 전시된 것을 우연히 발견한 것이다. 지푸라기 하나라도 잡고 싶은 심정으로 러시아에 간 일행들에게 포석이 기적 같은 선물을 안겨준 셈이다. 지금도 이때의 놀라움을 나순옥 포석문학회장은 자주 회고하곤 한다.

'연해주'가 어떤 땅인가? 만주[간도]와 함께 우리나라 독립운동의 최일선의 전초 기지로 항일 독립투사들이 구국[救國]을 위해 목숨을 바쳐 헌신했던 성스러운 땅이다. 작가 박경리는 소설 『토지』에서 이 지역을 "잘난 사내들, 쓸개가 썩지 않는 사내들이 모여드는 곳"이라고 표현한 바 있다. 이 내용을 현수막 하단부에 실제로 써넣었다. 우리 민족에게 만주와 연해주가 가지는 역사적 의미와 자긍심을 이처럼 명료하게 규정한 글을 아직 보지 못했다.

사람의 인체 중에서 '쓸개'는 '담낭[膽囊]'이라고도 하는데 간에 붙어 그곳에서 생성된 액인 '담즙'을 저장해 소화를 돕는 중요한 장기다. 우리의 옛말에 "쓸개 빠진 놈" 혹은 "쓸개 없는 놈"이란 말도 줏대 없이 부화뇌동하는 사람을 일컫는데 담력이 약하기 때문에 흔들리는 부끄러운 태도를 말하는 것이다. '담력'이 크거나 담력이 세다는 말은 그래서 쓸개와 관련된 말이다.

이렇게 현수막으로 만든 사진은 천 마디 만 마디의 말보다 포석 조명희란 인물이 어떤 인물인가를 단적으로 웅변한다. 59인의 영웅 속에는 우리가 익히 상식적으로 잘 아는 안중근과 홍범도, 신채호와 박은식

등 내로라하는 인물들이 포함돼 있어 그들과 어깨를 나란히 한 포석의 위상을 눈으로 직접 확인해 볼 수 있기 때문이다.

또한 지역적으로는 보재 이상설도 들어 있어 진천의 역사적 위치를 한껏 고무시킨다. 조선 팔도의 쓸개가 썩지 않는 그 잘난 사내들의 무리에 한 명도 아니고 두 명이나 포함돼 있다는 사실은 참으로 자랑스러운 일이다. 충북의 경우로 넓혀 봐도 신채호를 포함해 세 명이 전부다.

또 한 가지 주목해 볼 점은 포석 관련 '소책자'가 많이 나갔다는 점이다. 먹거리와 볼거리가 다양한 축제의 현장에서 건조하기 이를 데 없는 책에 눈길이 간다는 것은 특별한 관심을 두지 않는 한 쉬운 일이 아니다. 그런데 이러한 예상을 보기 좋게 비웃기라도 하듯 부스 앞에 설치된 책 테이블에는 책을 집어 들고 일별하거나 가져가는 사람들이 많았다. 가져간 책이 어떻게 소비되든 포석 조명희란 인물이 진천 사람이고 어떤 분야에서 활약해 역사에 이름을 남겼는가를 이제 기본적으로 알 것이기 때문에 퍽 다행스럽고 흐뭇했다.

결국 이번 축제에 설치된 포석의 부스는 찾아가는 포석조명희문학관이었던 셈이었으며 그 효과는 기대 이상이었다. 내년에 보완해야 할 점을 현장에서 느꼈던 점도 큰 수확이었다. 축제의 밤이 지나고 포석공원의 단풍이 하루가 다르게 아름다운 자태로 물들어 간다. 가을이 깊어 간다.

2022.10.13

포석공원 시비詩碑 제막식을 보고

한 해가 저물어 가는 12월 끝자락 어제2022.12.15 진천 '포석공원'에서 조명희 선생의 시비 제막식이 성황리에 거행됐다. 시비에 아로새긴 시는 포석의 대표 시「경이驚異」와 동시童詩「샘물」이다. 포석 시에서 동시는 자칫 경직으로 흐르기 쉬운 그의 문학에 생기를 불어넣는 또 다른 이면을 엿보게 한다는 점에서 매우 중요한 의미를 갖는다.

포석공원은 당초 '진천 1호 근린공원'이 명칭 변경되면서 한국 근대 문학과 디아스포라문학의 선구자인 조명희 선생의 호를 따 포석공원으로 거듭났다.

더구나 포석의 발자취가 여전한 생가 뒷동산에 포석공원이 들어섬으로써 선생의 향리인 벽암리 수암마을 전체가 명실상부하게 '포석문학테마지'로 부상하게 된 것이다. 진천의 또 하나의 역사적 명소가 생긴 것이다. 포석공원은 진천읍 중심에 위치해 예부터 읍 전체를 한눈에 품고 있는 전망 좋은 '망루'였다. 일종의 진천의 작은 '남산南山' 역할을 한 곳인데 지리적 개념만으로 설명할 수 없는 지역민들의 삶의 애환과 정신이 깃든 곳이다. 옛 '충혼탑' 자리가 이곳이었다는 사실은 여러모로 시사하는 바 크다.

포석도 피 끓는 젊은 날 실재 이곳에 자주 올라와 신문 연재소설을 읽고 내려갔다는 기록이 있다. 이때가 북경사관학교 입학을 위한 출분이 좌절돼 집에서 소일하던 시절이라는 것을 감안하면 뜻을 펼치지 못하는 현실의 답답함과 울분을 아마도 이 뒷동산을 거닐며 달랬을 것이다.

최근에는 포석공원 부지 안에 군립도서관과 청소년수련관 포석조명희문학관이 들어서고 인근에 교육도서관을 비롯해 상산초등학교와 삼수초등학교가 나란히 터를 잡고 있다. 포석공원을 중심으로 교육과 역사의 전인적 복합 시설이 자연스럽게 연계돼 진천의 어제와 오늘 그리고 내일을 한곳에서 체험하고 감상할 수 있는 문화 마당으로 일신했다. 역사적으로 유서 깊은 포석공원의 터전 위에서 진천의 꿈이 영글고 미래가 익어가는 셈이다. 이런 서기瑞氣 어린 곳에 포석 시비가 세워진 것이다.

이외에도 포석공원은 야외 문학관 역할을 독특히 할 것으로 기대한다. 기존의 문학관이 '실내'라는 정형의 틀 속에 있다면, 포석공원은 시민 다수가 일상에서 편안하게 포석의 삶과 문학을 만나는 자유스러운 공간이라는 점에서 이를 보완해 줄 것이기 때문이다.

역사가 된 인물을 기리기 위한 선양사업들은 하나하나가 철저한 역사적 사료의 고증을 바탕으로 그 외형이 드러날 때는 고도의 상징성을 띤다. 삶을 압축적으로 응결해 의미를 심화시켜야 할 필요성이 있기 때문이지만 기려야 할 유적이나 유품이 많지 않은 것도 적지 않은 이유 중 하나다. 한정된 역사적 사료를 근거로 특정 인물을 보편화한다는 것은 그만큼 난경한 일이다. 다행히 포석은 그의 문학 전체를 조감할 수 있는 전집과 삶의 행로 등 아쉽지만 어느 정도 복원 가능한 역사적 편린들이 산재하다. 이를 근거로 선양사업도 한층 활기를 띠며 위대한 한 인간의 삶이 시공을 초월해 우리 앞에 선다.

　시비 설치가 중요한 까닭은 앞으로 포석공원에 들어서게 될 관련 콘텐츠와 상징 시설들의 마중물이기 때문이다. 이번에 세워진 시비 2점은 문학관과 가장 가까운 거리에 세워졌다. 문학관 관람객들의 편의를 위한 불가피한 선택이었으나 향후 세워질 시비는 포석공원 가장자리로 점차 물결처럼 번져갈 것이다. 포석공원의 넓은 면적33.38m을 고려하면 시비 2점으로는 부족하다. 여건이 마련되는 데로 지속적인 시비 건립이 필요하다.

　영원성을 상징하는 돌에 시를 새긴다는 것은 특히 포석의 삶과 문학의 길을 생각할 때 다른 작가와 뚜렷하게 구별되는 역사적 의미를 지닌다. '돌을 품에 안은 문학가'가 펜으로 써 내려간 한 땀 한 땀의 글자는 그 행위 자체가 시비를 새긴 삶이었기 때문이다.

　이런 면에서 포석은 누구나 영원을 꿈꾸지만 누구도 영원이 될 수 없는 인간의 근원적 한계를 뛰어넘어 자신이 이미 시비가 된 영원의 사람이었다.

2022.12.16

진천 '관문' 경관 조성 사업
기본 계획안에 대한 제언

새해가 또 밝았다. 어느새 한 달을 훌쩍 넘기고 봄의 문턱인 '입춘'도 지났다. 삶의 무늬와 생의 주기가 시간과의 동행임을 계절과의 대화임을 새삼 실감한다. 한 사람의 일생이 결국 시간과 절기를 오가는 예정된 여행인 것이다.

곰곰이 생각해 보면 새해도 입춘도 자연의 섭리와 기운의 변화 때문이다. 기운의 변화에 적응해야 생존할 수 있으므로 기운은 산 것들의 절대 존재의 조건인 것이다. 새해에 복을 비는 마음과 입춘이 대길大吉하기 바라는 마음도 모두 좋은 기운이 내 주변에 임하길 소망하는 마음의 다름 아니다. 좋은 기운이 복인 셈이다.

우리 조상들은 복이 오가는 '길목'이 있다고 믿으며 그곳을 정갈하고 깨끗하게 다스리기를 게을리하지 않았는데 이 같은 일을 하는 주체를 '마음'이라 여겼다. '명경明鏡'이 하나의 좋은 예가 될 듯하다. 기운이 넘나드는 내외의 '통로'는 그것이 갖는 행불행의 가변적 영향 때문에 늘 신중하고 언제나 삼갔다.

지역적으로는 이러한 길목을 보통 '관문關門'이라고 한다. 기운과 물자 그리고 사람의 왕래가 끊임없이 유통되는 곳이다. 관문은 두 가지 '숙명'을 지닌다. 문화적 태도에 있어서는 개방하면 번성했고 폐쇄하면 몰락했으며 빗장을 걸어야 목숨을 보장받는 전란戰亂도 관문의 숙명이기도 했다.

이렇듯 관문을 통해 흥망성쇠한 것이 인류 역사고 『삼국지』의 낙양 8관과 조선왕조 한양의 4대문 등 주변의 산재한 옛 관문들은 모두 이러한 역사적 필연성의 산물이다. 더 정확히 말하면 안팎의 경계가 있는 한 관문은 어디에나 있지만 관문이라는 외형의 상징적 구조건축물이 이를 대외에 명징하게 천명한다는 점에서 크게 다르다. 진천은 현재 관문이라 부를만한 상징적 구조물이 없다.

그러나 최근에 '관문 경관 조성 사업 기본 계획안'이 수립되면서 큰 기대를 갖게 한다. 파죽지세의 괄목할 만한 성장세를 보이는 진천의 위상을 생각할 때 늦었지만 다행스러운 일이다. 계획안을 보면 "진천군의 차별화된 정체성을 전달하는 랜드마크 설치 및 상징가로 조성"의 필요성을 담고 있다. 공간적 사업 범위로는 '행정교차로-벽암사거리'의 1구간과 '벽암사거리-군청사거리'의 2구간이 대상이다. 세부 사업 방향에는 '진입 랜드마크', '상징가로', '녹지공간시설물', '회전교차로'설치를 명시하고 있다. 아직 최종안이 확정된 것이 아니기 때문에 보완이 되리라 믿으며 단견을 개진해 본다.

2구간인 '벽암리'는 독립운동가며 한민족 디아스포라문학의 선구자인 포석 조명희 선생의 고향으로 반드시 관문 조성 기본 계획안에 포함돼야 하는 지역이다. 벽암리에는 그의 호와 이름을 딴 '포석조명희문학관'과 '포석공원' 그리고 앞으로 조성될 '생가지'와 소설 「낙동강」에 등장하는 '느티나무'가 지금도 살아 그의 삶의 체취로 충만한 곳이다. 더불어 한국 근대문학사에서 빼놓을 수 없는 또 한 명의 작가 벽암 조중흡도 우리가 간과해서는 안 되는 인물이다. 벽암은 포석의 조카로 한

집 한동네에서 태어났다.

필자는 몇 년 전에 안동을 방문해 매우 깊은 인상을 받았다. 안동의 5대 관문 현판에 각각 '한국 정신문화의 수도'라는 동일한 글씨가 선명하게 아로새겨져 있었기 때문이다. 안동이 정신문화의 수도라고 말하는 것은 조선 성리학의 거유巨儒인 퇴계정신의 발원지라는 점이 큰 부분을 차지하고 그의 14대손 이육사의 영향일 것이다.

그러나 퇴계와 육사의 고향인 '도산면'은 5대 관문 밖에 있다. 한양으로 치면 4대문 즉 도성都城 밖에 있는 것이다. 그 유명한 '도산서원'과 '이육사문학관'이 관문 안에 있었다면 그야말로 금상첨화였을 것이란 일말의 아쉬움이 있었을 것이란 추정을 해본다. 어느 지역이든 관문 안에 지역의 대표 문화유산이 산재해 있다면 지역의 입장에서는 선택과 집중을 통해 역사적 가치를 대외에 알리는데 훨씬 수월한 장점이 있다는 것이다.

진천은 안동의 이러한 아쉬움을 답습할 이유가 없으며 관문인 지역이 포석의 고향이라는 게 큰 선물이 아닐 수 없다. 역사 문화적 숨결이 사라진 박제된 인간의 조형적 구조물이 무슨 의미가 있을까. 숙원 사업으로 남은 '생가 복원'과 '느티나무 생육 상태 개선' 등 주변 일대를 관문 경관 조성 사업의 일환으로 수렴해 진행한다면 관문은 인문의 외피外皮를 입고 진천의 랜드마크로 길이 남을 것이다.

2023.2.9

한국 최초의 희곡집 『김영일의 사』 출간 100주년에 부쳐

올해는 한국 최초의 희곡집인 『김영일의 사』 출간 100주년이 되는 뜻깊은 해다. 『김영일의 사』는 한국 근대문학의 선구자인 포석 조명희가 1923년 2월 『동양서원』에서 출간했다. 『김영일의 사』 출간에는 몇 가지 일화가 있다.

1923년 단행본으로 출간됐지만 쓴 해는 1920년도다. 포석이 일본 유학시설 김우진, 최승일, 김영팔 등과 주축이 돼 만든 한국 최초의 '극예술협회'¹⁹²⁰ 가 '동우회'의 요청^{제휴}으로 참여하게 된 '고국순회공연^{재 동경 동우회 제1회 순회극단}'의 무대에 올리기 위한 것이 계기가 됐다. 동우회는 일본 유학생^{고학생}과 한국인 노동자들의 모임으로 타국에서 변변한 회합 공간이 없어 불편을 겪던 중 공간 확보의 필요성을 절감하고 회관 건립 기금을 마련하기 위해 고국순회공연을 기획했다.

고국순회공연은 '조선노동공제회'의 후원으로 여름방학을 이용해 1921년 7월 9일 부산을 시작으로 8월 17일 함흥까지 약 40여 일에 이르는 대장정이었으며 8월 18일 서울에서 해단식을 갖고 기념사진^{탑골공원}을 찍은 모습이 지금도 역사의 한 장면으로 선명하게 남아 있다. 순회공연은 언론^{『동아일보』}에 대대적으로 보도돼 일반 국민들 사이에서도 큰 관심을 불러일으켰다. 단순 비교는 어렵지만 요즘으로 치면 유명 아이돌 그룹 공연이었던 셈이다.

이 공연은 포석의 희곡 〈김영일의 사〉, 홍난파의 소설 「최후의 악수」, 던세니 원작 김우진 번역의 「찬란한 문(門)」 그리고 홍난파의 바이올린 독주와 윤심덕의 독창 등 짜임새 있는 구성으로 공연마다 매진 사례를 이루며 대성공을 거두었다.

특히 포석의 「김영일의 사」는 한국 최초의 창작 희곡으로 공연됐다는 점과 본격적인 한국근대극의 효시였다는 면에서 한국 근대문학을 넘어 연극사의 일획을 긋는 공연이었다. 근대극의 개척자들은 그 이전의 소위 신파조(新派調)와는 다른 형식과 내용으로 근대극의 모태인 서구의 선진적 기법을 어떻게 민족적 정서에 접목시킬 것인가를 탐색했는데 극예술협회의 출범은 이러한 고민의 산물이었다.

포석이 문학 중에서 연극의 대본인 희곡에 남다른 관심을 보인 것은 3·1운동을 전후한 그의 행적에서 단서를 찾을 수 있다. 정확한 기록은 전해지지 않지만 구전에 의하면 3·1운동 때 직접 쓴 각본으로 연극단을 꾸려 각 면을 순회했다는 것이다. 구전이 사실이라면 포석은 연극이 지닌 계몽적 효과를 일찍부터 인지하고 있었던 것으로 보인다.

이 같은 추측이 가능한 이유는 포석이 서울 중앙고보를 자퇴하고 북경사관학교 입학이 좌절(1914)된 후 고향집에 머물던 시기와 3·1운동(1919)이 일어나던 해까지의 5년의 시기에 포석의 삶의 행로가 '총'에서 '펜'으로 바뀌었기 때문이다. 포석은 이 기간에 날개 꺾인 새처럼 비상하지 못하는 울분을 동서문학을 깡그리 섭렵하는 것으로 달랬다.

포석이 주로 탐독한 책은 '소설'이었다. 문맹이 지배적인 현실에서 대중이 스스로 읽고 민족의식을 각성한다는 것은 근원적으로 불가능했으므로 포석은 이를 해소하기 위해 소설을 희곡의 각색의 수단과 연극으로 가는 충실한 가교로 활용했다. 연극은 배우의 '동작'과 '대사'를 가까운 거리에서 직접 보고 들을 수 있기 때문에 정서 전달과 자극에서 다른 예술보다 월등한 내적 파급력을 갖는다.

따라서 이러한 저간의 상황을 고려한다면 포석이 연극의 대본인 희곡에 특별한 애정을 가진 것은 너무도 자연스러운 일이다. 포석은 〈김영일의 사〉를 발간한 다음 그해 11월에 두 번째 작이자 마지막 작인 〈파사婆娑〉를 『개벽』41호에 발표한다.

이후 포석은 희곡을 공식적으로 쓰지 않았다. 유학 생활을 정리하고 귀국1923한 뒤 문학의 진로를 놓고 깊은 고민 끝에 소설로 본격적인 방향 전환을 하기 때문이다. 그의 대표작이며 근대소설의 기념비적인 작품인 「낙동강」은 포석의 이러한 방향 전환의 첫 결과물이다.

그러나 포석이 희곡과 완전히 결별하지는 않았다. 단지 하나의 작품으로 공식적인 발표의 형식만 갖지 않았을 뿐 교육의 목적 등 특별한 날에는 연극이 가진 계몽적 장점을 활용하기 위해 희곡을 썼다.

이 같은 사실은 망명의 땅인 우수리스크와 하바롭스크에서 교사教授로 재직할 당시 그의 제자들의 증언에 의해 확인된다. 포석조명희문학관을 찾는 관람객 중 시와 소설 못지않게 연극 연구자와 전공 학생들이 적지 않다는 사실은 이처럼 연극사에 끼친 그의 위상을 반증하는 일이다. 세계적인 문호 셰익스피어도 극작가였다. 햄릿의 유명한 대사인 "사느냐 죽느냐 그것이 문제로다"의 실존적 고민은 희곡의 대체 불가능한 강렬함을 상징하는 독백인 동시에 셰익스피어 자신의 목소리이기도 했다.

〈김영일의 사〉에서 주인공인 영일의 처한 윤리적 고민 즉 주은 돈을

'가질 것이냐 돌려줘야 할 것이냐'의 문제도 셰익스피어처럼 포석 자신의 고뇌며 시공을 초월해 현재를 사는 불완전한 인간에게 던지는 도저한 질문이기도 하다. 여전히 개인이 처한 현실은 누구에게나 절박하고 언제나 '지금'이라는 현재성을 띠며 괴테의 『파우스트』에 등장하는 악마 '메피스토 펠레스'처럼 '나'의 이기적 욕망을 충동하기 때문이다.

이제 진천은 희곡과 근대 연극의 본향으로서 포석이 뿌린 문화의 씨앗을 어떻게 가꾸고 보존해야 하는가를 구체적으로 고민하며 새로운 100년을 준비해야 한다.

지금부터 시작해야 한다. 포석이 1927년 카프 계열의 연극 단체인 극단 '불개미'의 발기인으로 동향 출신인 김복진, 김기진 형제와 김동환, 박영희, 안석주 등과 함께 핵심적으로 참여했다는 사실은 희곡은 물론이며 소인극素人劇을 넘어서는 본격 연극인으로서의 포석의 잠재적 위상을 다시 한 번 생각하게 한다.

2023.4.12

30회 포석조명희문학제를 말하다

어제 진천 포석조명희문학관 일원에서 '30회 포석조명희문학제'가 성황리에 개최됐다. 언제나 계절의 여왕인 5월은 꽃과 신록으로 충만한 눈물 나도록 아름다운 달이지만 한편으로는 문학제가 '추모제'도 겸하고 있어 숙연하게 옷깃을 여미는 달이기도 하다. 죽음은 영원히 수정될 수 없는 비가역적 냉정함을 본질로 하므로 — 더구나 그 죽음이 폭력에 의한 비극적 죽음일 때 짧게 끊긴 생명 부재의 슬픔과 아쉬움은 — 세월의 더께와는 무관한 통증으로 내왕한다.

이렇게 포석은 부족할 것 없는 고국의 만화방창^{萬化方暢}한 계절에 차가운 남의 땅에서 만 85년^{1938.5.11} 전 돌연히 우리 곁을 떠났다. 포석조명희문학제가 그의 짧은 삶이 성취한 문학의 업적을 추넘하며 그가 걸어간 생을 차분히 묵상하는 날인 이유다.

30년은 강산으로 치면 세 번이 변하고 세기로 치면 사반세기가 지난 결코 짧지 않은 세월이다. 또한 30년은 형형했으나 어둠에 묻혔던 망극의 세월을 뚫고 그가 역사 앞으로 더디지만 뚜벅뚜벅 걸어온 시간이기도 하다.

이러한 현실이 가능했던 것은 뒤틀리고 은폐된 역사를 복원한 사람들의 희생과 헌신 덕분이다. 포석 조명희를 모를 때 혹은 알아도 예수를 세 번 부인한 베드로처럼 언감생심 밖으로 말하지 못할 때 누군가 안다는 말을 시작하자 그 시작된 말은 주술처럼 생명을 얻어 박제된 포석의 입에 숨결을 불어넣었다.

그렇게 시작한 문학제가 이제 어언 30회 사람으로 치면 '이립而立'을 맞이한 것이다. 뜻을 세웠기 때문에 시작을 했고 이제 그 뜻을 새롭게 다지며 세워야 할 '경장更張'의 연륜이 된 것이다. 그들에게 30년이란 세월이 주는 감회를 장면으로 치면 '주마등'이요 감정을 회고해 보면 '만감'이 교차하는 아스라함일 것이다.

이번 문학제는 마침 한국 최초의 개인 창작 희곡집인 『김영일의 사』 발간 100주년도 함께 기리고 있어 더욱 뜻이 깊었다. 우수진 한국예술종합학교 연극원 연극과 교수를 초청해 특강을 마련한 일도 같은 맥락이다. 최초라는 타이틀이 갖는 독보적 위상이 연극사에 어떤 의미가 있는가를 가까운 거리에서 직접 듣는 경험은 일반 시민이 포석을 실제로 이해하는 데 큰 도움이 되었으리라 생각한다.

'2019년 3·1운동 100주년 기념식'에서 대한민국 정부가 포석에게 수여한 '건국훈장 애국장'이 유족을 통해 진천군에 전달하는 행사도 특별했다. 훈장이 문학관에 영구 보존 전시됨으로써 포석의 삶과 문학이 국가적으로 공식적인 위상을 갖는 의미를 지니게 되었기 때문이다.

작년 문학제 때 〈우수리스크 편지〉를 불러 깊은 감동을 준 '산오락회'가 올해에는 〈망향가〉로 또 한 번의 큰 울림을 선사했다. 〈망향가〉는 연해주에서 채록된 고려인들의 노래다. 작사자를 특정하지 못한 채 포석과 육당최남선으로 의견이 분분해 곡명을 선택하는데 망설였으나 강행했다. 포석과 육당이 걸어간 삶의 결이 다르다는 점이 이유였다. 포석은 '일관'했고 타협하지 않았으나 육당은 '일탈'했고 '변절'했다. 이 차이가 우리의 고단한 역사에서 한 사람의 삶을 가르며 관통하는 윤리적 잣대라는 것은 너무도 자명한 일이다.

우선 눈에 띄는 것이 제목 「망향가」다. 말 그대로 '고향을 그리는 노래'다. 고향에서 고향을 그리는 노래는 공간적 정서적으로 매우 어색하며 생뚱맞다. 그렇다면 포석과 육당의 공간적 위치는 고국을 떠나있던 시기인 '연해주'와 '만주'에 있을 때일 것이다. 그러나 육당의 만주행이 참으로 공교롭다. 육당은 포석이 죽은 해인 38년도에 만주로 가 괴뢰신문인 『만몽일보滿蒙日報』의 고문과 독립군을 때려잡던 관동군이 세운 건국대학교 교수가 된다.

당시 육당이 만주로 간 것은 국내에서의 친일 행적이 비난의 표적이 되면서 주변으로부터 고립이 심화됐기 때문에 선택한 일종의 고육지책의 도피 행각이었다. 만해와 정인보도 그를 죽은 사람으로 인정해 상대하지 않았던 시절이었다.

이러한 상황을 종합해 본다면 육당의 만주행은 자발적으로 선택한 이주였기 때문에 돌아올 때도 같은 조건인 이주가 되며 친일한 자가 거주 이전의 자유가 없다는 말은 들어본 적이 없다.

따라서 육당이 노래 가사처럼 "돌아가고 싶어도 가지 못하고 고향을 그리워한다"는 것은 논리적으로 자가당착自家撞着이며 그의 저간의 상황과도 전혀 부합하지 않는다. 포석처럼 불가피하게 선택한 망명자의 처지일 때 고향은 돌아가고 싶어도 갈 수 없는 오매불망한 그리움의 공간이 되는 것이다.

'산오락회' 김강곤 씨의 말에 의하면 연해주에는 이러한 작자 미상의 고려인 노래가 적지 않다고 한다. 격동의 구한말과 문명의 전환기인 근대 초에 민중들이 많이 부른 '노래시'는 그 자체로 민족의 수난과 극복을 증언하는 살아 있는 역사였다. 놀라운 일은 그러한 노래 중 일부가 포석의 노래라는 설들이 존재한다는 것이다. 다행히 채록된 노래집이 있다고 하니 일일이 살펴보고 포석의 문체와 당시의 상황을 견주어 판단할 사항이지만 만약 강력한 추정이 가능하다면 ─ 단 몇 곡이라고 해도 ─ 이는 대단히 중요한 문제다.

왜냐하면 지금까지 잘 알려지지 않은 내용인데다 포석의 기존의 시를 보완하거나 새로운 차원의 시적 완결성을 노래 가사를 통해 확인할 수 있는 근거가 되기 때문이다.

2023.5.11

행적도行蹟圖를 아시나요

파장罷場처럼 살어둠이 내리고 장막을 거둔 후 주년 행사의 의미를 살리기 위해 노심초사했던 분망한 마음 한풀 가라앉은 시간에 지난달 끝난 30회 포석조명희문학제를 되돌아봤다. 준비한 내용 하나하나가 정성과 공력功力의 산물이라 어느 것만을 특정해 부각할 수는 없지만 그럼에도 불구하고 문학제의 백미는 행적도 제막식이었다. '행적도行蹟圖'는 글자 그대로 본이 되는 삶을 산 사람의 행로 즉 움직인 이동 경로를 비碑에 동선으로 표시한 '점'과 '선'으로 이루어진 일종의 '그림'이다. 전국의 유적지나 명승지에서 쉽게 볼 수 있는 글씨를 새긴 행적비行蹟碑와는 다르다. 행적비는 한 인물의 공과功過를 가감 없이 새겨 후세의 귀감과 교훈을 삼기 위한 목적이 크다.

그러나 행적도는 삶의 흠결이 없는 인물의 발자취를 오로지 무언無言으로 따라가는 그 자체가 역사의 엄중한 하중荷重을 상징한다. 우리의 근대만을 보더라도 문학은 물론이고 일제강점기 독립운동에 투신했던 많은 인물들까지 포함해 행적도를 비에 새길 수 있는 사람은 손으로 꼽을 정도며 또 실제 이 같은 의식儀式의 대상으로 선택된 사람은 필자가 알기로는 아직까지 포석이 유일하다.

그만큼 비에 새기는 삶 나가 동선으로만 표시되는 삶이 갖는 경계를 초월한 독보적 위상은 인간의 삶이 숙명적으로 갖는 가변적 조건에서 감히 범인凡人이 흉내 낼 수 없는 영역과 혹독한 자격을 요구한다.

　존경을 받던 적지 않은 애국지사가 식민의 세월이 길어지자 훼절해 친일로 돌아선 배반의 역사를 통해 일관된 삶의 지난至難함을 어렵지 않게 확인하게 된다. "몰랐으니까. 해방될지 몰랐으니까! 알면 그랬겠나?" 영화 〈암살〉에서 안옥윤전지현이 "왜 동지를 팔았냐"고 친일파 염석진이정재에게 묻자 그가 한 말이다.

　이 말은 친일한 자의 교과서 같은 변명으로 우리의 부끄러운 역사에서 반복해 회자되는 간자間者의 세 치 혀를 상징한다. 해방이 될 줄 알았다면 누구도 변절하지 않았을 것이고 늦은 봄을 기다렸을 것이다. 세상에 모든 우열과 변별은 가장 난경難境한 극점일 때 가려지는 것이다. 해방과 봄이 요원할 때 희망의 불씨를 살리며 지킨 지조가 숭고함을 갖는 이유다. 일본 스파이에게 협력했다는 누명을 시인하는 대가로 포석은 생명을 얻을 수 있었으나 타협하지 않고 끝내 죽어 영원히 사는 길을 택했다. 그런 순결한 삶이었으므로 행적도로 값하는 것이다.

　포석과 여러모로 삶이 겹치는 육사는 「계절의 오행」이란 글에서 "다만 나에게는 행동의 연속만이 있을 따름이며" "무릇 유언이라는 것을 쓴다는 것은 80을 살고도 가을을 경험하지 못한 속배들이 하는 일"이라며 준열하게 질타했다.

　이처럼 포석의 삶의 동선은 좌고우면하지 않고 행동으로 육박해 들어간 생의 개척사며 동시에 한국 근대문학과 한민족의 삶의 지평을 확대한 위대한 여정이었다. 그야말로 폐일언蔽一言하고 '너머'를 향해 온몸으로 써 내려간 한민족 대륙 이주의 묵시론적 대서사시였던 것이다. 행동의 연속이 뼈에 새긴 신념의 소산임은 물론이다.

　문학관 광장에 새워진 행적도는 백 마디의 말보다 포석의 삶과 문학을 한눈에 알 수 있는 전기傳記적 지표다. 포석은 1919년 3·1운동에 참여해 체포된 다음 출옥한 뒤 일본 유학길에 올라 4년여의 유학 생활을 마치고 돌아와 1928년 소련 연해주로 망명했다.

이 같은 확장은 조롱鳥籠에 갇힌 반도의 협소함을 단번에 탈거脫去하고 대륙으로 비상한 날갯짓이었다. 뭉뚱그려 연해주라고 말하지만 그 넓은 땅 연해주에서 포석의 이동 경로는 블라디보스토크에서 우수리스크로 또 하바롭스크로 북상하며 모스크바에 닿기 위해 가장 가까운 곳으로 한 발 또 한 발 옮긴 대장정의 시간이었다. 반도에서 북상하며 문화영토를 넓힌 것인데 이 확장의 의미는 우리에게 상상 그 이상의 역사적 감수성을 깨우는 일이다.

행적도에는 포석의 이동 경로만 새겨져 있는 것이 아니다. 1937년 스탈린에 의해 자행됐던 연해주 거주 고려인한인들의 중앙아시아로의 강제 이주길 그리고 가장과 생이별 한 채 이주 열차에 짐짝처럼 몸이 실린 포석의 처자3남매가 정착한 우즈베키스탄까지의 동선이 슬픈 곡선으로 그려져 있다. 가족사의 비극이면서 민족의 수난을 증언하는 유랑의 역사가 행적도 속에 처연하게 선명하다.

이제 포석抱石의 삶은 행적도에서 영원히 부활했다. 가슴에 품었던 돌에 따뜻한 온기가 돌고 피가 흐르게 된 것이다. 그의 호號처럼.

2023.6.9

포석 선양사업, 획기적 대전환을 맞다

한국 근대문학과 디아스포라문학의 선구자인 포석 조명희 선생의 선양사업이 획기적인 대전환을 맞이하게 됐다. 국내 대표 IT통신 기업인 LG유플러스가 국가보훈부와 협업해 2020년부터 4년째 진행해 온 광복절 기념 캠페인에 포석이 선정됐기 때문이다.

캠페인의 취지는 독립운동가 중 문화 예술의 주요 부문에서 뛰어난 업적을 남겼음에도 불구하고 과거 정치적 사회적인 제약 때문에 정당한 평가에서 소외된 4명의 인물을 선정해 그들의 삶과 문화 예술 세계를 '미디어 아트'로 제작 대내외에 널리 알리는 것을 목적으로 한다. 영화에서는 〈아리랑〉의 나운규, 역사에서는 『기려수필』을 쓴 송상도, 미술에서는 광복군 화가 최덕휴 선생이 각각 선정됐으며 포석은 문학 분야를 대표했다.

올해의 주제는 '당연하는 않은 일상 시즌 4, 나는 독립운동가입니다'이다. 현재 우리가 누리는 평화로운 일상이 당연한 것이 아니고 수많은 독립운동가의 희생과 헌신으로 얻어진 것이라는 사실을 캠페인의 주요 메시지로 담았다.

캠페인의 진행 과정은 '오프라인'과 '온라인'으로 구분되는데 기간은 3주 동안8.1~20 진행된다. 오프라인은 서울 강남대로에 위치한 LG유플러스 '일상비일상의 틈 by U+복합문화공간' 4층 전시장이며 온라인은 SNS 콘텐츠로 업로드된 카카오 네이버 등 주유 포털 사이트를 통해 미디어 아트를 동시에 송출 홍보하는 방식으로 이루어진다. 포석의 삶과 문학세계를 자세히 알기 위해서는 진천에 있는 포석조명희문학관을 찾는 것이 가장 빠르고 정확하다.

그러나 공간 이동에 따른 번거로움과 다소의 제반 경비 발생은 적극적 방문을 주저하게 하는 원인인데 온라인 홍보는 이를 일거에 해소하는 그야말로 찾아가는 문학관 역할을 한다는 점에서 가히 미증유의 혁명적인 파급력을 갖는다. 가만히 앉아서 혹은 이동하면서 휴대폰 하나로 특정한 시간에 SNS를 통해 전국 어느 곳에서나 동시다발적으로 포석의 삶과 문학을 접할 수 있기 때문이다.

오프라인의 경우에도 마찬가지다. 대한민국의 수도 그것도 강남의 한복판 그것도 LG라는 우리나라 굴지의 대기업의 마케팅 전문가들이 집단으로 참여해 포석의 삶과 문학세계를 높은 식견으로 구현한 미디어 아트를 광복절을 전후로 공개한다는 점에서 매우 특별한 의미를 갖는다.

이러한 경사스러운 일이 어느 날 갑자기 하늘에서 떨어질 리 만무하다. 세상에 우연은 없다. 겉으로 보기에는 우연으로 보일지 모르지만 그 이면에는 '필연'으로 이어지기 위한 누군가의 쉼 없는 부단한 노력과 수고가 축적된 결과다. 한마디로 안과 밖에서 동시에 쪼는 노력 즉 '줄탁동기啐啄同機'의 절실함과 목표의식이 있었기에 가능한 일이다.

포석조명희문학제가 1994년 1회 대회를 시작으로 올해 30회째 개최됐는데 포석 선양사업 30년 만에 국가와 사회로부터 명실상부하게 공식적으로 인정돼 광복절이란 국가기념일을 전후로 해 거국적인 캠페인의 대상자로 선정된 것이다. 참으로 감격스럽고 눈물겨운 순간이 아닐 수 없다. 아버지를 아버지라 부르지 못할 때 누군가가 숨죽이며 먼저 아버지라고 부르기 시작한 작은 메아리가 눈덩이처럼 부피를 더해간 30년 세월이 낳은 자랑스러운 쾌거다.

이 같은 낭보는 포석조명희문학제[5.10]가 끝난 다음날인 5월 11일 당시 국가보훈처 담당자가 문학관으로 한 통의 전화를 하면서 비롯됐다. 이어 청주에 사는 가까운 혈족과 담당자가 연결이 된 후 상황은 급물살을 탔다.

그러나 워낙 사안이 중대했기 때문에 일정 기간은 신중할 필요가 있어 불가피하게 소수 관계자 이외에 대외비로 해야만 했다. 이후 LG유플러스 마케팅 담당자들이 문학관을 방문해 문학관 주변과 전시실을 둘러보며 자료를 면밀하게 검토 촬영한 다음 따로 시간을 내 캠페인의 의의와 취지를 청취했고 포석의 삶과 문학에 대한 진천군의 의지를 전달 공유하는 시간을 가졌었다.

이번 캠페인을 분기점으로 포석에 대한 관심이 더욱 증폭되리라 확신한다. 과거엔 포석을 전혀 몰랐기 때문에 알 수 있는 실마리가 없었지만 이젠 포석을 안다는 이유 하나만으로도 그를 향한 관심이 구체적으로 늘어날 개연성은 그만큼 커진 것이다. 세상의 모든 대상과 사물의 탐구는 그것을 알기 위한 호기심에서 시작된다. 사람 특히 역사적 인물에 대한 탐구는 그 인물을 알고 난 후에 생기는 궁금증이 '초석'이 된다는 점에서 캠페인처럼 대중을 염두에 둔 조직적인 캐치프레이즈가 현실적 의미를 갖는 것이다.

"사랑하면 알게 되고 알게 되면 보이나니 그때 보이는 것은 전과 같지 않다"는 말이 있는데 본 캠페인에 선정된 포석을 바라보는 국민들의 점진적 인식의 변화 과정도 이와 같으리라 생각한다. 또한 이것이 국가의 공적 기관이 주체가 돼 펼치는 캠페인의 힘이며 목적이라고 할 수 있다. 이런 사람이 포석 조명희다. 이런 인물이 생거진천에서 태어났다.

2023.8.2

어느 한 사람의 뿌리를 찾는 여정

최근2023.8.8에 문민52세 서울국제학원 원장이 포석조명희문학관을 방문했다. 문민 원장은 만주흑룡강에서 태어나 조선족사범학교를 졸업한 후 초등학교 교사로 근무하다 고국인 한국으로 이주1995 했다.

이주의 사연을 들어보니 몇 날 며칠 이야기보따리를 풀어놓아야 가능하다고 말하는 것으로 미루어 보아 고국에 정착하기까지 말 못 할 곡절이 많은 것으로 보였다.

특히 재외 동포 중 연해주와 중앙아시아 그리고 중국 동포들의 고국 정착이 다른 지역의 재외 동포의 그것과는 '차별'이라고 느끼게 되는 부분이 유독 적지 않은 게 공공연한 현실인 탓에 그 과정의 지난함을 알 것 같았다. 문민 원장이 문학관을 찾은 이유는 포석과 관련한 매우 특별한 인연 때문이다.

문민 원장은 사범학교 재학시절 서예 교사로부터 포석의 소설 「낙동강」의 첫머리에 나오는 〈낙동강에 대한 노래〉를 써보라는 권유를 받고 출품한 작품이 서예대전에서 입선1990이 됐다고 한다.

그 후 한국에 오기 전1994 우연히 길림에 갔다 한 호텔 레스토랑에 그때 쓴 작품이 액자로 걸려 있는 것을 발견하고 매우 놀랐다고 했다. 입선된 작품이기 때문에 애착이 있었으나 본인이 소장하고 있지 않아서 돌려받기를 원했지만 이루어지지 않은 채 한국으로 이주했단다. 지금도 그 작품을 생각하면 자식을 잃어버린 어머니 마음처럼 늘 죄책감에 시달린다고 했다.

다음에 방문할 때는 학생들과 함께 방문해 포석의 삶과 문학의 발자취를 교육의 장으로 활용할 계획임을 밝히기도 했다. 그리고 〈낙동강에 대한 노래〉를 재해석한 글씨를 써 다가오는 가을 문학관에 기증할 예정이라는 말도 덧붙였다. 기증이 이루어진다면 그 자체가 갖는 상징성이 크며 포석과 관계된 하나의 주목할 만한 일종의 '뿌리 찾기' 스토리텔링이 될 것으로 본다.

포석의 작품이 조선족교과서에 수록이 된 사실은 오래전의 일이다. 교과서는 그 사회를 구성하는 공동체의 시민의식의 척도로서 교양과 상식 그리고 역사와 지식의 표준이다. 이러한 교과서를 기본으로 익힌 당대 사회의 학습 환경은 그 자체로 보편성을 갖는다.

예컨대 우리 국민 중 소월과 만해, 동주와 육사를 모르는 국민이 있을까. 이는 모두 교과서의 보편성의 시혜가 주는 인식의 힘 때문이다. 따라서 포석의 작품이 조선족 학생들에게 미친 영향과 파급력이 어느 정도인지 대략적으로 가늠할 수 있는 지점이라고 할 수 있다.

그런데 그 당시 문민 학생은 서예 교사가 권유한 대로 그냥 썼을 뿐 〈낙동강에 대한 노래〉가 누구의 작품인지 그 노래가 어떤 의미로 표현되었는지를 전혀 몰랐다고 한다. 써보라고 해 썼기 때문에 그의 작품이 도식성을 벗어나기 어려운 형식적인 글일 수밖에 없었던 것이다.

한국으로 이주한 후 중국에서의 추억을 되도록 잊으려 노력했기 때문에 〈낙동강에 대한 노래〉 액자도 함께 망각 속으로 사라질 즈음 COVID-19가 발병해 외부 출입이 어렵게 되자 장롱 속 깊숙한 곳에 보관했던 붓을 들어 〈낙동강에 대한 노래〉를 쓰고 싶었다고 한다. 붓은 그가 한국으로 올 때 가장 소중하게 지니고 왔던 귀중품 1호다.

그러나 예전처럼 그냥 쓰라고 해 쓰는 타성적인 글이 아니라 이번에는 그 글의 의미와 노래를 지은 사람에 대해 알고 싶어서 찾아본 결과 그가 조명희였고 〈낙동강에 대한 노래〉가 그의 소설인 「낙동강」의 도입부에 노래로 나오는 구절이라는 것을 확인한 후 그가 태어난 곳이 충북 진천이며 그곳에는 시설에 잘 갖추어진 문학관이 있다는 걸 확인한 다음 결정한 방문이었다. 이것이 문민 원장이 진천의 포석조명희문학관을 방문한 일련의 숨겨진 비화와 과정이다.

이 사실이 중요한 이유는 포석과 그의 작품이 '디아스포라'의 의미를 갖고 있다는 것을 다시 한 번 증명한 대표적인 사례이기 때문이다. 국외에서 10년 동안 포석은 한글문학을 통해 고국의 역사와 정서의 씨를 동토의 땅에 뿌렸으며 그의 사후에도 주옥같은 작품은 모두 바람찬 북방에서 우리 문학과 역사 그리고 정서를 전파하는 중요한 기폭제 역할을 충실히 해왔다. 뿌린 씨앗은 반드시 수확으로 이어지게 되는 것이 자연의 섭리이다. 이렇듯 포석이 뿌린 한국문학의 씨앗은 시공을 초월해 회귀하는 연어처럼 기원을 향한 자맥질을 계속하고 있는 진행형이라는데 큰 의미가 있다.

2023.8.30

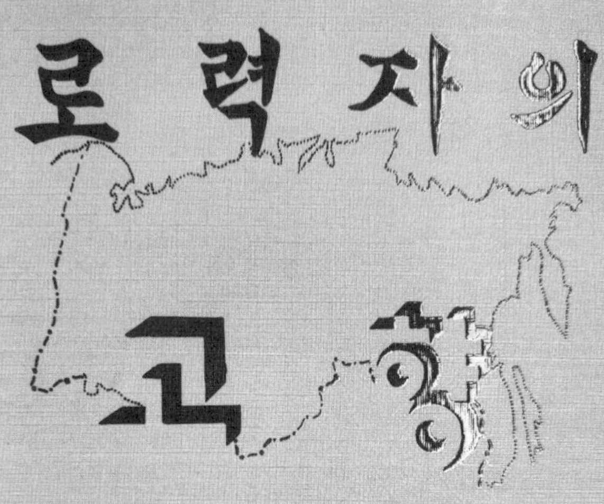

우리나라 최초의 망명 문예지 『노력자의 고향』 1(1934)

연극이 끝난 후에

낙엽이 지고 황혼이 저문 날씨는 그날따라 비까지 내려 을씨년스럽고 쌀쌀했다. 모두가 한 주를 마감하고 옷깃을 여미며 귀갓길을 재촉하는 금요일 저녁2023.10.13 마치 연인을 만나러 가는 것처럼 두근거리는 가슴을 안고 설렘이 피어오르는 진원지 '화랑관'으로 향했다.

포석 조명희의 삶과 문학을 배경으로 제작한 연극 〈포석! 민족주의자로 죽다〉가 공연되는 날이기 때문이다. 이 연극은 2년 전 청주극단 리플레이에서 공연됐는데 그때의 흥분을 잊지 못하겠다, 그리고 올해 드디어 포석의 생거지生居地인 진천에서 공연이 되는 것이다.

포석의 생애가 '극劇'으로 공연된다는 것 자체가 지니는 상징성은 물론이거니와 필자가 흥분한 표면적 이유는 작가가 명망 있는 스타 작가인 오세혁인 게 직접적인 이유였다. 오세혁의 진가를 확인할 수 있는 부분은 '제목'과 '부제'에서 명징하게 드러난다. 제목이 포석의 생애를 극적으로 상징하고 있는 까닭이다. 당시에는 제목이 〈포석은 유죄다〉였다. 그리고 부제가 '포석! 민족주의자로 죽다'였다. 논리상 '무죄'이어야 맞는 것인데 이 당연한 논리를 깡그리 해체하고 '유죄'라고 천명한 후 어떤 경우에도 외면하거나 포기할 수 없는 민족주의자라는 대의명분을 포석의 죽음의 이유로 공표한 것이다.

그러니까 포석의 삶과 문학은 역설적으로 유죄로 죽었기 때문에 역사의 조응照應과 면죄부를 얻은 것이다. 이런 반어법은 포석의 삶과 문학을 깊이 있게 천착하지 않고는 뽑을 수 없는 통합적 인식의 산물이다. 이번에는 그때의 제목이 빠지고 부제를 제목으로 한 것이지만 제목과 부제의 위치가 바뀌어도 여전히 변하지 않는 것은 반어적 힘이 주는 강한 '힘'이다.

우선 그가 포석의 삶과 문학에 주목해 극으로서의 매력을 확신했다는 점이 매우 고무적이었다. 그동안 한국을 대표하는 내로라하는 작가들이 왜 포석의 삶과 문학이 주는 선구적인 시대정신과 그것을 재해석하는 현대성에 주목하지 않을까를 늘 안타까워했었다. 포석의 삶과 문학은 오롯이 하나의 극적인 반전과 응전으로 이루어진 살아 있는 생명의 결정체이기 때문이다. '삶이 곧 문학이요 문학이 곧 삶'인 행동하는 유기체라서 그의 삶과 문학을 드라마나 영화 또는 연극이나 뮤지컬 등 소위 예술적 장치로 구현하면 큰 반향과 문화적 충격이 적지 않을 것이라는 믿음이 강했다는 것이다.

아무리 위대한 인물이라고 해도 평면적 인물은 극적인 대상이 될 수 없다. 사실 위대한 인물치고 평면적 인물은 드물며 설령 존재한다고 해도 예술 작업으로 재생할 수 있을 만큼의 흡입력이 떨어지는 게 사실이다. 인물의 '위대성'은 결국 사유를 실천하는 동선 즉 '행동'이 전제된 파란의 '입체성'에서 실현되기 때문이다. 이런 점에서 포석의 삶과 문학은 한국 근대문학의 정점이며 현현顯顯이다.

이 같은 현실에서 포석 연극은 명마名馬를 알아보는 '백락伯樂'을 만난 것과 같은 것이니 어찌 흥분하지 않을 수 있을까. 천의무봉天衣無縫은 존재하지 않는 법 아쉬운 점이 없었던 것은 아니지만 초연치고는 역시 탄탄한 구성을 갖추고 있었다. 과연 명불허전이었다. 이후 관계자가 문학관을 방문 전시실을 둘러보고 필자와 장시간 의견 교환을 통해 초연에서 아쉬웠던 점을 보완하기 위한 사전 작업이 있었다.

이번 공연은 이러한 일련의 과정에서 보다 밀도있게 만들어진 연극이었다. 등장인물이 늘어났고 역동적인 춤과 우리나라 최초의 해외 순한글신문『선봉』의 후신인『레닌기치』의 기사를 배경으로 막이 전환되는 장면 등은 초연에서는 없던 장면이었다.

또한 절친인 수산 김우진을 등장시켜 우리 역사의 일종의 비극적 로맨 서사의 알연한 스토리를 접목시킨 것도 보편성과 더불어 포석과 동시대를 이해하는 데 큰 도움을 주었다. 공연은 2회 공연으로 막을 내렸지만 포석의 삶과 문학적 서사는 이제부터 시작이라고 할 수 있다. 완성도를 높이기 위한 지속적인 노력을 통해 불후의 명작으로 거듭난 고전들이 간 길을 걸어갈 것이기 때문이다.

예술 작품은 '파괴'를 통해 새로운 창조적 영감을 얻는다. 문학의 경우에도 위대한 작품은 모두 수없는 '퇴고推敲' 과정에서 탄생한 작품들이다. 헤밍웨이도『노인과 바다』를 200번 고쳐 썼으며 베르나르 베르베르의『개미』도 12년에 걸쳐 120번 고쳐 현대판 고전이 됐다. 포석에 관한 극도 수많은 절차탁마切磋琢磨를 거쳐 수정이 불가한 불후의 명작이 나올 것을 확신한다. 사무엘 베케트의『고도를 기다리며』와 우리의 역사적 인물인 〈명성황후〉와 〈안중근〉 같은 작품 말이다. 포석의 삶과 문학은 극이 추구하며 지향하는 기본 요소와 비전을 모두 갖추고 있다. 극과 관련해서 이보다 더 좋을 수는 없다. 연극이 끝난 후에 생각해 본 단상斷想이다.

2023.10.31

사람은 가도 예술은 남는 것,
사랑은 가도 옛날은 남는 것

가을이 깊어 간다. 늘 푸를 것 같은 포석공원의 느티나무와 단풍나무도 잎을 떨어뜨리고 앙상한 가지로 황홀한 겨울 왕국을 준비하고 있다. 포석조명희문학관은 포석공원을 전경으로 한 주변 경관이 뛰어나 문학관 2층 테라스와 문학창작실에서 바라보는 포석공원의 풍경이 아름답다.

필자는 이곳에 근무하게 되면서부터 문학관의 사계의 변화를 시시로 보고 느끼는 행복한 호사를 누리고 있다.

특히 사계 중 요즘처럼 겨울로 가는 가을 마차馬車의 야경이 주는 정취가 여러 상념을 불러일으킨다. 가로등 불빛에 반사되는 표지석 주위로 바람에 흔들리는 나뭇가지는 그 자체로 한 폭의 쏴한 '묵화墨畫'다.

게다가 맨발을 하고 두 팔 벌려 세상을 품고 있는 포석 동상의 뒷모습에 살포시 내려앉은 달빛은 그야말로 추야장秋夜長의 '라스트 댄스Last Dance'처럼 처연하도록 탐미적이다.

이런 날은 멀리 있는 그리운 사람의 따뜻한 체온과 살가운 친구의 다정한 목소리가 잠자는 현絃을 아스라이 깨운다.

포석에게는 평생 두 명의 진정한 친구 요즘 말로 하면 '절친切親'이 있었다. 한 사람은 극작가 수산 김우진[1897~1926]이며 또 한 사람은 소설가 민촌 이기영[1895~1984]이다. 긴우진과의 우정은 이미 다룬 바 있고 내친김에 이기영과의 우정을 소환함으로써 각박한 시대에 한국 근대문학의 일획을 그은 최초의 근대적 인간들이 수놓았던 삶의 내음을 새롭게 향수하고자 한다.

포석과 민촌이 처음 만난 것은 1923년 2월 동경 유학생들의 모임인 아나키즘 단체였던 '흑우회'에서였다. 김흥식은 『작가 이기영』이란 책에서 "주지하다시피 이기영은 자신의 등단[1924] 이후 조명희가 소련 망명[1928] 이전까지 그야말로 동고동락하며 간담상조하는 사이였"고 "1924년 『시대일보』 기자였던 조명희를 통해 문단의 인사들과 접촉면을 늘렸으며 조명희의 주선으로 1925년 여름 『조선지광』의 편집기자로 취직함으로써 최소한의 생활 안정을 얻게 되었다"고 밝혔다.

조명희의 장녀인 종숙 씨의 증언에 의하면 이기영은 조명희의 집에 함께 기거했다고 한다. 실제로 이기영이 『조선문학』에 기고한 「조명희 동지를 추억함」이란 글에서도 "내가 포석과 같이 서울에서 셋방 살림을 한 후부터는 하루도 그와 떨어지지 않았으며 한집에서 살기를 두 번이나 하다가 서로 방세가 밀리어 집주인에게 쫓겨나곤 하였다."고 술회하는 대목이 나온다.

이기영이 고향인 천안에 잠깐 내려와 있을 때 포석이 목천에 사는 매씨 댁에 가기 위해 이기영에게 동행을 요청한 후 만나 일을 보고 서울행 차 시간이 너무 늦어 목천에서 성환까지 40여 리의 밤길을 걷는 장면은 영화의 한 컷처럼 몽환적이며 낭만적이다. 지친 발걸음과 허기진 배를 달래며 그들은 삶과 문학 그리고 암담한 시대의 현실에 대해 회의 혹은 체념하거나 때론 분노하면서 그렇게 봄 밤길을 터벅터벅 걸었다.

포석과 이기영의 인간적 관계는『조선문학』에 기고한 이기영의 육성으로 보다 명확하게 드러난다. "친교를 맺은 후에도 서울에서 함께 지내기는 그가 소련으로 들어가기 전까지 불과 3~4년이었으나 우리들의 동지적 우정은 매우 길었다." 두 사람의 특별한 관계는 1928년 6월 5일 포석의 소설집『낙동강』과 이기영의 소설집『민촌』공동 출판기념회를 함께 열 정도로 각별했다.

이후 포석은 망명1928.8.21을 하고 이기영은 남아 카프의 대표적인 작가로 활동하다 월북1946했다. 이기영은 다른 월북 작가들의 불행한 최후와는 다르게 생을 마감할 때까지 북한의 대표적인 작가로 왕성한 작품 활동을 했다.

특히 대하소설『두만강』1954~1961은 그를 북한의 독보적인 작가로 만든 소설로 노벨문학상 후보에까지 오르게 한 작품이기도 하다.

이렇게 두 사람은 헤어져 다시는 살아서 만나지 못했다. 다만 포석의 제자며 북한에서 문화선전성 제1부상을 지낸 정상진이 쓴 책『아무르만에서 부르는 백조의 노래』을 보면 연해주 출신인 정상진을 보고 이기영이 가장 먼저 물었던 것은 포석의 생사였다. 그러나 정상진은 포석의 죽음의 진실에 대해 차마 말하지 못하고 '병사病死'했다고 둘러댄다. 사회주의자를 죽인 사회주의자의 모국의 이율배반적인 이중성을 논리적으로 설명할 수 없었기 때문일 것이다.

이때 이기영은 그동안 알려지지 않았던 귀중한 사실을 말한다. 28년 포석이 망명하기 전날 자신의 집에서 내일 망명한다는 말과 함께 팥죽을 안주삼아 밤을 새워 통음을 했다는 것이다. 삶이 통째로 전환되는 '망명'이라는 절체절명의 날을 앞두고 그들은 그렇게 까만 밤을 하얗게 지새웠던 것이다. 한 사람은 망극하고 애절한 '배웅'으로 또 한 사람은 언제 다시 돌아올지 기약 못하는 고국에서의 마지막 밤을 '작별'하고 있었던 것이다.

세월이 흘러 수산도 가도 포석도 가고 민촌도 갔지만 그들이 남긴 작품은 본인들의 체취가 오롯이 담긴 분신으로 그들의 삶과 시대를 증언하고 있다.

다시 한 번 생각해본다. "사람은 가도 예술은 남는다"는 말을, "사랑은 가도 옛날은 남는다"는 노래가 된 시를. 아, 예술이란 이렇게 깊은 것이다. 추억 속의 옛날은 이렇게 손에 잡힐 듯 아득한 것이다.

2023.11.29

민족 수난의 현장을 찾아서 1

'2023 『동양일보』 해외 문화 탐사단'이 6박 7일 일정으로 4일 중앙 아시아 카자흐스탄과 우즈베키스탄을 방문한 후 10일 귀국했다. 문화 탐사단의 이번 일정은 '민족 수난의 현장을 찾아서'라는 주제 아래 기획됐다.

이 같은 주제를 정한 이유는 1937년 9월부터 11월 말까지 스탈린에 의해 자행된 연해주 고려인 17만여 명의 중앙아시아로의 강제 이주 85주년과 한반도 밖에서 가장 오래된 한글신문인 『고려일보』 창간 100주년을 기념하는 의미가 있기 때문이다. 강제 이주와 『고려일보』 방문에는 진천 출신으로 우리나라 근대문학과 디아스포라문학의 선구자며 독립운동가인 포석 조명희1894~1938의 삶이 직접적으로 관련이 있는 터라 필자가 동행하게 됐다.

이러한 여정인 탓에 개인적으로도 '여행'이 아니라 공적인 '탐사'의 성격을 갖는다. 이는 필자를 포함해 일정에 참여하게 된 36명의 인원 대부분에게 해당된다. 정도의 차이는 있겠으나 당초의 목적과 취지를 보고 자율적으로 선택한 결정인 까닭이다.

그러다보니 출국하기 전부터 카자흐스탄과 우즈베키스탄의 문화 유적과 역사 그리고 도시 문화를 체험한다는 가벼운 마음보다는 무거운 마음이 앞섰다. 업무의 연장이었고 포석의 삶을 비롯한 당시 우리 민족의 비극적 현장을 직접 확인하게 되는 순간이 주는 비감이 교차한

게 원인일 것이다. 일정이 확정된 후 수년 전에 탐독했던 조정래의 소설 『아리랑』을 다시 펴들었다. 『아리랑』 전 12권 중 10권제4부「동트는 광야」 속에는 당시 강제 이주에 관한 역사적 사실이 소설이라는 형식을 빌려 너무도 생생하게 그려져 있기 때문이다.

그때 읽고 느낀 '못난 민족'의 비애와 슬픔이 오롯이 되살아났지만 어차피 그 현장을 체험해 볼 계획이었으므로 슬픈 비가悲歌를 다시금 환기하지 않으면 안 되었다. 85년이 지났음에도 역사의 화석이 되기를 거부한 채 살아 꿈틀대는 강제 이주 장면이 선명한 소설 한 권을 들고 비행기에 올랐다.

일정은 크게 4일 출국 후 카자흐스탄에 도착한 다음 3일째 되는 6일 시베리아횡단열차를 타고 우즈베키스탄으로 이동하는 여정인데 『고려일보』 방문은 3일째 되는 6일에 이루어졌다. 『동양일보』 조철호 회장과 박민순 전무 유영선 주필 등 관계자 6인이 참석해 『고려일보』와 '고려인협회' 관계자들과 공식적인 환담이 이루어졌다. 우리말을 하지 못해 통역을 필요로 해야 하는 현실이 오늘날 카자흐스탄과 중앙아시아에서의 고려인들이 처한 현실적인 모습을 보는 것 같아 못내 아쉬웠다. 『고려일보』의 전신인 『선봉』은 1923년 창간한 당시 해외의 첫 한글 신문이다. 포석은 1928년 연해주로 망명한 후 1929년 편집에 참여했고 1933년 문예면을 신설해 침체를 면치 못하던 고려인 사회의 본격 문학 시대를 열었다. 『선봉』은 고국에서 온 유명 문사 포석 고려인 사회의 정신적 지도자로 우뚝 서는 데 결정적 매개 역할을 했다.

이후 『고려일보』는 1937년 중앙아시아로 강제 이주 당한 뒤 『레닌 기치』로 1991년 소련 연방 해체 이후에는 『고려일보』로 사호가 바뀌면서 오늘까지 그 질긴 명맥을 유지하고 있다. 그러나 세월이 흘러 고려인 사회도 고국의 무관심과 현지 동화 정책이라는 큰 변화를 겪으면서 우리 말 사용이 급속히 줄어듦에 따라 신문도 순우리말에서 러시아어와 우리말을 병행해 사용하는 등 경제적 현실적인 어려움에 직면해 있는 상황이다.

일간지에서 주간지로 바뀐 것과 한국어를 자유롭게 구사할 수 있는 '기자'가 없다는 사실이 큰 충격으로 다가왔다. 『고려일보』측에서는 이를 타개하기 위해 고국과 인적 교류를 적극적으로 희망하고 있어 이에 대한 실질적인 방안이 필요해 보였다. 타국에서 모국어와 모국의 소식을 전하는 신문은 민족공동체의 구심적 역할을 하는 거점이며 현지 사회와 가교역할을 하는 매우 중요한 동포들의 울타리다. 포석은 망명 후『선봉』을 통해 고려인 사회에 지도자로서 강한 인상을 남겼다고 앞에서 언급을 했는데 그 첫 번째 글이 바로 산문시「짓밟힌 고려」다. 이 시는 당시 고려인 사회를 하나로 묶는 정신적 모태가 됐다. 둘 이상만 보이면「짓밟힌 고려」를 일상적으로 낭송하며 일제에 대한 적개심과 조국 독립의 의지를 돋우는 불쏘시개였다.

특히 식민지 현실에서 길을 잃고 방황하는 젊은이들의 대의大義에 불을 지폈다.「짓밟힌 고려」는 고려인들이 중앙아시아로 이주된 후에도 소련 연방이 붕괴 전까지 지속적으로 고려인들을 하나로 묶는 민족시였다.

비록 통역을 통한 대화였지만 그들의 정신과 정서가 바로 한민족임을 실감한 시간이었다. "피는 물보다 진하다"는 엄연한 사실을 몸으로 체현한 귀한 경험이었다. 좁은 2층 복도에 "뿌리를 잊지 말자"는 편액은 지난한 환경의 제약에서도 그들이 혼신의 힘을 다해 민족 정체성을 지켜나가고자 하는 간절한 염원이 담겨있어 가슴이 내내 먹먹했다.

또 그 옆에 걸려 있는 사진 앞에서 한동안 자리를 뜨지 못했다. 강제 이주 초기 허허벌판에 버려진 고려인들이 남루한 옷차림을 하고 집단적으로 모여 물건을 파는 장면이었다. "뿌리를 잊지 말자"는 굳은 다짐은 저 남루한 옷차림으로 생면부지의 죽음의 땅에 부처付處됐던 조상들의 수난과 고난의 역사가 곧 그 뿌림임을 환기하는 일일 것이다. "역사를 잊은 민족에게 미래가 없다"는 말은 결코 영광과 오만의 역사가 아님을 다시 되뇌며 다음 일정으로 발길을 옮겼다.

2023.9.16

민족 수난의 현장을 찾아서 2

현지 도착 3일째인 9월 6일^{수요일} 탐사단 일행은 18시 32분 카자흐스탄에서 열차에 탑승 우즈베키스탄의 수도인 타슈켄트로 출발했다. 열차는 국경을 통과해 우즈베키스탄의 영내로 진입했다. 이동 시간이 무려 16시간 50분이 소요되는 장거리였다. 탐사단이 열차를 이용해 우즈베키스탄으로 이동하는 코스를 선택한 것은 1937년 스탈린에 의해 자행된 연해주 고려인들의 중앙아시아로의 강제 이주길을 간접적으로나마 체험하기 위한 것이었다.

이번 탐사단의 성격을 상징적으로 보여주는 코스며 실제로 이 코스를 보고 탐사단에 합류한 일행이 적지 않았다. 당시에는 연해주인 동에서 서쪽으로 이동한 경로였지만 이번 탐사단은 반대로 서에서 동쪽으로 이동하면서 따라가는 이주길이었다.

그러니까 영문도 모르고 끌려와 버려진 고려인들이 최초로 정착한 '우슈토베'를 지나 끝까지 가게 되면 최초의 출발지인 통곡의 역驛 '라즈돌노예'에 도착하게 되는 것이다. 16시간 50분은 전체 강제 이주길의 빙산의 일각만을 체험하게 되는 시간인 셈이지만 반도半島에 익숙한 탐사단에게는 물리적 거리는 물론 심리적으로도 매우 긴 시간이었다.

강제 이주 당한 17만여 고려인들은 이주 실행 3~7일 전에 일방적으로 통고를 받아 제대로 항변도 하지 못하고 재산도 처분하지 못한 채 하루아침에 중앙아시아의 허허벌판으로 버려졌다. 객실이 아니라 화물칸에 짐짝처럼 실려 얼어 죽고 병들어 죽고 떨어져 죽고 굶주려 죽거나 시달리다 설령 구사일생으로 살아남아 정착했다고 해도 열악한 환경 때문에 죽음의 행렬은 이후에도 지속적으로 이어졌다.

탐사단 일행이 타고 이동한 열차는 지금은 화물열차가 아니라 4인실 침대가 있는 국제열차로 변모한 상황이라 그때 선조들이 겪었던 고통을 직접 느끼기에는 근원적으로 불가능했다. 하지만 극한의 고통을 인내하며 이동해야 했던 6,500킬로미터 주변의 그 황량하고 삭막한 살풍경한 모습들이 주는 망연함을 조금은 헤아릴 수 있었다. 가도 가도 끝이 보이지 않는 평원은 그들에게 언감생심 해방과 자유를 연상하기는커녕 무변광대의 절망감으로 다가왔을 터이기 때문이다. 무릇 '풍경'이란 심리 상태에 의해 작동되는 가변적 특징이 있는데 동일한 평원도 개인이 처한 상황에 따라 '초원'이 되고 때론 '사막'이 된다.

조정래의 소설 『아리랑』을 보면 기차가 쉬지 않고 달리는 탓에 생리적인 문제를 해결하는 일과 추위를 견뎌야 하는 일 그리고 배고픔을 견뎌야 하는 일 등 인간으로서 가장 기본적인 생존의 조건과 사투를 벌이는 가슴 아픈 장면이 나온다.

더 비극적인 장면은 어린아이와 노약자가 죽었을 때 땅을 파 매장할 연장이 없고 나무가 도구가 된다고 해도 언 땅은 오히려 나무가 튕겨 나갈 정도로 견고해 무용지물 속수무책이다. 여기에 설상가상으로 정차 시간까지 짧아 눈으로 '봉분'을 만들어 놓고 떠나야 하는 애절함을 작가는 '눈장례식'이라 불렀다.

필자가 이동하며 차창 밖으로 본 저 드넓은 평원 어느 지점에서 85년 전 이러한 비인간적 반인륜적 만행이 서슴없이 자행됐던 것이다. 비극적 현장을 지나며 런던과 파리를 오가는 '유로스타'와 비정한 폭력의 역사를 잊은 시베리아횡단열차의 낭만적 서정과 우수는 적어도 지금 이 순간만큼은 한낱 사치에 불과한 것이었다. 포석의 처자3남매도 이 무리 속에 포함돼 중앙아시아우즈베키스탄로 이주했다.

포석은 이주 전에 고려인 사회의 대표적 지식인 숙청의 피바람에 희생됐다. 그 숫자가 무려 2,500여 명에 달했고 포석은 주요 핵심 인물로 맨 앞줄에 있었다. 곧 돌아온다며 놀란 가족을 안심시킨 후 집을 나섰던 가장家長은 끝내 돌아오지 못하고 생이별을 한 그들이 정착한 땅이 우즈베키스탄이었던 것이다.

그러나 포석의 처자와 고려인들은 한민족 특유의 근성으로 죽음의 땅을 옥토로 만들며 현지 지역사회의 중심으로 빠르게 자리를 잡아 나갔다.

1988년 타슈켄트에 문을 연 '조명희문학기념실'과 1992년에 명명된 '조명희거리'도 고려인들의 이 같은 희생과 헌신에 대한 현지의 신뢰가 전폭적으로 반영된 결과다. 조명희문학기념실은 우즈베키스탄의 국민 시인이고 정치가며 미술가인 영웅 '알리세르 나보이'1441~1501를 기리는 박물관 4층에 마련돼 있으며 조명희거리는 '빽쩨미르'거리에 있다.

사실 포석 개인적으로는 생전에 우즈베키스탄과는 직접적인 인연이 없다. 포석의 동선은 하바롭스크가 마지막이었기 때문이다. 그런데 왜 생전 발을 딛지 않았던 땅에 자신을 기리는 공간이 있을까.

그건 바로 강제 이주된 고려인들이 목숨을 걸고 그 사회에 헌신한 대가로 얻은 '면류관'인 까닭이다. 당신들이 필요한 것이 무엇이고 존경하는 사람이 누구냐고 물었을 때 그들이 이구동성으로 말했던 사람이 바로 포석 조명희였다. 그의 이름을 딴 '문학기념실'과 '거리'는 이렇게 해 만들어지게 된 것이며 이는 포석의 연해주에서의 위상을 명징하게 반증하는 돌올한 역사이기도 하다.

내 나라 내 땅 안에서도 특정인을 기리는 공간 설치는 법적 행정적 그리고 지역적 이해관계 때문에 첨예한 난항을 겪는 게 일반적인데 하물며 이역만리 남의 나라 땅에 낯선 외국인의 기념물 설치 공간을 허락했다는 것은 '기적' 같은 일이다. 역지사지로 우리 땅에 외국인의 기념 공간 설치를 생각한다면 이해가 빠를 것이다.

더구나 '조명희문학기념실'은 우즈베키스탄을 넘어 중앙아시아 전체의 영웅인 알리세르 나보이를 기리는 매우 규모가 큰 박물관에 있다. 우리의 국민 영웅인 세종대왕과 이순신 장군을 기리는 박물관에 외국인을 기리는 공간을 배려할 수 있을까. 나보이가 그들에게 얼마나 존경받는 인물인가는 곳곳에서 쉽게 확인 할 수 있다.

박물관은 기본이며 나보이주州가 있고 나보이'극장'이 있고 나보이'대학'이 있고 나보이'공원'이 있다. 나보이는 우즈베키스탄어語의 문법을 체계화시키며 그 언어로 시를 쓴 최초의 민족시인이다. 그가 남긴 작품은 16만 2,000단어로 괴테의 5만 2,000단어와 푸시킨의 6만 4,000단어보다 월등하다.

그러니까 나보이는 왕은 아니었지만 우즈베키스탄인들이 추앙하는 티무르 왕과 필적할 만한 위상을 가진 인물로 우리로 치면 세종대왕이나 일제강점기 민족어를 갈고 닦은 만해와 육사 그리고 포석과 같은 민족시인이었다. 그런 인물을 온전히 기리는 박물관에 포석이 있다. 대한민국이 있다.

2023.9.19

민족 수난의 현장을 찾아서 3

필자도 우즈베키스탄의 수도 타슈켄트에 있는 '포석조명희문학기념실'을 이미 다녀간 사람들이 찍은 사진과 자료로만 봤을 뿐 이번에 처음 방문한 것이다. 설레는 마음은 다른 탐사단 일행과 같은 기분이었다. 현지 가이드의 안내에 따라 걸어서 층계를 올라 드디어 4층에 도착했다. 사진으로 봤을 때보다 더 좁고 누추했다. 30명이 넘는 탐사 인원이 한꺼번에 들어가 둘러보기 어려운 공간 구조였기 때문에 출입문 양쪽을 활짝 열어 공간을 확보했다. 들어서자 맨 처음 눈에 띄는 것이 포석의 '흉상'이었다. 포석과 닮은 얼굴은 아니었지만 형형한 눈과 굳게 다문 입술 그리고 정면을 응시하고 있는 모습이 그가 걸어간 선구자의 결의에 찬 삶을 함축하고 있는 것 같아 옷깃을 여미게 했다.

출국하기 전 『동양일보사』에서 현지 가이드에게 부탁을 해 기념실 내부의 오래된 커튼과 양탄자를 새로 교체하고 세탁을 한 상태라서 실내 환경은 생각했던 것과는 다르게 조악하지 않았다. 단지 필자가 누추했다고 말한 것은 전시된 자료의 상태와 배치 구조가 중구난방으로 중첩돼 있었기 때문에 한 말이다.

진천에 있는 '포석조명희문학관'은 일반 관람객과 연구자들이 일상적으로 찾는 곳이지만 이곳 기념실은 연구자 중에서도 포석과 관계된 전문 연구자만이 주로 찾는 소외된 공간으로 전락한 게 사실이다. 우즈베키스탄으로 여행 온 한국 사람들은 여전히 이곳에 포석조명희문학기념실이 있다는 것을 모른 채 이국 향기에만 취해 돌아가는 게 또한 안타까운 현실이다. 이역만리로 여행 온 한국 사람들이 이곳에 와 기념실을 둘러보고 간다면 그들이 느끼는 민족적 자부심과 긍지가 얼마나 클까를 생각할 때 부족한 부분에 대한 아쉬움이 더욱 크게 다가왔다.

사람들은 '오로라' 하나만을 보기 위해 북유럽의 핀란드나 아이슬란드를 찾는다. 기념실의 존재가 보편적으로 알려지게 된다면 사람들이 오로라 하나만을 보기 위해 북유럽을 찾는 것처럼 우즈베키스탄의 타슈켄트를 찾을 것이다. 아시아의 신흥 경제 강국으로 부상하고 있는 우즈베키스탄의 도약은 기념실의 활성화에도 새로운 전기가 될 것으로 보인다. 우즈베키스탄이 대한민국의 '문화영토'의 마지막 거점이자 원심으로 팽창하는 구심 즉 '문화전진기지'가 되는 것이다.

이러한 노력과 아쉬운 부분을 해결할 수 있는 주체는 한국인 각자지만 결국 구체적으로는 포석의 고향인 진천군이 적극적인 행정 행위를 통해 이를 구현해야 한다. 전시실의 경우에도 큰 공간이 아니기 때문에 적은 경비로도 얼마든지 쾌적한 기념실로 탈바꿈시킬 수 있다. 그 공간이 주는 역사적 현실적 의미가 매우 커 기념실의 협소함은 전혀 문제가 되지 않는다. 내실만 기할 수 있다면 기념실 존재 자체가 주는 파급력은 이를 상쇄하고도 남을 것이다.

포석 조명희는 대한민국 사람이지만 충북 사람이며 궁극적으로는 '진천' 사람이다. 이번 탐사단 일행 중 진천 출신은 단 한 사람도 없었다. 필자도 진천은 제2의 고향이지 태어나 성장한 생지生地는 아니기에 정확히 말한다면 진천 사람은 단 한 사람도 없는 셈이다. 기념실을 방문한 탐사단도 포석으로 인해 진천이 새롭게 인식이 되는 계기가 되었을 것이다.

지난 글에서 언급을 했지만 '나보이'란 인물은 우즈베키스탄의 국민 영웅으로 나보이주^州도 있다고 말한 바 있다. 나보이와 포석의 이러한 인연을 고리로 나보이주와 자매결연 등 양 자치 단체가 상호 공동관심사에 대해 소통하고 교류한다면 역사적인 인물로 인해 두 지역이 경제적 문화적으로 더욱 긴밀하게 발전할 것으로 보인다.

필자가 이런 구체적인 말을 지면으로 언급한 이유는 '벡째미르'거리에 있던 '조명희거리'가 지금은 사라졌기 때문이다. 소련 연방이 해체된 후 많은 신생 독립국가들이 해를 거듭함에 따라 부국강병의 기치를 내걸고 자민족의 결속을 강화하기 위해 외국인의 이름이 들어간 지명 등을 자국의 위인으로 교체한 탓이다. 그들 입장에서는 충분히 설득력을 갖는 논리요 명분이다. 그러나 이러한 논리와 명분도 우리가 지속적으로 그들과 소통하고 교류했다면 존치는 물론 더욱 바람직하게 확대됐을 가능성이 컸을 것이다. 조명희거리는 그들 공동체에 헌신하고 기여한 고려인들의 노력을 공적으로 인정하며 지속적인 도움이 필요했기 때문에 그들 스스로가 먼저 제안을 한 것이다.

이후 고려인들이 그 제안에 응답하면서 조명희거리로 명명된 장소는 행정적 역사적 법적 구속력을 갖는 약속이 되었다. 삭제하거나 부정한다고 해서 없던 일로 지울 수 있는 일이 아니다. 당초 없던 것을 새로 만들어 달라는 것이 아니 한 진천군이 보이는 진정성 여하에 따라 얼마든지 원상회복이 가능하리라 본다. 조명희문학기념실도 특단의 조치를 취하지 않는다면 조명희거리의 전철을 밟지 말라는 법이 없다. 더 늦기 전에 서두를 일이다.

탐사단이 다음으로 찾은 곳이 '김병화농장'이다. 김병화[1905~1974]는 고려인으로 소련 전역에 한국인의 근면성을 떨친 '콜호스[집단농장]' 지도자다. 김병화는 소련의 영웅 칭호 중에서 두 번째로 급이 높은 '사회주의 노력영웅'을 무려 두 번이나 받았는데 두 번 받은 사람이 소련 역사를 통틀어 205명임을 감안하면 놀라운 일로 세 번 이상 받은 사람을 합쳐도 300명이 안 된다고 한다.

게다가 우즈베키스탄에서 이 훈장을 세 번 받은 사람은 2명 두 번 받은 사람은 3명뿐이다. 사회주의노력영웅 말고도 다른 훈장도 많이 받았다. 김병화는 죽기 전까지 레닌훈장, 10월혁명훈장, 노력적기훈장, 존경징표훈장을 받았는데 이 훈장들의 훈격은 소련에서도 상위 클래스였다. 레닌훈장은 그 중에서도 4회 받았다.

김병화는 스탈린의 강제 이주의 직접적인 대상은 아니었지만 강제 이주된 곳에 와 그들과 함께 그가 지도하는 '북극성 콜호즈[집단농장]'의 농산물 생산량을 초과 달성하곤 했다. 북극성 콜호스는 사막이 많은 중앙아시아에서 '벼'를 재배하는 엄청난 근성을 가진 콜호스였는데 이들은 잘 짜인 노동 조직과 사회에 대한 의무감을 바탕으로 당시 소련 평균보다 훨씬 많은 식량 생산을 기록했다. 작물을 바꾸라는 지시가 내려 재배한 '목화'에서도 결과는 놀라웠다. 어떤 예측 불가능한 지시가 내려와도 김병화를 비롯한 고려인들의 근면성과 성실성은 이를 능히 극복 현지 사회의 가장 영향력 있는 민족으로 대우를 받았던 것이다.

기념관이 내부 수리 중이어서 들어가 보지 못했지만 마당에 세워진 흉상 왼편에 주렁주렁 달린 훈장이 김병화가 왜 영웅인가를 단박에 보여주었다. 현관 주변에 여러 그루의 조선 소나무와 아름답게 핀 쑥부쟁

이꽃이 기념관 내부를 둘러보지 못하는 일행의 아쉬움을 위로해주었
다. 소나무와 쑥부쟁이꽃은 아마도 고국에 대한 향수를 달래던 김병화
와 고려인들의 그리움이었을 게다.

2023.9.20

민족 수난의 현장을 찾아서 4

이번 탐사단의 일정은 모두 엄선해 선택한 특별한 여정이었지만 그 중에서도 포석의 아내 황명희와 장녀 조선아의 묘를 참배한 일은 마치 포석의 묘를 참배하는 듯한 흥분을 갖게 했다. 원래 살았던 마을에서 들판 안쪽으로 더 들어가서야 비로소 묘를 찾을 수가 있었는데 탐사단을 태운 버스가 더 들어가지 못했기 때문에 일행은 삼삼오오 걸어서 오랜만에 한국의 들녘을 걷는 기분으로 농로처럼 탁 트인 길을 걸어 들어갔다.

딱히 이정표라든가 안내 지도가 나와 있는 게 아니었기 때문에 묘를 찾는데 어려움이 예상됐지만 다행히 유영선 주필이 구글google을 실시간으로 잘 활용한 순발력과 한국에 있는 조선아의 외아들 김 안드레이와 통화를 한 덕분에 이국땅 초행길에서 낭패를 보는 일은 면할 수가 있었다.

차창 밖으로 펼쳐지는 평원을 바라보기만 했지 이렇게 내려서 걷기는 처음이었다. 눈에 보이는 저 땅과 풀, 꽃과 물, 돌과 나무 등은 국경을 가리지 않고 한국의 들녘처럼 주변을 정겹게 감싸고 있었다. '대지大地'는 어디에서나 인종과 국가를 초월해 영원한 모성임을 실감한다.

그러나 이곳에 버려져 정착한 초기 이주자인 고려인 1세대들에게는 모든 것이 낯설고 두려운 죽음의 땅이었을 것이다. 같은 자연환경이라고 해도 처한 상황이 주는 심리적 편차에 의해 풍경은 얼마든지 다르게 변색될 수 있음이다.

드디어 묘를 찾았다. 어렵지 않게 찾은 셈이다. 중앙아시아의 묘는 우리처럼 흙으로 봉분을 만드는 매장문화가 아니라 시멘트로 덮고 비석에 얼굴과 이름을 새기는 방식이 주를 이룬다. 묘는 관리되지 않아 날카로운 가시가 많은 아카시아나무가 버젓이 주인 행세를 하고 있어 참배객들의 접근을 어렵게 했다.

하지만 한국 사람들이 또 어떤 사람들인가. 연장도 없는 상황임에도 탐사단원들은 너도나도 솔선해 맨손과 막대기로 아카시아나무를 꺾고 잘라 주변을 깨끗이 정리했다. 한국 사람들의 순발력과 임기응변이 압권임을 다시 한 번 확인하는 장면이었다. 고려인 1세대인 우리 선조들의 이러한 피가 유전적으로 흐르고 있음일 것이다. "저렇게 기름지고 넓은 땅을 왜 놀리지!" 일정 첫날 카자흐스탄의 드넓은 땅을 보며 열차 안에서 일행들이 이구동성으로 한 얘기는 시사하는 바 크다. 묘 주변을 정리한 후 종손인 조철호『동양일보』회장의 두 모녀와 가족사에 대한 배경 설명에 이어 개정판『포석전집』을 묘소 앞에 놓고 일행은 숙연한 묵례로 예의를 갖추었다.

부인 황명희는 연해주로 망명한 포석과 결혼해 3남매를 훌륭히 키우며 포석이 비극적 죽음을 맞이할 때까지 충실한 내조를 했다. 포석이 체포된 후 중앙아시아로 강제 이주를 당했기 때문에 남편의 생사를 모르는 애끓는 부지하세월 속에서 3남매를 키운 것이다.

딸 조선아는 이름에서 보듯 포석이 조선식으로 이름을 지어준 첫 번째 핏줄이다. 포석이 체포될 때 여섯 살이었는데 아버지의 마지막을 정확히 기억할 정도로 총명했으며 사망할 때까지 아버지의 억울한 죽음의 기록을 찾기 위해 관계 기관을 찾아 백방으로 수소문하는 등 부녀 관계를 떠나 포석 연구에 있어 괄목할 만한 자료 등을 발굴 포석 재평가의 기반을 마련한 인물이다.

참배의 의미를 살리기 위해 포석조명희문학기념실에 이어 포석의 모녀가 잠들어 있는 묘소에서도 특별한 시 낭송이 즉흥적으로 이루어져 탐사단원들의 심금을 울렸다. 오늘 하루는 두 모녀가 이역만리 고국에서 방문한 동포들 때문에 찾는 이 없던 쓸쓸함을 잠시 잊고 사후 가장 행복한 하루를 보내지 않았을까 싶다. 주변에 주로 고려인들의 묘가 산재해 있는 것으로 보아 이곳이 고려인 마을이었음을 짐작할 수 있었다. 이들 묘소 앞에서도 일행은 조용히 묵상에 잠겼다. 우리가 찾아온 목적이 꼭 포석의 두 모녀만을 위한 참배가 아님을 저 방치된 묘들은 말하고 있다.

다시 또 언제 올지 모르는 발길을 돌리며 일행은 버스에 올랐다. 우즈베키스탄의 평원에서는 유독 한국 사람들에게 익숙한 농작물이 눈에 자주 들어온다. 바로 '목화'다. 어마어마한 면적이 온통 목화밭이다.

지금은 한국의 들에서는 보기 힘들지만 필자가 어렸을 때만 해도 동네에서 일상적으로 보던 풍경이다. 아마도 이주한 고려인들도 저 들녘에서 목화를 가꾸며 꽃을 땄으리라. 그들에게 목화꽃은 아름다운 꽃이 아니라 고된 노동을 상징하는 아픈 트라우마였을 것이다. "나그네가 바라보는 들은 목가적이요 낭만적이지만 그 속에는 농부들의 뼈마디 쑤시는 현실이 있다"는 학창시절 국어시간에 외웠던 구절을 새삼 떠올려 본다.

사실은 한국식으로 한다면 참배하는데 술 한 잔 올리는 것이 예의며 기본인데 타국이다 보니 그러한 것들을 준비할 겨를이 없었던 것 같아 뭔가 좀 허전했다.

그러던 중 어디선가 〈황성옛터〉에 이어 〈타향살이〉가 구성진 가락을 타고 흘렀다. 필자의 룸메이트인 임각수 전 괴산 군수의 까랑까랑한 목소리였다. 순간 무릎을 쳤다. "그럼 그렇지, 한국 사람이라면 이런 상황에서 망자를 위해 한 곡쯤 뽑아야 한국 사람의 신명답지." 두 모녀의 묘를 뒤로 하고 일행을 태운 버스는 어느새 눈이 살포시 내려앉은 설원처럼 긴 목화밭을 옆에 끼고 질주하고 있었다.

2023.9.21

민족 수난의 현장을 찾아서 5

이번 탐사를 정리하면서 카자흐스탄과 우즈베키스탄에서 느꼈던 소회의 일단을 말하고 싶다. 우선 탐사 전에 중앙아시아에 대해 갖고 있던 근거 없는 알량한 편견이 깡그리 깨졌다. 이는 동행한 대부분의 일행들의 인식의 변화였다.

세계 9번째 국토의 넓이를 자랑하는 카자흐스탄은 남한 면적의 27배 크기를 자랑한다. 도시 중심을 벗어나면 펼쳐지는 긴 평원과 스텝은 필자와 일행들이 지금까지 살면서 한 번도 경험하지 못한 장엄하고 황홀한 육지의 바다였다. 모든 것을 교환가치로만 여기는 자칭 문명인들에게는 땅의 경제성이 가치 기준일 테지만 필자가 보기에는 평원의 존재 자체가 이미 대체 불가능한 자원이며 힘이었다.

특히 카자흐스탄의 옛 수도며 사실상의 최고 중심 도시인 '알마티'의 가로수와 울창한 나무숲은 이국인들에게는 경이롭고 한없이 부러운 환경이었다. 나무도 일반적인 가로수가 아니라 몇백 년 수령을 자랑하는 아름드리나무가 도시 전체를 덮고 있다. 도시에 숲이 있는 것이 아니라 숲에 도시가 살포시 안긴 그림이다.

이렇게 숲에 둘러싸인 도시를 걷는 사람들의 삶이 한눈에 봐도 자유롭고 평화스러워 보였다. 운동을 하고 데이트를 즐기고 벤치에 앉아 대화와 책을 읽는 평범한 사람들의 일상이 눈부시게 빛이 났다. 고층 빌딩에 포위돼 경쟁 만능으로 치닫는 우리의 하루가 과연 문명의 첨단이라고 자부할 수 있는 것인지 깊게 자문케 했다.

우즈베키스탄은 카자흐스탄보다 면적은 작지만 상대적으로 도시가 더 역동적인 느낌을 받았다. 도시와 공원에는 역시 나무와 숲이 잘 가꾸어졌지만 카자흐스탄보다는 개발에 더 신경을 써 도시가 번화한 느낌을 받았다. 수십 개의 이슬람 사원은 저마다의 역사와 전통을 자랑하며 담담하게 고대의 자태를 뽐내고 있어 인상적이었다.

제2의 도시인 사마르칸트의 '레키스탄'광장은 주변의 울창한 숲과 함께 시민들이 휴식을 취하며 담소를 나누는 장면이 기억에 남는다. 정원에 핀 '무궁화'를 본 것도 잊지 못할 것 같다. 보는 순간 매우 반가웠지만 곧 '우리나라 국화인 무궁화가 왜 이곳에 있지' 하는 의문이 들어 찾아보니 원산지가 인도란다. 그러니까 무궁화가 '국화國花'이기 때문에 의연중 원산지도 우리나라라고 생각했던 것이다.

수도 타슈켄트보다 500여 년이 앞선 사마르칸트는 주지하다시피 동서 실크로드의 중심 도시였다. 기원전 2500여 년에 세워진 바벨론이나 로마와 같은 시대에 건설된 유서 깊은 도시로 해발 723미터 고원에 자리하고 있다. 탐사단이 사마르칸트를 방문한 것은 이러한 고대 무역로의 중심지를 눈으로 확인하고 우즈베키스탄의 역사박물관이라고 할 정도로 고대 문화재가 산재해 있는 곳을 둘러보기 위한 게 목적이었지만 사실은 '아프라시압궁전 벽화'에 그려진 고구려 '사신'을 보기 위함이 더 컸다.

인류 문화재에 대한 보편적 관심도 중요하다. 그러나 우리 민족과 관계된 어떤 것일 때 그것은 모든 것에 우선하는 현안이 된다. 교과서에서만 봤던 두 명의 사신을 보는 순간 사실은 실망감이 앞섰다. 거의 지워져 어렴풋한 형상과 윤곽만이 있을 뿐이었다. 세월이 흐르면서 변색됐기 때문인데 그나마 건조한 사막의 기후 덕으로 그 긴 세월을 견디고 있다니 경솔한 실망이 좀 부끄러웠다. 윤곽과 색이 분명한 형태의 벽화는 이미 영상으로 잘 보존하고 있어 빛바랜 벽화의 아쉬움을 달랠 수 있었다. 두 명의 사신은 긴 칼環頭大刀과 관에 새 깃털鳥羽冠이 돋보였다. 고구려 사신이 그 당시 이역만리 사마르칸트를 찾은 것은 7세기 동아시아의 패권 경쟁이 본격화되던 때였다. 나당羅唐이 결속되면서 위기의식을 느낀 고구려가 당나라의 배후를 교란할 목적으로 외교전을 위해 그 먼 사막의 나라까지 왔던 것이다. 예나 지금이나 국가의 생존이 외교를 통해 성패가 가려진다는 사실은 작금의 우리 현실에서 시사하는 바가 크다.

이번 탐사 일정의 소회를 마무리하면서 다시는 시대적 조류에 둔감해 민족공동체가 수난을 당하는 비극의 역사를 반복하면 안 된다는 다짐을 했다. 더불어 문화의 다양성이야말로 이념과 종교를 초월해 인류의 공동의 자산이며 삶을 풍요롭게 하는 '질 높은 보람'이라는 것을 새삼 확인하게 됐다.

끝으로 탐사를 기획한 『동양일보』사와 일정을 함께 한 36명의 탐사단원에게 깊은 감사를 드린다. 6박 7일 동안 우리는 한식구 한가족이었다.

2023.9.26

보자기를 아시나요

포석의 소설 「낙동강」은 한국 근대문학의 이정표를 새롭게 쓴 걸작으로 프로문학의 기념비적인 작품이다. 문학이 단순한 삶의 여기餘技가 아니라 세상과 현실을 바꾸는 강력한 수단이며 도구라는 굳은 신념의 소유자들이 지향했던 일단의 문학적 이념이 '프로문학prolétariat'이다. 좀 더 부연하면 사회주의 이념을 선전하거나 사회주의 건설을 위해 투쟁하는 인간상을 형상화하는 것을 목표로 하는 문학이다. 보통 '계급문학'이라고도 한다. 이러한 지향성을 가진 「낙동강」을 큰 틀에서 개관해 보면 주인공과 주동 인물들의 동선이 '떠나고 돌아오고 다시 떠나는' 구조로 돼 있다.

전개 과정이 대략 이런 구조일 것이라는 예상이 가능한 이유는 '표제 그림'이 암시하는 여운 때문이다. 표제 그림은 제목을 선명하게 하거나 보완하는 역할을 하는데 뜻과 의미 전달이 근원적으로 한계가 있는 문자의 맹점을 윤곽으로 형상화된 그림은 독자의 이해를 돕는 데 유용하다. 이런 면에서 표제 그림은 한 작품의 전체를 상징하는 '얼굴'인 셈이다.

「낙동강」의 표제 그림을 보면 4인 가족부부와 남매이 캄캄한 새벽 '나루'를 향해 무엇인가에 쫓기듯 황급히 야반도주하는 슬픈 뒷모습을 하고 있다. 가장인 남편은 짐을 지고 아내는 짐을 인 채 젖먹이를 업고 왼손으로는 댕기머리 어린 딸의 손을 오른손으로는 머리 위에 인 짐을 잡고 있다. 아낙이 머리에 인 짐은 '보따리'다.

이때의 보따리는 남부여대男負女戴의 부평초 같은 고단한 삶에서도 포기할 수 없는 한갓 희망을 상징하는 우리의 자화상이며 머리 위에서 위태롭게 흔들린다. 「낙동강」은 일제강점기인 1927년에 발표한 소설이다. 민족혼을 말살하기 위한 일제의 내선일체가 본격화되고 무자비한 경제 침탈로 고향고국을 떠나는 유이민流移民들이 거리마다 장사진을 이루던 시기를 배경으로 한다. 고향 떠난 이들을 환영하는 곳은 세상 어디에도 없다. 그들을 기다리는 것은 배제와 차별, 설움과 절망으로 점철된 '뿌리 뽑힌 자'의 비애뿐이다.

필자가 이 소설에서 주목한 것 중 하나가 아낙이 머리 위에 인 '보따리'다. 그러나 '보자기'가 없으면 보따리도 꾸릴 수 없다. 보따리가 "보자기로 물건을 싸서 꾸린 뭉치"이기 때문이다. 그러니까 보따리는 보자기가 만든 너무나 한국적인 일종의 '만능 가방'인 것이다. 한류로 보면 'K-보자기'라고 할 수 있다.

우리 역사에서 보자기는 계층과 신분에 따라 다양한 색깔과 문양으로 활용돼 왔지만 변하지 않았던 것은 주는 이의 '고운 마음'이다. 궁중과 사대부가에서는 화려했으나 사치스럽지 않게, 풍족하지 않았던 서민들의 삶에서는 소박하지만 누추하지 않게 무던한 살림을 이어주는 어미 새의 근면한 '부리'였고 부지런한 '날개'였다. 부리 안에 넣어 담고 채워 보금자리에 온전히 전달되도록 소망하는 날갯짓은 귀소歸巢하는 모든 어미 새의 행복이었던 것이다. 우리는 어미 새의 이런 헌신으로 뼈가 굵어진 손이 까만 새끼 새들이다.

이어령은 일찍이 『우리 문화 박물지』란 책에서 우리의 생활문화 속에 감추어진 문화 유전자 63개를 선정해 예로 들면서 한국인의 의식 구조를 탐색했는데 이때 보자기는 '탈근대화의 발상'이란 주제로 가위, 갓, 거문고, 버선, 맷돌 등과 함께 포함된 바 있다.

그는 또 보자기는 "싸는 물건의 부피에 따라 커지기도 하고 작아지기도 하며 물건의 성질에 따라 그 형태도 달라진다"며 보자기가 갖고 있는 특유의 '다기능'과 '융통성'을 갈파했다. 그러면서 "만약 모든 도구, 모든 시설들이 가방이 아니라 보자기처럼 디자인되어 유무상통^{有無}_{相通}의 철학을 담게 된다면 인류 문명은 좀 더 인간적이고 더 편하지 않겠는가"라며 보자기 예찬을 했다.

「낙동강」의 주인공 박성운은 고국을 떠나 남북 만주, 노령, 북경, 상해 등을 방황하다 다시 돌아온다. 이때 무언가 손에 들었다면 보따리보다는 남성인 탓에 관습상 가방일 확률이 높다. 하지만 그 대상이 아낙이었다면 보자기로 싼 보따리를 머리에 이고 있었을 것이다. 표제 그림 속 아낙도 박성운처럼 돌아왔다면 아마도 떠날 때와 같이 보자기로 싼 보따리를 이고 고향 땅으로 향했을 것이다. 그러나 떠날 때와는 다르게 '색동보자기'처럼 좀 더 밝은 보자기로 싼 보따리 속에 희망과 기대를 담아 이고 왔을 것이다.

이렇게 보자기는 우리의 고난과 수난의 역사 속에서 서민과 아낙들의 삶을 위로하고 '희망 꾸러미'를 만들며 세상을 품는 '유연한 마술'이었다. 그러고 보니 진천에는 보자기와 관련한 흥미로운 스토리가 과거에서 현재로 이어지고 있는 것 같다. 한국을 대표하는 보자기 작가^{畵家}로 유명한 김시현 씨의 고향이 바로 진천이기 때문이다. 우연이라 하기에는 참 아름다운 인연이다. 그래서 그가 끊임없이 발신하는 '소중한 메시지The Precious Massage’가 옛것 다시 보기를 통해 오늘과 내일의 의미를 되새기는 일인지 모르겠다.

한해가 또 저물어 가는 세모歲暮의 풍경을 바라보고 있다. 그러나 과히 아쉽지 않다. 올해도 주변 사람들의 과분한 사랑을 받은 까닭이다. 그저 고맙고 감사할 따름이다. 예쁜 보자기로 싼 선물 보따리를 한아름 안겨주고 싶다. 그 속에는 사랑과 정성이 있으므로. 그 사람을 향한 따뜻한 마음이 거기 있으므로.

2023.12.11

포석과 최인훈, 이어령과 김시현

인연의 향기

2024 갑진년甲辰年 새해가 밝은지도 벌써 한 달이 지났다. 새해에 떠오르는 일출을 바라보면서 저마다의 간절한 소망 한 가지씩은 빌었을 것이다. 이 소망 중에 건강과 재물 그리고 사회적 성공이 맨 앞자리를 차지했을 것이다. 그것이 인지상정이니까.

그러나 한편으로는 올 한해 만나게 될 좋은 인연과 소중한 인연을 소망하기도 했을 것이다. 결국 삶이란 사람과 사람이 실타래처럼 얽히고설키며 끊임없이 만나고 헤어지는 '장시場市'의 풍경 '간이역簡易驛'의 스케치 아닌가.

한국 근대문학과 예술에서 이러한 향기로운 인연으로 삶을 훈훈하게 만든 사람들이 있다. 포석1894~1938과 최인훈1936~2018, 이어령1934~2022과 김시현1971~이다.

우선 포석과 최인훈의 인연이 특별한 무게를 더한다. 포석의 삶과 문학은 '최초'라는 수식어가 면류관처럼 따라붙는 한국 근대문학의 여명을 밝힌 1세대의 상징적 작가다. 최초의 희곡집『김영일의 사』, 1923과 최초의 미발표 개인 창작 시집『봄 잔디밭 위에』, 1924, 프로문학의 기념비적인 소설「낙동강」, 1927 발표 그리고 소련연해주으로 망명1928한 다음 최초의 '망명 문단 결성'과 '망명 문예지' 출간 등은 그의 쇄빙선碎氷船 같은 선구자의 길을 증명한다. 1928년 결행한 망명도 일제강점기 한국 작가로는 첫 망명길이었다.

"1960년도는 정치적으로 4·19의 해였다면 문학사적으로는『광장』의 해였다"고 말한 평론가 김현의 말처럼 최인훈은 소설『광장』에서 그동안 금기였던 '민족'과 '통일'의 문제를 역사와 현실로 견인했다. 그는 타계2018할 때까지 평생 민족과 이념의 문제에 천착한 한국현대문학의 거목이었다.

두 사람의 인연은 해방 후 최인훈이 다닌 원산고등학교 1학년 문학 시간으로 거슬러 올라간다. 당시「낙동강」은 북한의 고등학교 교과서에 수록돼 있었다. 최인훈은 문학 숙제로「낙동강」독후감을 써 발표해 작문 선생님으로부터 "앞으로 훌륭한 작가가 될 것"이라는 치명적인 예언을 듣고 월남한 뒤에 실제로 대작가가 됐다. 최인훈은 평생 포석의 삶과 문학을 '사숙私淑'하면서 흠모했다.『광장』이후 최고의 걸작인『화두』1994는 포석의 삶과 문학을 모티프로 쓴 소설로 포석에 대한 최인훈의 향심向心의 결정체며 포석에게 바치는 헌사의 작품 즉 '오마주 hommage'의 성격을 갖는다. 그만큼 두 사람의 인연은 역사와 시대적으로 깊은 근원이 있다.

이어령과 김시현의 인연도 흐뭇한 아름다움으로 채색돼 있다. 이어령은 설명이 필요 없는 도저到底한 지성이며 르네상스한 석학이었다. 약관22세의 나이로 타성에 젖은 기성을 난타「우상의 파괴」, 1956하며 혜성처럼 등장한 이래 한국인과 한국문화의 정체성을 그 특유의 깊은 통찰력으로 명쾌하게 진단한 바 있다.

김시현은 진천 출신으로 우리의 실용적인 전통 생활문화인 '보자기'를 오브제objet로 활용해 새로움을 추구하는 28년 경력의 한국을 대표하는 중견 작가[畵家] 중 한 사람이다. 주로 궁중이나 사대부가에서 사용한 화려하면서도 사치스럽지 않은 보자기를 현대적으로 재해석하는 작업을 지난 16년 동안 꾸준히 이어왔다.

두 사람의 인연은 한 편의 영화처럼 극적인 휴머니즘을 배경으로 한다. 김시현이 대학원 시절 본격 미술에 대해 깊은 고민을 하고 있을 무렵 스승[대학원, 대학]으로부터 "멀리서 찾지 말고 발아래에서 찾아라"는 말과 함께 전해 받은 책이 『이어령의 우리 문화 박물지』[2007]다.

책을 펼치면 유전적으로 한국인의 생활문화 속에 깊이 내재한 우리의 정체성이 담긴 63개의 전통적인 유무형의 물건과 정신적 가치들을 만날 수 있다. 김시현은 이 책 속에서 '보자기'와 운명적인 만남을 통해 그동안 애타게 찾고 있던 자신이 가야 할 예술의 길과 필연적으로 마주하게 된다.

그 후 김시현은 일관된 작업으로 '보자기 작가'란 독보적 명성과 더불어 숱한 천재가 시시로 명멸하는 한국현대미술의 거친 생태계에서 주목받는 여성 작가로 성장하게 되는데 이때 생각하지 않았던 반전이 일어난다. 『이어령의 보자기 인문학』의 책에 김시현의 보자기가 '표제 그림'으로 실리게 된 것이다. 이어령의 책에서 영감을 얻어 비약[飛躍]한 김시현에게 이번에는 반대로 천하의 이어령이 김시현의 보자기 그림을 자신의 책 표지 그림으로 요청했던 것이다. 이 같은 특별한 사연과 장면 자체가 사랑과 정성을 담아 주고받는 보자기의 따뜻한 이미지와 너무도 닮았다. 참으로 아름다운 인연이다. 예부터 이런 인연을 '가연[佳緣]'이라고 했다.

포석과 최인훈, 이어령과 김시현은 생전에 서로 한 번도 만나지 못했지만 그러한 아쉬움이 오히려 서로의 작품과 글을 더욱 소중하게 생각하는 여운으로 남아 뭇사람들에게 진한 감동을 주는 듯하다. 부러우면 지는 것이라는데 이들 네 사람의 인연이 참 부럽다. 그러나 필자는 행복하다. 그들의 인연이 이 풍진風塵 세상을 아름답고 풍요롭게 하는 까닭이다.

2024.1.31

포석의 시집 『봄 잔디밭 위에』를 되새기며

　올해는 한국 최초의 미발표 개인 창작 시집인 포석 조명희의 『봄 잔디밭 위에』 발간 100주년이 되는 해다.

　이 시집은 1924년 6월 15일 『춘추각』^{서울}에서 발간됐다. 포석 개인적으로는 이보다 일 년 앞서 발간한 역시 한국 최초의 창작 희곡집인 『김영일의 사』와 더불어 빛나는 역작이며 한국 근대문학의 사^史적 전개 과정에서 보면 기념비적인 '효시'의 의미가 있는 일이다. 이러한 특별함 때문에 두 권의 창작집은 문화재청의 '근대문학 문화재등록자원 유물' 160선에 선정됐다.

　『봄 잔디밭 위에』는 전체 3부 43편으로 구성돼 있다. 책을 펴 넘기면 「경이」, 「무제」, 「봄」, 「나의 고향이」, 「별 밑으로」 등 주옥같은 시들이 영롱한 서정을 배경으로 야만의 시대를 생생하게 증언하고 있다. 1부 격에 해당하는 '봄 잔디밭 위에'는 일본 유학을 마치고 돌아온 후 고향에서 쓴 시고 2, 3부인 '노수애음^{盧水哀音}'과 '어둠의 춤'은 일본 유학시절에 쓴 일종의 습작 시 가운데 취사선택한 시다. 포석은 『봄 잔디밭 위에』의 서문에서 2, 3부에 대한 강한 애착을 드러내는데 "아무리 습작시이나 그 가운데서도 영혼의 발자취 소리를 들을 수 있으므로 그대로 추려서 실었다"고 고백한 바 있다. 포석의 육성대로 시집 『봄 잔디밭 위에』는 당시 포석이 처한 극한 삶의 환경에서 한 인간이 다다른 실존적 윤리의식이 집약적으로 응축된 고고한 정신의 현^絃을 엿볼 수 있다.

포석의 시집 발간이 한국 근대문학에 미치는 역사성에 대해서는 약간의 부연 설명이 필요하다. 한국 최초의 시집은 소월의 스승인 안서 김억[1896~?]이 펴낸 『해파리의 노래』[1923]다. 그러나 이 시집은 김억이 이미 『태서문예신보』, 『창조』, 『개벽』 등 지면을 통해 발표한 작품을 모아 엮어서 펴낸 것이다. 이쯤 되면 포석과 김억 시집의 차이점을 확인할 수 있을 것이다. 포석의 시집은 '미발표', 김억의 시집은 '발표'된 시를 모아 시집을 발간했던 것이다. 그러니까 미발표든 발표든 시집을 최초로 펴낸 작가가 김억임에는 자타가 공인하는 불변의 사실이다.

그럼에도 불구하고 한국 근대문학에서 포석의 시집 『봄 잔디밭 위에』가 지니는 최초의 선구적 업적은 여전히 그 가치를 지닌다. 100년의 세월 동안 출판 지형과 문학 환경은 과거와는 비교할 수 없을 정도로 규모가 풍성해졌고 각종 문예지들이 활황을 이루지만 매체 즉 공적 지면을 통해 시를 발표하는 시인들은 그때나 지금이나 소수에 지나지 않기 때문이다. 현재에도 대부분의 시인들은 자신이 쓴 미발표된 작품을 모은 시집으로 세상과 만난다. 이렇듯 포석은 김억과는 또 다른 부면에서 세상과 처음 만나게 될 시 개개의 세포와 얼굴의 기원으로서 역사와 시대적 역할을 충실히 분담하고 있는 셈이다.

또 한 가지 우리가 이 시집에서 주목해야 할 부분이 위에서 잠깐 언급한 '서문'이다. 보통 책의 서문은 해당 책의 전체적인 안내서 역할을 하는데, 시집 『봄 잔디밭 위에』의 서문은 대단히 포괄적이며 구체적이다. "우리는 보들레르가 될 수 없으며 타골도 될 수 없다. 우리는 우리여야 할 것이다. 우리는 남의 것만 쓸데없이 흉내내지 말 것이다"로 시작되는 서문은 포석의 인생관과 세계관, 민족관과 문학관[예술]이 선명하게 드러나 있다. 그중 문학예술관은 인생관과 세계관 그리고 민족관의 기초 위에서 활자로 써 내려간 — 앞에서 말한 — '영혼의 발자취'로 아로새겨져 있다.

이 서문에는 지게 목발을 두드리며 노래하는 초동樵童과 바람에 스칠 때마다 이리저리 나부끼는 실버들 가지 등 우리가 일상에서 쉽게 놓치고 지나가는 '조선적'인 '모든 것'들에 대한 가없는 연민과 사랑을 확인할 수 있다. 포석의 이러한 마음과 느낌은 '조선혼의 울음소리'란 거족적인 동일성으로 '화창和唱'돼 거듭난다. 내친김에 살짝 첨언하자면 절친 김우진의 마지막 희곡인 〈산돼지〉가 「봄 잔디밭 위에」를 읽고 영감을 얻어 완성한 작품이란 점도 흥미로운 대목이다.

포석은 일본 유학파인 첨단의 근대인이었으나 문화 사대에 매몰되지 않고 당시 많은 근대적 지식인들이 조급하게 서구의 근대성만을 추종하며 전통을 폄훼할 때 그들이 버린 전통을 주워 새롭게 해석한 후 '뼈대'를 세웠다. 망국의 현실에서 우리 것의 소중함을 일깨우며 지향점을 분명하게 가리킨 구원의 빛이었던 것이다.

이러한 선언과도 같은 결기가 『봄 잔디밭 위에』의 서문에 날선 명징함으로 적시돼 있다. 이것이 바로 『봄 잔디밭 위에』가 치는 새벽 '홰'며 승천의 전고戰鼓인 푸른 용의 용트림이다. '최초'라는 대체 불가능한 우월적 역사성 그 이상의 의미가 시집 『봄 잔디밭 위에』 펼쳐져 있다.

2024.1.10

우리나라 최초의 망명 문예지 『노력자의 조국』 2(1937)

포석과 보재, 보재와 포석을 생각한다

지난 3월 31일 진천에서는 '보재이상설薄齋 李相卨, 1870~1917 기념관' 개관식이 선생의 순국일에 맞추어 생가지인 진천읍 산척리 이상설 기념관 광장에서 성대하게 거행됐다. 이로써 진천은 기존의 '포석조명희문학관'과 더불어 옷깃을 여미며 위대한 인물을 흠모하는 또 하나의 역사적 기념 공간을 갖게 됐다. 지역민이 느끼는 자긍심이 한껏 고무될 것으로 보인다.

보재는 충북 진천 출신으로 우리에게는 1907년 4월 고종 황제의 밀서를 지니고 이준 이위종 선생과 함께 네덜란드 헤이그에서 열린 만국평화회의의 정사수석 대표로 파견돼 을사늑약905의 부당함을 세계에 호소하기 위해 급파된 독립운동가로 기억된다.

포석抱石, 1894~1938과 보재는 생거진천이 낳은 대한민국의 절륜한 위인으로 망국의 현실에서 밀려오는 근대의 파고波高를 앞장서 헤치며 개척한 선각자다. 한 사람은 문학을 포함한 문화에서, 또 한 사람은 외교를 포함한 정치에서 조선이 처한 절망의 늪을 극복하고자 일신을 던졌던 불세출의 영웅이었다.

동향인 두 사람이 생전에 만났다는 기록은 없다. 우선 연령에서 보재가 25년 연배며 그가 7살 때 고향을 떠났기 때문이다. 그러나 3·1운동 때 포석의 당숙인 조중우가 이상설의 사촌 동생인 이상직을 당국과 교섭해 석방시켰다는 기록『진천군지』, 1994이 있는 것으로 보아 집안끼리는 매우 밀접한 세교世交가 있었던 것으로 추정된다.

이러한 두 집안의 특별한 배경을 바탕으로 그들이 걸어간 지사적志士的인 삶의 행로는 이후 일정한 시간차를 두고 마치 운명적인 '평행이론'처럼 동일한 삶의 모습으로 반복된다. 보재가 사망1917한 뒤 11년 후 1928에 고향 후배인 포석은 보재가 망명상하이, 연해주, 만주한 땅의 일부인 연해주에 정착해 10년1938 동안 '문화로 독립운동'에 매진 한국독립운동사의 큰 족적을 남겼다. 활동 지역도 겹친다. 두 사람이 주로 활동했던 지역은 우리가 보통 연해주로 통칭하는 블라디보스토크와 우수리스크 그리고 하바롭스크다.

포석이 우수리스크에서 왕성한 활동을 한 다음 하바롭스크에서 비극적인 최후를 맞이했고 보재는 하바롭스크에서 병을 얻어 우수리스크에서 한 많은 생을 마감했다. 이 부분에서 두 사람이 걸었던 삶의 행로가 묘하게 대비된다. 포석은 민족주의를 가슴에 품고 세계주의를 꿈꾼 문학가답게 하바롭스크에서 모스크바 입성을 눈앞에 두고 체포됐다. 보재는 뼛속 깊이 지조와 절개를 숭상하며 향리에 기원을 둔 본질에 대한 자기 회귀성이 강한 옹골찬 민족주의자였다. 포석이 원심력으로 확장된 더 높은 북쪽에서 최후를 맞이한 일과 보재가 구심력이 당기는 보다 남쪽의 하향적 공간에서 눈을 감은 일도 이러한 삶의 지향성과 무관하지 않다.

포석조명희문학관 출입문 왼쪽 벽면 패널 속에는 59명의 인물들의 사진과 명판이 전시돼 있다. 우수리스크 고려인 문화센터에 전시된 '연해주 항일 독립운동의 59인의 영웅'들이다. 이 사진은 2014년 포석조명희문학관 개관2015을 앞두고 포석 관련 자료를 찾아 러시아로 떠났던

답사단 일행이 고려인 문화센터 한쪽에 전시된 패널을 기적처럼 발견해 사진으로 담아 온 것이다.

사진 속에는 우리에게 널리 알려진 안중근 의사와 홍범도 장군도 포함돼 있으며 최근 새롭게 발굴돼 재평가가 활발한 연해주 독립운동의 대부 최재형 선생도 있다. 그런데 더 놀라운 것은 진천 출신인 포석과 보재도 이들과 어깨를 나란히 하며 포함돼 있다는 사실이다. 충북 전체를 모두 아울러도 단재를 포함해 단 3명뿐이다. 당시 궁벽한 향촌에 불과한 진천에 만주와 더불어 한국독립운동사의 양대 산맥인 연해주 독립운동의 영웅에 두 사람이 포함된 사실은 지역의 후학으로서 여간 자랑스러운 일이 아닐 수 없다. 이러한 삶을 기리기 위한 증표로 블라디보스토크와 우수리스크에 '포석조명희문학비'와 '보재이상설유허비'가 머나먼 이국땅에 당당하게 세워진 일은 진천은 물론 대한민국의 확장된 '문화영토'를 의미하는 것으로 매우 중요한 함의를 갖는다.

필자는 기회 있을 때마다 진천은 포석과 보재로 인해 연해주에 또 하나의 문화적 영토를 갖고 있다고 강조해 왔다. 이를 어떻게 지역 발전의 동력으로 활용하며 시대정신으로 승화시킬 것인가의 문제가 여전히 숙제로 남는 현실에서 다시 당부하고 싶은 말이 있다. 진천에서 두 사람을 선양하는데 가장 먼저 고려해야할 점은 그들이 한반도의 역사와 지역을 견인한 쌍두마차로 함께 선양해야 그 의미가 커진다는 것이다.

이런 이유로 포석조명희문학관을 방문하는 사람들은 보재이상설기념관을, 보재이상설기념관을 방문하는 사람들은 포석조명희문학관을 하나의 역사 탐방 루트로 묶어 방문하는 사람들이 늘고 있다. 방문객들

의 동선이 무엇을 의미하는지 지역민과 행정은 깊게 고민을 해봐야 할

것이다.

2024.4.25

31회 포석조명희문학제를 마치며

31회 포석조명희문학제^{2024.5.10}가 막을 내렸다. 이립^{而立}을 지나 이제 본격적으로 '입지^{立志}'를 다지는 첫 발걸음을 내디딘 거인의 일보^{一步}였다. 걸어 온 삼십 성상^{星霜}이 뜻을 세우기 위한 '메질'의 시간이었다면 이젠 '절차^{切磋}'하고 '탁마^{琢磨}'해 구체적인 형상을 드러내는 '윤곽'의 시간 '구현'의 때를 맞이한 것이다.

그 일보가 시작된 5월은 여전히 눈부시게 아름다웠다. 포석이 떠난 1938년 하바롭스크의 5월도 이렇게 차마 눈부시게 아름다웠을 것이다. 한 사람의 생애가 이토록 비감한 역설적 운명으로 점철된 예도 없으리라. 태어난 해¹⁸⁹⁴는 축복이었으나 이 땅은 풍전등화였고 망명¹⁹²⁸은 절체절명이었으나 전화위복이 됐으며 죽음¹⁹³⁸조차도 가장 비극적인 그래서 필연적으로 부활하는 생명의 찬가로 5월은 그렇게 포석의 달이 됐다.

때론 가시적인 자료나 데이터보다 설명할 수 없는 느낌과 감각이 더 정확할 때가 있다. 비이성적 비논리적이라고 치부하기엔 드러난 결과가 이것을 반증하는 탓에 무조건 도외시하기가 어려울 때가 있다. 설명할 수 없는 느낌과 감각이라고 모두 출처 불명은 아니라는 게 비이성적 비논리적 사고를 대하는 우리의 묘한 확신의 힘이다. 분명한 근거가 있지만 논리화하는데 동원돼야 할 자료나 절차의 막연함에 대한 이해와 공감이 의외로 크기 때문이다.

요즘 필자는 이러한 비이성적 비논리적 느낌과 생각을 신뢰하며 아니 당위적 소망으로 기원하며 보내는 날이 많다. 포석에 대한 보편적 인식의 확산이 그것이다. 현장에 있어 보면 안다. 딱히 설명할 수 없지만 그렇기에 대놓고 외치지 못하지만 그렇다고 없는 게 아니기 때문에 마음속으로는 강렬한 느낌과 확신에 사로잡혀 가슴이 뜨거워질 때가 많다는 것이다. 아버지를 아버지라고 부르지 못한다고 내 아버지가 아닌 게 아니기 때문에 길동이 느꼈던 가슴속의 뜨거운 무엇처럼 포석 선양사업에 있어 일대 전환점이 될 어떤 것들이 지금 저만치에서 시나브로 밀려오고 있음을 느낀다. 밀려오는 어떤 것은 그냥 수동적으로 밀려서 오는 것이 아니다. 우리가 견인하기 때문에 당겨오는 어떤 것이다. 견인해야만 오는 까닭에 다다를 때까지 지속적으로 힘을 모으며 긴장을 늦추지 않아야 하는 어떤 것이다.

지난 31년 동안의 문학제는 이러한 '마중물' 역할로 아쉬운 대로 그 소임을 다했다. 이제 또 다른 차원의 — 아쉬웠던 점을 채우기 위한 — 30년을 준비해야 하는 자리에 우리가 섰다. 그 첫 번째 일이 포석 선양 사업 '4대 과제문학제, 문학관 건립, 생가 복원, 문학상 제정' 중 남은 사업인 '포석 생가 복원'과 '디아스포라 포석조명희문학상' 제정이다. 만시지탄이지만 후회는 뒤늦게라도 알아야 할 가장 빠른 철학적 인식 구조라는 점을 상기한다면 더 늦기 전에 시작해야 한다.

생가 복원 없는 문학제, 생가 복원 없는 문학관, 생가 복원 없는 포석 문학 선양은 본질과 지엽枝葉이 크게 전도된 현실을 안타깝게 보여주는 일이다. 한 사람의 생명이 잉태된 장소와 공간은 그것 자체로 위대한 성지聖地며 '모처母處'다.

더구나 한 시대를 상징했던 인물이 태어난 곳 그리고 그 공간에서 성장한 장소야말로 스치는 바람 밟고 있는 흙조차 타의 전범典範이 되는 생의 '성소聖所'가 아닌가. 현실적으로 당장 복원이 어렵다면 철거 불가한 대형 건물이나 아파트 단지가 들어서기 전에 생가 주변 부지를 하루빨리 매입해 두어야 후일을 도모할 수 있다.

그 다음으로 해야할 일이 '디아스포라 포석조명희문학상' 제정이다. 문학제가 31회째를 이어오는 동안 문학제가 기리는 주인공의 문학상이 없다는 사실은 우리나라에서 그 유래를 찾을 수 없는 매우 예외적인 일이다. 굳이 비약하자면 문학제의 꽃은 문학상 시상인데 그동안 문학제는 꽃이 없는 '무화과 문학제'를 30여 년이나 해 온 셈이다. 과시와 공명功名이 판을 치는 세상에서 여기저기 난무하며 범람하고 있는 것이 그 흔한 아무개 문학상 묻지마 문학상이다. 하물며 한국 근대문학의 한 페이지를 장식한 별 한민족 디아스포라문학의 선구자를 넘어 강약强弱이 부동했던 제국주의 시대1920~1930에 세계 디아스포라 2대 작가 중 한 사람이던 사람의 문학상이 하나 없다는 현실은 참으로 부끄럽고 개탄스러운 일이다.

첫 단추를 잘못 끼웠으면 다시 풀어 제대로 구멍을 맞춰 끼우면 된다. 단추 잘못 끼웠다고 옷이 해지지 않는다. 바람이 분다. 느낌이 좋다. 비이성적 비논리적이지만 필자는 그 느낌과 감각을 믿는다. 아니 믿고 싶다. 한때 어느 광고에서 유행했던 말이다. "좋은데 참 좋은데 어떻게 말로 설명할 수도 없고."

2024.5.22

뿌리를 찾아서

포석 증손녀 방한기訪韓記 1

7월 26일 포석조명희문학관에서는 뜻깊은 행사가 있었다. 모스크바에 사는 포석의 증손녀조 소피아, 김 나탈리아가 김 안드레이외손자의 인솔로 증조부의 고향인 진천을 방문했기 때문이다. 조 소피아17세는 모스크바 국제 영국고등학교 3학년에 재학 중이며 김 나탈리아27세는 미국계 IT 회사에 근무한다. 특히 조 소피아는 2015년 문학관 개관 때 할아버지와 아버지를 따라 이미 진천을 방문한 기억을 갖고 있다. 그때 나이가 7살이었다. 따라서 이번 방문은 10년 만에 이루어진 두 번째 방문이다.

이들이 머나먼 모스크바에서 진천을 찾은 이유는 증조부인 포석의 발자취를 확인하기 위한 단 한 가지 목적 때문이다. 연원을 거슬러 올라가는 일종의 '뿌리 찾기의 여정'이라고 할 수 있다. 증손녀 일행은 22일 혈족인『동양일보』조철호 회장을 예방한 후 다음 날인 23일 진천의 포석조명희문학관을 방문해 문학관과 포석의 생가터, 생가터의 포석느티나무와 포석공원을 둘러봤다. 비가 내리는 궂은 날씨에도 불구하고 증손녀 일행은 동행한 김혜란 교수모스크바 고등 경제대학교 한국학과의 통역으로 시종 진지하게 증조부의 고향벽암리 수암마을 일대와 전시관의 자료 등 관련 영상들에 깊은 관심을 보였다.

포석은 한국 근대문학가 중에서 가장 비극적인 죽임을 당한 작가다. 증손녀 일행을 감싼 진지한 침묵은 이러한 비극적인 최후를 맞은 포석의 삶이 파란의 한국근대사에서 어떤 역사적 의미를 지니는가에 대한 깊은 물음과 회의 때문일 것이다. 자료 설명을 듣는 내내 문득문득 눈시울이 붉어지는 모습을 보인 것도 이와 무관치 않을 것이다. 이들이 러시아에서 증조부에 관해 할아버지 혹은 아버지에게 들었던 이야기는 아무래도 피상적인 수준이었을 것이다. 진천 방문과 문학관 탐방은 이렇게 기존의 피상적인 것들을 구체화하고 파편처럼 조각난 증조부의 삶과 문학의 진실을 올바로 인식하는 계기가 되었을 것이다. 그러니까 증손녀 일행의 진천 방문은 물보다 진한 피의 온정을 직접 보고 듣고 느끼는 백문百聞보다 불여일견不如一見의 효과를 실감한 여정이었던 셈이다.

　필자가 이틀 동안 동행하면서 가장 인상 깊었던 장면은 22일 첫 방문 때였다. 2019년에 추서된 '건국훈장 애국장'을 보고 조 소피아가 던진 질문 때문이었다. "왜, 훈장 추서가 늦었느냐"는 것이었다. 그 질문을 받고 잠시 주춤했다. 포석과 관련된 아니 당시 한반도를 둘러싼 모든 구조적 모순의 문제와 책임 그리고 지금도 여전히 해결되지 못한 괴물인 '이념'과 연결된 매우 난해하면서도 피할 수 없는 현재의 당면이기 때문이다. 질문을 받고 소피아가 사는 나라인 러시아와 동일한 체제이고 동맹국이기도 한 북한을 언급하며 한반도에서는 여전히 세계에서 가장 인화성이 강한 철 지난 동서의 이념적 대결이 첨예하다는 말로 늦게 추서된 훈장의 이유를 대강 설명했다. 저 정도의 질문을 던질 수준이면 포석이 아마 하늘에서 흐뭇한 미소를 지을지 모르겠다는 생각을 했다. 포석은 머지않은 장래에 3대에 이른 자손의 총명함으로 화려하게 부활할 것이란 확신을 갖기에 충분한 질문이었기 때문이다.

일행은 첫날 일정을 마친 후 청주 숙소로 돌아가 자신들이 증조부의 고향을 방문해 느낀 소회의 일단을 정리했고 포석기념사업회에서는 이를 발표하는 자리를 마련했다. 그중에서 조 소피아 학생의 글은 시사하는 바 컸다. 그의 글 일부를 그대로 옮겨본다. "문학관에 들어서자 전시관 정면에 할아버지의 유명한 말이 새겨져 있었습니다. 우리는 우리여야 할 것이다. 우리는 남의 것만 쓸데없이 흉내내지 말 것이다. 포석의 시집 『봄 잔디밭 위에』 서문에서 따온 이 문구가 저를 매료시켰습니다. (…중략…) 그의 글은 그의 시대의 한계를 넘어서 있었습니다." 그렇다. 조 소피아의 말대로 포석의 이 말은 포석의 삶과 문학 그리고 인격의 결정체가 되는 가장 포석다운 말이며 우리 역사 문화의 정신과 비전을 제시한 핵심적인 '명문'이다. 결국 주체성을 잃은 민족이나 개인은 오래 뿌리를 내릴 수 없다. 물론 우리 것이 무조건 좋다는 것도 피해야 할 또 다른 독단이며 위험한 단견임을 우리는 모르지 않는다.

요체는 존재의 바탕이 되는 근본을 부정하거나 폄훼하지 말아야 한다는 내용이다. 당시 지식인 대부분이 전통을 부정하고 근대만을 추종하며 마치 그것이 시대의 한계를 극복하는 복음인 것처럼 서로 앞다툴 때 조 소피아의 증조부인 포석은 당시를 기준으로 지금 우리 것의 소중함을 인식하는 일이야말로 시대의 한계를 극복하는 '첨단'의 길임을 대외에 천명했던 것이다. 포석 사후 87년이 흐른 뒤 그의 3대손인 증손녀 조 소피아에 의해 포석이 토했던 사자후의 의미가 새롭게 거듭난 것이다.

이처럼 모스크바에 사는 증손녀 일행의 모국 방문은 포석이 한민족 디아스포라문학의 선구자인 점을 명징하게 보여주는 그 자체가 하나의 범접할 수 없는 웅장한 퍼포먼스였다. 이는 한국 근대문학의 지평이 하바롭스크를 지나 적어도 모스크바까지 확장될 개연성이 있다는 것을 의미하는 일이기도 하다. 역사적으로 '신탁神託'과 연루된 개인이나 민족은 불멸을 지향했다. 소명의식이 그들을 견인하며 지배하는 힘이었기 때문이다. 이번 포석 증손녀 일행의 진천 방문이 남긴 기분 좋은 여운이다.

2024.8.1

뿌리를 찾아서

포석 증손녀 방한기訪韓記 2

　포석 증손녀 일행의 진천 방문의 주요 관심은 조 소피아 학생이었다. 방문 목적이 학생 신분인 조 소피아의 교육적 견문 차원에서 추진됐기 때문이다.

　이러한 점을 고려해 당초에는 조 소피아의 개별 소감 발표로 계획됐으나 김혜란 교수의 제안으로 동행한 김 나탈리아를 포함함으로써 그 의미를 살렸다. 포석기념사업회에서도 이 일정과 목적을 염두에 두며 귀한 손들을 환대할 준비를 했다.

　필자는 조 소피아의 발표는 물론이고 김 나탈리아의 발표에도 큰 흥미를 느끼며 귀를 기울였다. 김 나탈리아는 포석의 장녀인 조선아의 손녀이기 때문이다. 조선아는 포석의 단순한 장녀가 아니다. 조선아는 포석이 망명 후 낳은1932 첫 혈육으로 — 비록 6살 때까지지만 — 3남매 중 아버지에 대한 추억과 체온을 가장 진하게 간직하고 있는 자식이다. 포석이 하바롭스크 이주1935 후 작가의 집에 살고 있을 무렵의 모습과 풍경을 우리가 어린 조선아의 회고로 희미하게나마 엿볼 수 있는 것도 이와 연동돼 있다. 그만큼 아버지에 대한 그리움이 사뭇 절절하며 애틋했다.

　포석 사후 러시아에서 진행된 포석의 삶과 문학 선양사업은 크게 두 갈래로 나누어 진행됐다. 하나는 포석의 처남인 황동민 박사와 그의 부인인 최금순를 중심으로 포석의 작품을 발굴하고 매체를 통해 알리는 노력이었다.

이런 노력이 대표적으로 결실을 이룬 게 『조명희 선집』[1959]이다. 선집이 없었다면 현재 개정판[2020]도 난항을 겪었을 것이다. 조명희 선집에 실린 작품을 토대로 수정 보완 작업을 거쳐 개정판이 출간됐기 때문이다. 또 하나는 포석의 억울한 죽음의 진실을 밝히려는 눈물겨운 노력이 있었는데 그 중심에 조선아가 있었다.

포석과 생이별한 그의 가족은 다른 고려인들과 함께 중앙아시아행 강제 이주 열차에 실려[1937] 우즈베키스탄에 부처付處됐다. 정착 후 살아남기까지 겪어야 했던 모진 수난의 세월을 어찌 말로 형언할 수 있을까. 그 후 복권[1956.7.20]이 됐지만 포석의 가족들은 복권과는 별개로 가장의 죽음의 진실을 알지 못한 채 살아야 했다. 죽음의 진실이 은폐된 복권은 그 자체로 한 인간에 대한 위선이며 기만이다. 복권과 함께 죽음의 진실까지 고백하는 준엄한 윤리성을 겸비했다면 이념의 종주국인 그들의 제국은 지금도 건재했을 것이다.

위조된 사망진단서가 복권 전이 아닌 복권 후[1956.12.14]에 발급된 사실은 이 같은 추정을 뒷받침하는 증표다. 1990년대 초까지만 해도 국내에 알려진 포석의 사망일이 1942년 2월 20일 병사로 왜곡돼 알려져 있던 것도 이때 발급된 위조된 사망진단서를 근거로 한 탓이다. 그런 상황에서 가족들은 본격적으로 포석의 생사와 관련된 진실을 밝히기 위해 구舊 소련의 국가 기관 등을 찾아다니며 백방으로 수소문하기 시작했고 그 일에 앞장섰던 이가 바로 조선아였던 것이다.

오늘날 공식적으로 알려진 포석의 사망일인 1938년 5월 11일 밤 11

시는 조선아 등 가족들의 이처럼 끈질긴 노력에 의해 밝혀진 진실이다. 하바롭스크주 KGB 담당 부서장이 가족에게 보낸 사망일이 담긴 편지 발신일이 1991년 5월 14일로 돼 있는데 이는 1990년대 초반까지 죽음의 진실을 밝히려는 가족들의 지속적인 노력이 있었다는 것을 반증하는 동시에 죽음의 진실이 복권 이후 36년 동안 은폐돼 있었다는 것을 의미하는 것이기도 하다. 복권됐음에도 불구하고 죽음의 진실을 은폐한 이유는 너무도 자명하다. 포석을 죽인 행위가 그들 스스로도 이율배반적이며 추악한 자기 부정의 민낯을 드러내는 부끄러운 일이었기 때문이다. 조선아의 '사부곡思父曲'은 포석 사망의 진실 확인뿐 아니라 그의 외아들인 김 안드레이를 한국에 유학시켜 모국어를 배우도록 결정한 것에서도 잘 드러난다. 김 안드레이는 이때 배운 모국어로 포석과 관계된 한국과 러시아의 가교에 큰 역할을 하고 있다.

이렇듯 김 나탈리아는 증조부를 향한 특별한 향심向心을 가진 두 사람을 할머니와 아버지로 둔 포석의 외증손녀다. 생활하면서 단편적이긴 하지만 증조부에 대한 이야기를 다른 증손보다는 더 듣고 자랐을 터이기에 그가 써 발표하는 소회가 자못 궁금했는데 역시 기대를 저버리지 않았다. "증조할아버지에 대해 문학관에서 얻은 경험은 내 뿌리의 과거와 현재를 연결하는 고리가 되었습니다"라는 김 나탈리아의 말은 내심 바라던 기대에 부응하는 말로 깊은 인상을 주었으며 뿌리를 확인한 체험에서 나온 소중한 울림이었다.

"뿌리 깊은 나무는 바람에 아니 흔들리므로 꽃 좋고 열매가 많나니 / 샘이 깊은 물은 가뭄에 아니 그치므로 내川가 되어 바다로 가느니……." 이번에 방문한 증손녀 일행을 보면서 「용비어천가龍飛御天歌」

제2장을 새삼 떠올려 본다. 그리고 포석이란 '나무'와 포석이란 '샘'을 생각한다. 아마도 그 나무와 샘은 앞으로 더욱 푸르고 맑게 흐를 것이다. 뿌리는 존재의 근원根源이므로. 샘은 바다의 수원水源이므로.

2024.9.2

강렬한 시적 산문

한강이 왔다

지금 생각해도 엄청난 일이 생긴 것이다. 날이 갈수록 또 곱씹어 볼수록 그 의미가 눈덩이처럼 불어만 간다. 대부분의 사람들이 포털에 뜬 기사가 오보거나 가짜 뉴스라고 생각하며 자신의 눈과 귀를 의심했다. 2024년 10월 10일 저녁에 일어난 사건은 그렇게 우리 사회를 순식간에 뒤흔들었다. 진앙지震央地는 소설가 한강韓江, 1970~이다. 드디어 대한민국의 첫 '노벨문학상' 수상자가 나온 것이다. 바라만 보면서 부러워했던 요원한 일이 실제로 일어난 것이다. 노벨문학상 수상이 한 국가의 문화적 저력과 자부심을 상징하는 지표가 된 지는 이미 오래다.

그동안 우리나라는 노벨상을 동경하며 앙망仰望해 온 게 사실이다. 더 솔직히 말하자면 국력에 비해 노벨상 수상자를 배출하지 못한 것을 적지 않은 열패감으로 받아들이고 있었다는 표현이 더 정확할 것이다.

이런 상황 속에서 김대중 전 대통령의 '노벨평화상' 수상2000은 가뭄에 단비 같은 호우好雨로 이제 우리도 노벨상 수상자를 배출한 나라가 됐다는 자긍심과 함께 다른 분야의 노벨상에 대한 기대감이 커지는 계기가 됐다. 한강의 이번 수상은 그 기대가 결실을 이룬 첫 쾌거다.

노벨문학상을 수상하기 위해서는 뛰어난 작품성과 더불어 그 작품성을 세계와 보편적으로 공유하는 데 필요한 우수한 '번역'이 절대적이다. 그간 한국의 내로라 하는 작가들이 노벨문학상 수상의 문턱을 넘지 못했던 것도 번역의 문제였다. 그러나 이번에는 달랐다. 작가의 뛰어난 역량을 뒷받침하는 좋은 번역가를 만났기 때문이다. 이는 작가 한강에게 더 나가 대한민국에 큰 행운이었다. 문학에서 번역은 단순한 직역이 아니다. 좀 비약하자면 의역에 가까운 것으로 번역가가 제2의 창작을 하는 셈이다.

이런 까닭에 작가와 번역가는 종적이며 수직적인 관계가 아니라 역할이 다른 두 주체라고 할 수 있다. 한강은 또 다른 주체인 데보라 스미스Deborah Smith를 운명적으로 만났고 결국 큰일을 해낸 것이다.

문학을 전공한 필자에게도 한강은 처음부터 예사로운 작가는 아니었다. 한강이 대중들에게 알려진 것은 맨부커상2016을 수상하면서부터지만 문학동네에서는 일찍부터 파란을 예고한 '싹수' 있는 작가였다. 필자는 그 싹을 '시詩'에서 먼저 보았다. 시 등단1993이 소설1994보다 1년 빨랐기 때문이다.

그런데 시가 간단치 않았다. 시란 장르가 언어의 유희가 허락되고 시적 파격이란 용인된 범위 뒤에서 가면을 쓸 수 있는데 특권을 갖는 한강의 시는 진부하리만큼 진실하고 깊었다. 진실은 무겁다. 진실하니까. 진실이 유폐된 곳은 땅속처럼 어둡고 그 어두운 진실을 드러내 빛을 보게 하는 것이 작가의 소명이므로 그의 시는 자신의 목소리처럼 낮지만 깊었다. 그 후 한강은 소설로 방향 전환을 해 마치 물 만난 고기처럼 자유롭게 그러나 '목어木魚'처럼 황량한 고원을 유영한다.

스웨덴 한림원은 한강의 작품이 "역사적 트라우마에 맞서고 인간의 삶의 연약함을 드러내는 강렬한 시적 산문"이라며 선정 이유로 꼽았다. 시적 산문. 소설을 시적 문장으로 녹여냈다는 것이다. 시인이기 때문에 혹은 시적 감수성이 풍부한 작가이기 때문에 가능한 문체와 문장을 소설 속에서 구현했다는 것이다.

사실 세계적으로 고전이 된 위대한 소설들은 모두 시적 문장으로 이루어졌다. 소설 즉 산문은 길지만 하나하나의 문장과 구절이 시적 문장의 연속이라는 것이다. 우리가 문학책을 읽는 것은 마음에 감동을 주는 좋은 '문장'을 발견하기 위해서다. 좋은 문장은 책을 읽는 이의 삶을 풍요롭게 해 주기 때문이다. 마치 아픈 사람에게 약이 필요하듯 좋은 문장은 읽는 사람의 영혼을 정화시켜준다. 그래서 좋은 소설은 펄떡이는 시적 문장이 생생하게 살아 움직이는 인간의 '시장市場'이며 반대로 좋은 시는 인간 시장의 수많은 이야기가 압축된 언어의 '사원寺院'인 것이다.

시적 문장으로 이루어진 대표적인 소설이 박경리의 대하소설 『토지』다. 소설, 그것도 대하소설인데 시적 문장이다. 대단히 '아이러니'하다. 방대한 규모의 역사적 서사와 수백 명의 인물이 등장하지만 산만하지 않고 촘촘하게 본인이 자신의 생애의 주체가 돼 생동하는 것은 하나하나의 문장이 눈물 나도록 애틋한 한국인의 정서를 시적 문장으로 압축해 놓았기 때문이다.

시적 산문 하면 떠오르는 또 한 작가가 있다. 바로 포석이다. 우리나라 최초의 미발표 창작 시집 『봄 잔디밭 위에』의 서문은 한국문학사의 '명문名文'이다. "우리는 보들레르가 될 수도 없으며 타고르도 될 수 없다. 우리는 우리여야 할 것이다. ……우리는 먼저 산 비탈길 돌아들며 지게 목발 두드리며 노래하는 초동樵童에게 향하여 들어라. 하늘빛은 멀리 그윽하고 얇은 햇빛 가만히 쪼이는 봄에 그 햇빛의 상한 마음을 저 혼자 아는 듯이 가는 바람이 스칠 때마다 이리저리 나부끼는 실버

들 가지를 보라. 조선혼朝鮮魂의 울음소리를 거기서 들을 수 있다." 서문
은 산문이지만 그 자체가 하나의 빛나는 시적 문장으로 수놓아져 있다.

포석도 한강처럼 소설에 앞서 시를 썼고 박경리 또한 4권의 시집을
남긴 시인이었다. 소년이 오듯 한강이 왔다. 등에 업은 소설을 시로 달
래며. 이 땅에 상처받은 영혼을 위해. 삶을 '장례식'으로 만든 자들의
'저녁'을 응시하기 위해.

2024.11.5

충북문학관이 건립돼야 한다

대한민국 한복판에 자리잡은 유일한 내륙도인 충청북도는 135년의 장구한 역사를 자랑하는 한국 근현대문학의 태동과 잉태로 이어지는 진원지였으며 이를 견인 선도한 지역이다. 역사의 전환기를 문학정신으로 극복하고자 했던 빛나는 지성들이 이곳 '중원中原' 땅에 터를 잡고 연이어 태어났기 때문이다. 우리는 충북이 낳은 불멸의 작가들이 남겨놓은 빛나는 작품들을 통해 인생의 진수를 더듬고 삶을 밝히는 등불로 삼아왔다. 그 영예로운 대표적 이름들을 하나하나 호명해 본다.

홍명희1888~1968, 괴산, 소설, 조명희1894~1938, 진천, 희곡·시·소설, 권구현1898~1938, 영동, 시, 정지용1902~1950, 옥천, 시, 김기진1903~1985, 청주, 소설·평론, 조벽암1908~1985, 진천, 시·소설, 이흡1908~?, 충주, 시, 이무영1908~1960, 음성, 소설, 박재륜1910~2001, 충주, 시, 정호승1916~?, 충주, 시, 오장환1918~1951, 보은, 시, 권태응1918~1951, 충주, 시, 홍구범1923~?, 충주, 소설, 신동문1928~1993, 청주, 시, 유종호1935, 진천, 평론, 신경림1936~2024, 충주, 시.

이들의 이름 하나하나가 견강부회가 아님은 대학 '국문학사'에서 공식적으로 거론되는 이름을 통해 확인할 수 있다. 한국문학의 한 페이지를 장식한 영롱한 별들이며 고향인 충북을 초월해 우리 문학사에 큰 족적을 남긴 위대한 문사文士들인 것이다, 한국문학의 한 페이지를 장식한 영롱한 별들이었음이 대학 '국문학사'에서 공식적으로 거론되는 이름을 통해 확인할 수 있다. 고향인 충북을 초월해 우리 문학사에 큰 족적을 남긴 위대한 '문사文士'들인 것이다. 한국문학에서 1920~1930년대는 우리 국민이 좋아하고 사랑하는 작가들이 일일이 열거할 수 없을 정도로 한꺼번에 출현했던 미증유의 시기였다. 현재는 물론 앞으로도 쉽게 나오기 힘든 문학 천재들이 명멸했던 시기였다.

대강 손꼽아 봐도 소월, 한용운, 김억, 이기영, 이상화, 심훈, 이육사, 신석정, 노천명, 백석, 윤동주, 이상, 김유정, 박태원, 이태준, 이효석, 김영랑, 서정주, 이용악, 유치환, 김동환, 김광균, 신석초, 변영로, 박용철, 황순원, 김현승, 김기림 등 헤아릴 수 없이 많다.

이렇듯 한국문학의 황금기인 1920~1930년대 특히 1930년대에 3대 장르에서 당대 최고의 작가는 모두 충북 출신이었다. 시에는 정지용「향수」, 소설에는 홍명희『임꺽정』, 평론에는 김기진「내용 형식 논쟁」이었다.

여기에 1920년대 포석 조명희는 일제강점기 한국 작가로는 첫 번째로 망명연해주, 1928해 우리 문학의 지평을 대륙으로 확장한 한민족 디아스포라문학의 선구자였다. 그가 대륙에 뿌린 디아스포라문학의 씨앗은 다가올 '통일문학'의 무성한 숲이 될 것이다.

게다가 이무영은 '농민문학'의 태두였고 권태응은 '아동문학'의 개척자였다. 신경림은 1970년대 '민중문학'의 새로운 장을 열었고, 유종호는 전후 한국문학의 1세대 본격 비평의 초석을 놓았다.

그러나 지금 충북에는 한국문학의 중심으로 활약했던 우리 지역 출신 문사들의 삶과 빛나는 문학정신을 기리는 문학관이 없다. 참으로 부끄러운 일이다. 시·군 단위로 개관한 대표 문인의 문학관^{포석조명}희문학관, 정지용문학관, 오장환문학관, 김득신문학관, 원서문학관, 충주문학관, 영동문학관이 있지만 이들의 문학정신을 한 곳에 기리는 공간은 없다. 관련 문사들의 생애와 작품을 감상하려면 해당 지역을 직접 찾아가야 하는 불편함이 있다.

따라서 충북의 중심인 청주에 이러한 공간을 조성한다면 시민들이 한곳에서 한국을 대표하는 우리 지역 출신 문사들의 삶과 문학정신을 직접 보고 체험할 수 있는 소중한 공간이 될 것으로 본다.

이렇게 된다면 충북문학관과 그 주변 일대가 시민들의 삶의 휴식과 배움이 연동되는 문화 복합 공간으로 자리잡을 것이다. 극장 하나가 혹은 도서관 하나가 혹은 미술관 하나가 혹은 박물관 하나가 한 지역에 자리잡음으로써 그 지역이 상전벽해가 되고 환골탈태한 전례를 우리는 적지 않게 봐 왔다.

충북문학관 개관은 이런 의미에서 또 하나의 충북의 문화 명소가 될 것으로 확신한다. 서울 은평구에 국가 기관인 '국립한국문학관'이 2026년에 개관한다. 노벨문학상 수상으로 촉발된 문학에 대한 국민적 관심을 체계적이며 영속적으로 견인할 것이다.

그러나 지금부터 준비하지 않으면 국가 지원의 우수한 문화 혜택에서 충북이 소외되는 일이 발생할지 모른다. 우리 지역도 국립한국문학관을 유치하기 위해 전국 10여 개 도시와 경쟁한 바 있다. 앞에서 언급한 것처럼 우리 문학을 풍요롭게 했던 뛰어난 문사들이 태어난 '문향文鄕'의 고장이므로 충분한 경쟁력이 있다고 판단했기 때문이다.

이 같은 현실은 국립한국문학관 유치의 결과와 관계없이 여전히 유

효하므로 기존에 준비된 계획과 열정이 충북문학관 개관으로 이어져
야 한다. 기존에 준비된 계획과 열정이 '충북문학관' 개관으로 이어져
야 한다. 역사적 근거와 명분은 너무나 선명하다.

2024.11.12

당신은 '북간도北間島'에 계십니다

지난 9월 25일 포석기념사업회원 일행은 4박 5일 일정으로 중국 '연변'을 다녀왔다. 목적은 '포석조명희문학제'와 '포석청소년문학상' 관련 세미나를 위한 여정이었으며 연길, 백두산, 용정, 훈춘, 도문 등과 연변조선족자치주 독립운동의 유적지도 아울러 둘러볼 계획이었다.

주목적인 포석 관련 세미나는 2002년부터 2019년 COVID-19 전까지 연변에서 개최됐던 행사를 재개하기 위한 의견 조율이 주요 내용이었다. 연변 포석조명희문학제는 2019년 6월 하얼빈에서 개최한 19회 문학제를 끝으로 중단됐으며 엔데믹 후에도 재개되지 못하는 현실적인 문제를 타개하기 위한 방문이었다. 연변 포석조명희문학제는 '국외'라는 특수성이 말해주듯 단순한 문학제 그 이상의 의미를 갖는 매우 중요한 행사다. 우리 민족의 웅혼한 기상과 독립정신이 살아 있는 성스러운 땅에서 자생적으로 시작한 문학제이기 때문이다.

필자는 개인적으로 연변은 꼭 가보고 싶은 땅이었다. 정든 조국을 등지고 망명한 우국지사들이 드넓은 만주 땅을 호령하기 위해서는 반드시 거쳐야 했던 교두보가 바로 연변이기 때문이다. 교과서책에서 봤던 동경의 땅을 실제로 방문한다고 생각하니 출국 전부터 만감이 교차했다. 연변 공항을 내릴 때 얼굴을 스친 사이다처럼 톡 쏘던 바람결을 잊을 수가 없다. 차가웠지만 왠지 다정한 촉감으로 마치 오래전부터 마중 나온 벗의 체온 같은 느낌이었다.

조선족자치주답게 한글과 중국어를 병기한 간판이 가장 먼저 눈에 들어왔다. 10여 년 전만 하더라도 간판 위쪽에는 한글 아래쪽에는 중국어를 썼다고 하는데 지금은 위치가 바뀌었고 어떤 간판은 아예 중국어만을 쓴 간판도 있었다.

이 같은 변화된 모습은 조선족자치주의 오늘의 현실을 직접적으로 보여주는 장면이어서 쓸쓸함이 교차했다. 조선족들이 떠난 자리를 중국인들이 빠르게 잠식하고 있는 탓이다. 좀 더 지나면 조선족자치주도 사라질지 모른다고 생각하니 역사의 허무가 밀려왔다. 개인이든 민족이든 이 세상 어디쯤 또 하나의 자기 분신을 갖고 있다는 것은 얼마나 든든하고 행복한 일인가. 그러나 이러한 그 하나의 분신이 지금 지워지고 있는 것이다.

연변을 가고 싶었던 또 다른 이유는 그곳에 윤동주가 있기 때문이다. 동주 형의 생가와 무덤 태어나고 돌아간 곳이 그곳에 있기 때문이다. 연변이 '북간도'인 이유를, 한 편의 시가 사람의 인식의 틀을 완전히 바꾸어 놓을 수 있음을 그는 시의 언어를 통해 명징하게 보여주었다.

동주 형은 나의 문청文靑 시절 문학적 감수성과 영혼을 뒤흔든 시인이었다. 스무 살 언저리 신촌의 '홍익서점'에서 만난 『윤동주 평전』은 내게 날카로운 첫 키스의 추억으로 나의 운명의 지침을 돌려놓은 '섬광閃光'이었다. 그렇게 동주 형은 내게로 왔다. 그가 태어나고 뛰어놀고 묻힌 북간도에 불원천리不遠千里 온 것이다. 동주 형의 생가가 있는 '명동촌'이 가까워지면서 마치 애인을 만나러 가는 길처럼 가슴이 콩당콩당 뛰었다. 하늘을 붕붕 떠다니는 묘한 감정을 달래며 생가와 명동학교 그리고 풀 한 포기 나무 한 그루가 아무렇지도 않게 시름없이 무심한 주변을 오랜 시간 묵상한 뒤 그가 묻힌 무덤으로 향했다. 무덤이 생가와 지척에 있는 줄 알았는데 무덤은 의외로 생가에서 상당히 떨어진 공동묘지에 있었다. 많은 방문객들이 생가만 보고 발길을 돌리는 이유를 알 것 같았다. 사진으로만 봤던 그곳에 동주 형이 잔설殘雪처럼 잠들어 있었다. 그렇게 만 56년 만에 동주 형과 감격적인 상봉을 했다. 어쩌면 내 발걸음은 동주 형에게로 가기 위해 한 번도 쉬지 않고 옮긴 잰걸음이었는지도 모르겠다.

어느 때부턴가 내가 관심이 있는 역사적 인물들끼리 어떤 인연이 있을까를 상상하는 버릇이 생겼다. 상상은 당시의 물리적 거리를 측정하며 육박해 들어가게 되는데 그 인물이 동시대 인물들이라면 특정한 시기에 두 인물의 실제 거리를 확인해 보면 흥미로운 점을 발견하게 된다. 두 인물은 한 번도 만난 적이 없지만 가까워졌다가 멀어지거나 혹은 어떤 것을 매개로 두 사람이 서로의 이름과 직업 그리고 인적 사항 정도까지는 알았을 개연성으로 이어지기도 한다. 포석과 윤동주, 윤동주와 포석은 그런 사람이었다.

1894년생인 포석과 1917년생인 윤동주는 생전에 만나지 못했다. 이는 같은 공간에 머문 적이 없다는 것을 말한다. 23년의 나이 차이와 이미 유명 작가로 성가를 높인 포석과 달리 윤동주는 죽기 전까지 아직 시집을 발간하지 않은 문학 지망생이었던 것도 그들이 만날 수 없었던 근원적 이유였을 것이다. 포석이 연해주에서 사망1938한 해에 윤동주는 연희전문에 입학하기 위해 모국인 서울로 상경한다. 그러나 윤동주는 중견 작가로 활동한 포석을 알았을 것이다. 포석은 이미 소설 「낙동강」으로 장안의 주가를 올리고 있던 소위 잘나가는 작가였기 때문이다.

이렇게 두 사람은 생전에 만난 적이 없지만 동주 형의 고향 땅인 북간도에서 포석의 문학정신이 자생적으로 자라 향수되고 있다는 사실이 놀랍다. 야만의 시대에 포석은 '러시아'에서 동주는 '일본'에서 차마 눈을 감지 못한 채 잠들었고 그들의 꿈꾼 문학은 야생화처럼 강한 생명력으로 여전히 세상 속에서 현현顯現하다.[*]

2024.12.5

....

[*] 윤동주의 유품 중에 본인 스스로 스크랩해 놓은 시가 있는데 그 시 중에는 포석의 조카인 조벽암의 시 「촌정거장」이 있다. 1937년 7월 31일 『동아일보』에 실린 시로 윤동주가 포석과 벽암이 숙질 관계라는 사실을 인지하고 있었을 가능성을 강력하게 뒷받침해 주는 재미있는 자료다.

포석조명희문학관 개관 10주년을 맞다

2025년 을사년乙巳年 푸른 뱀의 해가 밝았다. 매일 어김없이 떠오르는 해지만 새해를 맞는 해는 한 해를 마감하고 새롭게 솟는 해이므로 저마다의 가슴에 긴절緊切한 소망을 담는 특별한 해일 수밖에 없다.

예부터 뱀은 지혜와 통찰력, 변화와 재생, 치유와 불멸을 상징했다. 답보와 수동보다는 차라리 그 현란하고 화려한 관능적 자태로 제어할 수 없는 원초적 생명의 힘으로 인식했다. 동서를 막론해 뱀이 천형天刑의 아찔한 그로테스크함으로 예술의 환상과 탐미의 대상이었던 것도 이와 무관하지 않다. 미당의 〈화사花蛇〉와 천경자의 〈사군도蛇群圖〉 니키 드 생팔의 〈아담과 이브〉 그리고 불가리에서 출시1948한 〈세르펜티 Serpenti, 뱀 시리즈〉가 여성 주얼리 역사를 새롭게 쓴 사실은 이를 잘 보여준다.

필자의 입장에서 올해는 더욱 각별한 의미를 갖는다. 포석조명희문학관 개관 10주년이 되는 해이기 때문이다. 포석조명희문학관은 2015년 5월 14일 역사적인 개관을 했다. 전국적으로 지역 문학관에 대한 인식이 낮았던 시기에 그것도 변방의 중소 도시인 진천에서 지역 출신 유명 작가를 기리는 문학관을 개관한다는 것 자체가 대단히 생소했던 시절이었다. 생소한 만큼 여러 어려움이 있었지만 지역 문인과 혈족 그리고 진천군이 하나로 뜻을 모은 역작이었다. 이제 문학관은 요즘 문전성시를 이루는 '농다리' 주변의 구름 인파가 지역 문화로 스며드는 진천의 대표적인 역사 교양의 특화된 공간이 됐다.

지난 10년과 앞으로 10년의 출발점의 자리에서 필자가 주목한 지난 몇 가지 일을 환기하고자 한다. 이러한 되새김의 시간이 필요한 것은 향후 10년 청사진의 밑그림이 되기 때문이다. 이런 의미에서 지난해 개최한 11회 '포석조명희학술심포지엄'11.28을 주목한다.

우선 초청된 연구자들의 논문의 질이 높았다. 권위 있는 본격 연구자들이 참석해 기존 논문과는 차별된 순도 높은 논리를 개진했다. 방민호 교수서울대의 논문은 소설 「낙동강」과 포석의 시 「봄 잔디밭 위에」가 '동학東學'과 영향 관계에 있다는 것을 당시 관련 인물들의 행적을 통해 실증적으로 분석했다.

필자는 지금까지 포석과 동학을 한 번도 연관지어 생각하지 못했다. 포석과 '무정부주의'는 여러 연구자에 의해 탐색됐지만 포석과 동학은 미개척지였다. 무정부주의는 포석이 일본 유학시절 경도됐던 사상으로 유학遊學이라는 이국의 개방적인 환경에서 자연스럽게 강한 흡인력으로 다가왔던 이념인데 방 교수의 논문은 그것을 상회했다. 인간 해방을 꿈꿨다는 점에서 동학과 무정부주의는 공통점이 있으며 이러한 공통점이 외관으로 나타났을 때는 포석의 동학은 무정부주의로 보였을 가능성이 컸던 점도 언감생심 동학과의 연관성을 차단하는 이유였을 것이다.

또 유학시절 포석은 소설가 김동리의 친형이며 동학의 조예가 깊었던 김정설과 만나면서 동학에 깊은 관심을 가졌고 이 연장선에서 포석의 소설 제목이 부산 부근인 '낙동강'으로 정했을 개연성까지 확장한다. 경상도 출신김정설들의 일본 유학생 동우회 이름이 '낙동강'이었다는 점은 이를 강력하게 뒷받침한다는 사실도 놀라웠다.

그동안 진천 출신인 포석의 소설 제목이 '왜 거리가 먼 '낙동강'이었을까'하는 의문은 꾸준하게 제기돼 왔지만 그때마다 뚜렷한 답을 찾을 수가 없었다. 오히려 그러한 의문을 상상의 영역인 문학에 증명할 수 없는 논리적 구체성을 요구하는 경직성으로 여기는 측면이 더 강했다.

동학은 필자와도 매우 밀접하다. 필자의 박사 학위 논문이 김지하 시를 동학의 관점에서 분석한 글이기 때문이다. 방 교수의 이러한 관점 제시는 게으른 필자에게 큰 부끄러움을 주었지만 한편으로는 귀한 영감을 준 선물로 행복한 미래 과제를 안겨준 셈이다.

장문석 교수경희대의 논문도 주목할 대목이 있었다. 이제까지 포석문학은 디아스포라문학의 관점에서 '연해주'와 '연변'이 중심이 됐다. 그러나 장 교수가 제시한 공간은 '일본'이었다. 사실 일본은 포석이 망명1928 전 제일 먼저 인식의 확장이 눈부시게 이루어진 공간이다. 그러니까 일본 유학시절은 포석에게 세계의 개안이 이루어진 신천지였던 것이다. 이후 이루어진 망명도 일본 유학이 있었기에 가능했던 담대한 실존적 선택이었다. 포석 연구는 이렇게 중요한 공간인 일본을 방기해 왔다.

다행히 1940년대부터 일본에 포석 문학이 소개된 전례가 있기 때문에 이를 배경으로 일본까지 포함한다면 포석 문학은 디아스포라라는 이름에 걸맞게 한층 넓어진 위상을 갖게 될 것이다. 이와 관련해 앞으로 해외 포석문학제와 심포지엄이 일본에서도 개최될 수 있는 단초가 마련된 것 또한 고무적이다.

끝으로 지난 연말12.18 '포석공원'에서는 '포석행장비' 제막식이 있었다. 웅장한 화강암에 오석烏石을 품에 안은 비문碑文에는 만 44년의 포석의 빛나는 생애 '872'자가 압축적으로 새겨졌다. 비에 글을 새기는 일은 오류로 인한 수정이 불가하므로 사실관계를 수백 번 확인하는 철저한 검증 과정을 거쳐야 한다.

더구나 그 대상이 사표가 되는 역사적 인물이라면 더욱 그렇다. 따라서 이번 행장비문의 내용은 기존에 통상적으로 알고 있는 것 자체를 완전히 삭제한 후 백지에서 다시 쓴다는 마음으로 심혈을 기울인 포석의 발자취며 혈족과 최종적인 조율을 거친 후 완성 제막됐다.

앞으로 포석공원은 '포석조명희야외문학관'으로서의 역할을 톡톡히 하게 될 터인데 이번 행장비 제막은 이러한 계획이 공식적인 서막을 알리는 행사였기 때문에 의미가 사뭇 컸다. 포석의 삶은 한국문학의 '선구자'란 이름에 맞게 언제나 미래 지향성을 띠는 까닭에 향후 10년 그리고 또 10년이 기대되는 힘이 있다. 필자는 이러한 부푼 마음으로 옷깃을 여미며 또 한 해를 준비한다.

2025.1.6

지난 겨울은 따뜻했네

3월이다. 그럼 봄이다. 흔히 3월을 '춘삼월春三月'이라고 하는데 이 말은 3월이면 봄이 한창인 시기라는 관용적 표현이다. 음력 3월을 말하는 것이지만 양력 3월만 돼도 봄은 이미 아지랑이가 문턱을 넘실댄다. 꽃샘추위가 오는 봄을 시샘해 '춘래불사춘春來不似春'이라며 섣부른 봄을 삼가고 경계한다고 해도 3월은 어김없이 봄은 봄이다.

3월의 초입에서 지난 겨울을 되돌아본다. 과거 〈그해 겨울은 따뜻했네〉라는 영화가 있었다. 절기상으로 겨울이 따뜻할 리 없겠지만 겨울이란 물리적 환경이 주는 황량함은 오히려 그 속에 핀 온정溫情으로 특별한 '기억의 서사'를 만들어 내기 좋은 계절이며 한편으로는 전혀 다른 차원의 '반어irony'로 그해 겨울을 통증으로 추억할 수도 있는 것이다.

필자는 '그해'라고 하는 막연한 과거를 '지난 겨울'로 바로 당겨본다. 지난 겨울은 추웠다. 그리고 유독 '눈'이 많이 왔다. 그립고 보고싶을 때 오는 눈은 사랑과 낭만으로 환대를 받지만 시도 때도 없이 자주 내리게 되면 눈은 그 하얀 순백의 서정임에도 불구하고 생활에서는 어느 순간부터 불평의 대상이 된다. 귀한 것일수록 드물어야 희소가치가 있는데 횟수가 잦은 곳에는 심드렁한 피상성만 있을 뿐이다. 올겨울에 내린 눈이 그랬다.

특히 문학관과 같은 공공 대중 시설은 날씨와 관계없이 관람객의 내왕을 위해 적설積雪의 운치를 즐길 여유가 없다. 눈이 오면 오는 대로 쌓이면 쌓이는 대로 즉시 치워야 하기 때문이다. 그때그때 치우지 않으면 뒤에 그만큼 더 수고롭다. 눈을 치우며 불현듯 들었던 생각이다. '눈을 치우는 일처럼 덧없고 소모적인 일이 또 있을까.' 오죽하면 한꺼번에 일시에 녹아 소멸됨을 '눈 녹듯'이라고 했을까. 눈은 좀 지나면 그야말로 눈 녹듯 녹아 원래의 상태로 표정을 바꾼다. 그렇다고 그때까지 기다릴 수 없기에 덧없고 소모적인 것을 알면서도 그 일을 해야 한다. 세상일이 다 그런 거니까.

개인적으로 눈을 생각하면 떠오르는 사람과 한 장면이 있다. 포석 조명희다. 학창시절 국어 시간에 배웠던 수필 「가난한 날의 행복」을 쓴 김소운이 포석과 있었던 일화가 생각나기 때문이다.

사연은 이렇다. 어느 날 소운이 포석의 집_{종로 소격동}에 들러 하루를 묵게 됐는데 아침에 포석의 부인이 소운과 함께 자는 포석을 조용히 부르더니 '쌀'이 없다고 말했다는 것이다. 부인이 나간 후 포석은 소운에게 모레 안으로 갚겠다는 약속을 한 후 5원을 꾸었단다. 집을 방문한 객에게 오히려 돈을 꾸어 그 객에게 아침밥을 대접해야 하는 이 기막힌 궁핍이 당시 포석이라는 가장_{家長}이 처했던 슬픈 자화상이며 동시에 한국인의 가없는 얼굴이던 시절이었다.

이후 돈을 갚기로 한 모레까지 많은 눈이 내린 그 밤 10시에 문을 두드리는 사람이 있어 나가보니 지폐 5원을 들고 포석이 서 있었다고 한다. "소격동에서 삼판통_{三坂通}까지는 거의 10리 길이다. 더욱이 밤 중에 이 눈길을 아무리 약조를 했기로서니 나는 포석의 그 고지식이 되려 원망스럽기도했다. '객지 사람의 주머니를 털어서 미안하오. 그럼 잘 자시오.' 문간에 선 채 그 한 바디를 남기고 다시 눈보라 속으로 사라진 그의 뒷모습을 눈물겨운 감동으로 나는 한참 바라보고 있었다. 내 집에 포석이 찾아온 것은 그때가 단 한 번이다. 집을 어떻게 찾았는지, 누구에게 물었는지, 날만 새면 제통帝通으로 전화라도 하면 되련만 포석은 모레라고 한 그 날짜를 지키려고 아닌 밤중에 눈보라를 뿌리는 10리 길을 그나마 모르는 집을 물어가면서 찾아온 것이다.”

소운이 회상하는 그날 밤의 일화가 한편의 영화 스틸컷처럼 눈을 배경으로 선명하게 떠오른다. 포석은 그런 사람이었다. 소격동에서 삼판통 즉 지금의 용산 ‘후암동’까지는 결코 짧은 거리가 아니다. 그것도 눈이 펑펑 내리는 밤에. 그러니까 소운은 이런 포석을 두고 “나는 이날까지 시인이라는 이름을 가진 이를 허다히 보아 왔다. 내 나라에서나 남의 나라에서나 그러나 내 눈에 비친 그런 시인 중에는 포석처럼 자기 자신에 대하여 준엄한 시인은 없었다”고 말했던 것이다.

이후 포석은 홀연히 망명했고 그가 걸어간 길은 이처럼 무섭고 준엄한 자기 내적 의지를 바탕으로 뚜벅뚜벅 걸어간 선구자의 길이었다. 굳은 지조와 신념으로 역사가 된 인물의 ‘얼굴’은 대개 ‘뒷모습’에 있다. 꾼 돈 5원을 돌려주고 점점 거세지는 눈발을 헤치며 왔던 길을 도로 묵묵히 걸어가는 포석의 모습이 올겨울처럼 눈이 많이 왔던 날에는 생생하고 또렷하게 뇌리에 남는다. ‘미생지신尾生之信’의 고지식함을 탓하기에 앞서 그 약속을 지키려고 노력하는 한 인간의 신의信義가 주는 따뜻함이 추운 겨울을 녹이는 것이다. 그래서 그해 겨울은 따뜻한 것으로 기억되는 것이다.

“첫눈이 옵니다 // 눈보다 눈을 맞으며 걸어가는 / 그 사람의 뒷모습을 바라봅니다” 필자의 짧은 졸시 「정情」이다. 포석을 바라보는 소운의 눈길이 이 시의 화자처럼 그냥 '정'이었을 것이다. 사랑보다도 더 인간적이고 그윽한.

2025.3.13

포석의 유작^{遺作}을 찾아서

포석은 생전 시, 소설, 희곡 등 문학의 주요 장르에 해당하는 3권의 창작집『김영일의 사』,『봄 잔디밭 위에』,『낙동강』과 2권의 번역집『산송장』,『그 전날 밤』그리고 망명 후 2권『노력자의 고향』,『노력자의 조국』의 망명 문예지를 발간했다. 우리나라 최초의 망명 작가라는 이름은 자연스럽게 최초의 망명 문단 결성과 최초의 망명 문예지 발간으로 이어지게 되는데 망명 문예지 2권도 포석의 주도하에 이루어졌다.

시, 소설, 희곡에서 각각 창작집을 낸 경우는 한국 근대문학사에서도 매우 드문 일이다. 개별 문학 장르가 뚜렷하게 구분되지 않고 착종^{錯綜}된 당대의 현실에서도 포석의 장르별 창작집 발간은 그만큼 의미가 있는 일이었다. 포석이 자신의 작품을 '발간'이라는 최종 형식으로 완결했던 이유는 발간을 통해서만이 독자와 내용을 오롯이 공유할 수 있다고 여겼기 때문이었을 것이다. 어찌 보면 작가라는 '생산자' 입장에서는 너무도 당연한 생각이지만 그 당연한 생각을 대부분의 작가들이 당연하게 실행으로 옮긴 것은 아니기 때문에 포석의 개별 문학집 발간이 문학사적으로 비교 우위를 갖는 것이다. 이렇게 포석의 완결된 작품에 대한 꼼꼼함으로 인해 포석의 문학 작품은 과히 부족할 것 없는 분량으로 남게 된 것이다.

그러나 한편으로는 망명 후 창작했던 두 편의 장편소설인『붉은 깃발 아래서』와『만주 빨치산』그리고 시와 산문집인『두 얼굴의 조각 그림』등의 유실은 두고두고 안타까운 일이다. 작가는 작품으로 말한다고 했을 때 유실된 작품들은 그때까지 다다랐던 포석이란 한 인간의 다층적 인식과 보다 진화된 세계관 등을 엿볼 수 있는 '의식의 회로'였다는 점에서 아쉬움이 클 수밖에 없다.

필자는 때때로 유실된 작품들이 러시아의 어느 도서관 혹은 어느 깊은 공간에 유폐된 역사처럼 방치된 기적 같은 일이 일어날 수도 있다는 일종의 자기 최면에 의지해 보곤 한다. 소각되지 않았다면 이러한 가능성은 얼마든지 열려 있는 것이다.

그러던 중 김소운과 특별한 일화를 갖고 있는 포석이 소운의 첫 시집『출범』출간을 앞두고 50~60행의 긴 '서시'를 써주었다는 사실을 알게 됐다. 소운의 말을 인용하면 다음과 같다. "'바다와 푸른 하늘, 흙과 햇빛' 이런 서두로 시작된 그 시의 중간에는 '사랑을 나누고 싶구나 목숨을 같이 누리고 싶구나 굴레 벗은 말 같이 이리 뛰고 저리 뛰고 그 자유를 만나기 위해서 그 사랑을 다시 찾기 위해서' 그런 시구들이 있었다. 포석의 냉엄하게 보이는 표정과는 딴판으로 인간에 대한 끓어오르는 사랑 복받치는 자유에의 갈망이 내게 주는 서시를 빙자해서 거기 약동하고 분출한 느낌이었다."

이 시집은 속표지에 그림을 그려준 사람이 장안의 명사 파란의 나혜석이었다는 점과 시집 장정裝幀을 맡은 이가 포석의 캐리커처를 그려준 석영夕影 안석주였다는 점 등이 이채로운데 한국 근대문학사와 포석 개인으로도 일별하며 지나칠 수 없는 시집이다. 석영이 그린 포석의 캐리커처는 두어 장만 남아 있는 포석의 증명사진 이외의 모습을 삽화란 형식으로 자유롭게 볼 수 있는 유일한 그림이라는데 의미가 있다.

이후 시집을 찾기 위해 국회도서관과 교보문고를 샅샅이 살펴봤지만 단서를 찾을 수가 없었다. 뛰어난 수필가로만 알려진 소운의 시집의 행방을 확인한다는 것은 여간 어려운 일이 아니었다. 그러다 우연히 소운의 문학에 관심 있는 분이 운영하는 블로그를 알게 됐고 그곳에 올린 소운 관련 이야기를 읽던 중 시집의 행방에 대해 알게 됐다.

시집 출간은 1925년도 9월 부산 초량의 경남인쇄주식회사에서 조명희의 서시, 안석영의 장정, 나혜석의 속표지 그림으로 해 500부를 인쇄하기로 했으나 뒤에 인쇄비를 지불할 수 없어 견본 10여 부를 찾는 것으로 마무리했다는 것이다. 참으로 안타까운 일이다. 만약 500부가 세상에 나왔다면 누군가는 소장하고 있었을 것이고 지금 우리는 어렵지 않게 그 시집을 볼 수가 있었을 텐데 시집은 세상에 빛을 보지 못하고 사라지게 됐던 것이다. 11년이 지난 1936년도에 백석의 시집 『사슴』이 100부 한정판으로 출간돼 현재 우리 문학사를 풍요롭게 하는 현실을 생각할 때 아쉬움은 더욱 크다.

그나마 다행인 것은 앞에서 언급을 했지만 견본 10여부를 소운이 찾아갔다는 사실인데 견본의 행방만 알 수 있다면 포석의 '서시'도 더불어 확인할 수 있게 되는 일이어서 일말의 기대를 가져볼만 하다. 견본은 소운 개인적으로도 세상에 빛을 보지 못한 채 사장四藏된 시집이기 때문에 더욱 소중하게 간직했을 것이다. 그러므로 그가 세상을 떠날 때까지 마음만 먹었다면 어렵지 않게 출간했을 것인데 지금까지 확인한 것으로는 소운은 끝내 그 시집을 출간하지 않았다. 결국 견본 10여부

의 존재 여부에 따라 포석의 그 귀한 '서시'의 운명도 달린 셈이다. 당

분간 동분서주 바빠질 것 같다.

2025.4.15

우중雨中 '여적餘滴'

32회 포석조명희문학제[5.10]가 막을 내렸다. 이번 문학제는 포석조명희문학관 개관 10주년을 기념하는 의미까지 더해 예년보다 다채롭고 풍성했다. 행사는 1부 추모제, 2부 문학제, 3부 음악회로 나누어 처음으로 전 행사가 포석공원 야외공연장에서 진행될 예정이었다. 그동안 문학제는 오전[추모제]은 '포석광장'에서 오후[문학제]는 문학관 '세미나실'에서 각각 개최됐다. 그러나 올해는 문학관 개관 10주년이라는 주년 행사의 특별함을 살리기 위해 녹음이 짙은 포석공원 야외공연장을 선택한 것이며 가변적인 일기[日氣]의 변수까지 염두에 둔 모험이었는데 불안한 예감은 언제나 적중률이 높다던가. 전날부터 내린 비가 계속 온 탓에 1부 추모제를 마친 후 2, 3부는 실내인 세미나실로 이동해 이어졌다.

우여곡절 끝에 전체 행사를 마친 뒤 지난 문학제를 반성적으로 복기해 본다. 비가 오는 중에 진행된 1부 추모제는 이번 문학제의 흠결을 조금은 상쇄하는 내용과 형식이었다. '포석의 삶과 문학 그리고 문학관 10년의 발자취'를 13분 분량으로 풀어낸 '영상'이 그것인데 제한된 시간으로 담지 못한 포석의 작품 세계에 대한 후회를 뒤로하고 '열적'은 호평을 받았다. 공로패 수여도 유영훈 전 군수를 생각함으로써 '공로'에 대한 진정한 의미를 살리는 잘한 선택이었다. 숙원이던 문학관은 유 군수 재임 시절에 개관했다. 선생의 선양 사업에 대한 '경과보고'도 기존처럼 읽기만 하는 건조한 형식을 벗어나 자료와 사진을 스크린에 띄

"

워놓는 입체성을 고려함으로써 보는 이의 이해를 높였다.

3부 음악회는 2년 만에 출연한 '산오락회'의 〈우수리스크 편지〉와 포석의 시 〈봄〉 노래는 객석의 심금을 울렸다. 〈우수리스크 편지〉의 노랫말과 선율이 전하는 추방 당한 자독립운동가의 슬픈 비가悲歌가 장내를 숙연케 했다. 5인으로 구성된 '예인 앙상블'의 〈낙동강에 대한 노래〉 연주도 민요 특유의 가락으로 깊은 울림을 주었다. 내년에 가창歌唱이 곁들여지면 더욱 멋들어질 것이다.

필자 개인적으로 이번 문학제에 심혈을 기울였던 부분이 영상 제작 자료 제공과 성우의 나레이션 시나리오과 김병학 월곡 고려인문화관 관장의 강연이 었다. 월곡 고려인문화관은 광주 광역시 광산구 월곡동 고려인 마을에 있는 고려인들의 역사와 문화를 전시하는 공간으로 그 책임을 맡고 있는 사람이 바로 김병학 관장이다. 우리에게 생소했던 고려인들이 한국에 정착해 적응하며 살 수 있도록 터전을 일구는 초석을 놓은 사람이다. 카자흐스탄에서 『고려일보』 기자와 한국문화원 원장으로 일하면서 일제강점기 연해주에서 살다 1937년도 스탈린의 강제 이주에 의해 중앙아시아로 부처付處된 고려인 즉 한인들의 부평초 같은 삶을 직접 듣고 기록으로 취재한 매우 특별한 이력을 가진 인물이다. 연해주하바롭스크에서 생을 마감한 포석의 삶과는 직간접적 흔적으로 만날 수 있는 인연은 없으나 우즈베키스탄과 카자흐스탄 등으로 강제 이주된 고려인 1세대와 2, 3세대들의 증언을 통해 포석의 삶을 알고 그가 연해주 고려인들에게 어떤 위상을 갖는가를 생생하게 체험한 사람이다. 그러니까 이 증언의 기록 자체가 독립운동의 역사인 것이다.

김 관장은 필자가 2019년 문학관에 오기 전부터 매체를 통해 알고 있던 인물로 문학관에 온 후 방명록을 보니 2015년 문학관 개관 뒤 이미 다녀갔다는 것을 확인했다. 방문자가 누군지 모른 무지無知가 초래한 실기失機였는데 올해 문학제에 초청한 것이다. 고려인 마을 관계자 20여 명과 동행한 고마운 방문이었다. 인사말을 겸한 짧은 강연이었으나 포석이 어떤 인물인지 왜, 연해주는 물론 이주한 낯선 환경인 카자흐스탄에서조차 포석이 지속적으로 고려인 사회의 존경받는 인물인가를 들려준 감동적인 강연이었다. 일반 시민에게는 이 내용만으로도 포석에 대해 알고 있던 기존을 훨씬 뛰어넘는 얘기였을 것이다. 김 관장의 아직 다하지 못한 얘기 속엔 필자까지도 새롭게 인식해야 할 포석의 진짜 삶과 문학의 이야기가 있을지 모르겠다. 현장에서 직접 들은 증언은 책에만 의지한 백면서생의 회색 이론과는 분명한 차이가 있을 테니 말이다. 좋은 날 공식적으로 초청해 포석의 참모습을 많은 사람들과 함께 들었으면 좋겠다.

'고려인 마을'은 앞으로 포석의 고향인 진천이 적극적인 관심을 두고 소통해야 할 곳이다. 포석의 삶이 역사적으로 만개한 땅의 피가 흐르고 있는 사람들이 모여 사는 곳이기 때문이다. 곧 '빛光' '고을州'을 다녀와야겠다. 더구나 '5월'이니까. "과거가 현재를 돕고 죽은 자가 산 자를 구하"는 역사가 시현示顯된 곳이니까. '여적餘滴'은 늘 수정 불가한 진한 아쉬움으로 '다음'이란 기대와 다짐을 하게 한다. 설령 다음에 또 여적으로 남는다 해도 그 미완의 결핍은 내년 문학제를 준비하는 힘이 될 것이기에.

2025.5.16

어미는 가도, 생명은 살아
포석느티나무의 죽음

'포석느티나무'가 마지막 숨을 거두었다. '고사枯死'된 것이다. 작년 여름 하루아침에 누렇게 변해버린 잎을 보며 놀란 가슴을 쓸어내렸던 기억이 떠오른다. 당시 군 산림녹지과 담당자에게 문의한 결과 기력이 쇠해 잎을 일찍 떨구었다고 얘기했었다. 더 이상 버티면 생명까지 위협받는 상황에서 느티나무가 스스로 '긴급 보호 요청SOS'를 한 셈이다. "내가 아프다고." "나를 살려 달라고."

다행히 죽음만은 피해 올봄이 되면 회복기의 환자처럼 어지간한 몸을 추스르며 다시 기지개를 켤 것으로 기대했으나 결국 '기적'하지 않았다. 사실 올해 관련 부서에서는 포석느티나무를 살리기 위해 나무 주변의 환경을 최대한 개선하려는 나름의 계획을 하고 있었다. 그러나 포석느티나무는 야속하게 그날을 기다려주지 않았다. 약 한 재 써보지 못하고 눈을 감은 것이다. '소중하고 귀한 것들은 왜, 다음을 기다려주지 않고 떠나는 것일까.'

이행되지 못한 늦은 계획이 있었다는 것은 충분히 살릴 수 있었으나 주변의 무관심과 무지로 인해 돈으로 환산할 수 없는 진천의 문화적 자산 아니 대한민국의 문화적 자산을 잃었다는 점을 자인하는 것이다. 그렇게 많은 날이 지나갔음에도 불구하고 세월을 '허송虛送'한 것이다. 세상에는 한 번 사라지면 다시는 오지 않는 것들이 있다. 우리는 그러한 것들을 '생명'이라고 한다. 사람이든 자연이든동식물 생명을 가진 뭇 존재들은 그래서 애잔하고 슬픈 것이며 '귀애貴愛'한 것이다.

필자는 올해 봄 포석조명희문학관 앞 포석공원 느티나무에 녹색 잎이 돋아나길 마치 애인을 만나던 첫날처럼 초조하게 기다리며 보냈다. 문학관 아래 생가 터에 가면 포석느티나무를 직접 볼 수 있지만 일상적으로 언제나 볼 수 있는 위치가 아닌 탓에 문학관 지척에 있는 포석공원 느티나무에 늘 눈길이 갔다. 포석공원 느티나무에 녹색 잎이 돋기 시작하면 생가 터를 지키는 포석느티나무도 녹색 잎을 돋울 것이라는 기대 때문이다. 그러나 산천의 나무들이 온통 혀 빼물고 초록으로 물들어도 포석느티나무 잎은 끝내 봄을 '마중'하지 못했다.

포석느티나무가 가진 역사적 상징성은 이미 여러 번 지면에 언급해 다시 되풀이하지 않겠다. 군이 역사적 상징성이라는 거창한 애기가 아니라고 해도 급속하게 도시화가 진행되는 삭막한 시내 한복판에 품이 너른 느티나무가 주는 편안함과 풍요로움은 일상을 오가는 사람들에게 얼마나 큰 위안이 되었는지 사라진 후에 비로소 찾아오는 허전함은 그것을 뒤늦게 깨우쳐 줄 것이다.

전부터 혹여 모를 고사에 대비한 '후계목後繼木' 육성을 제시한 바 있는데 안타깝게도 그것이 이루어지지 않았다. 그런데 놀라운 장면을 목격했다. 포석느티나무 주변의 고깃집 지붕에 두 그루의 후계목과 또 한 그루의 후계목이 어미의 '옹이' 품에서 고맙게 자라고 있는 것이 아닌가. "고맙게 잘 자란 보리밭"을 보며 감격했던 상화李相和의 희열처럼 절망스러운 상황에서 한 줄기 희망이 생긴 것이다. 그중 옹이구멍에서 자라는 새끼 느티나무는 두 그루의 새끼 느티나무보다 더 반듯하고 당당한 자태를 뽐내며 한눈에 봐도 예사롭지 않은 품격을 지니고 있었다. 세 그루의 새끼 중 유일하게 엄마 느티나무 옹이 품에 안겨 어미가 숨을 거둘 때까지 어미젖을 먹고 자랐으며 어미가 죽은 후에도 그 젖의 자양분으로 무럭무럭 자라고 있는 것이다. 실제로 옹이구멍에 있는 흙은 나뭇가지 등이 썩어 거름으로 사용하기에 적합한 조건을 갖추고 있다. 옹이는 나무의 '그루터기'로 상처 난 부위가 굴절된 아픔과 시련의 흔적이다. 인간도 나무도 옹이가 많을수록 더 단단해진다는 말은 그래서 '빈말'이 아니다. 이런 어미의 옹이 안에서 새끼 포석느티나무가 대견스럽게 자라고 있는 것이다.

지난 일을 되돌릴 수는 없다. 어미가 죽은 자리에서 크고 있는 세 그루의 새끼 느티나무를 안전하게 옮겨 자라게 해주는 일을 하루빨리 시작해야 한다. 일단 포석공원의 좋은 자리에 새로운 터전을 마련한 후 포석 생가 복원이 이루어질 때 다시 예전의 자리로 옮겨주어야 한다. 포석 생가가 곧 느티나무의 고향인 까닭이다.

이렇듯 포석느티나무는 의도하지 않았으나 각본에 없는 또 하나의 드라마틱한 역사적인 '서사'를 갖게 됐다. 포석을 상징하는 느티나무가 대를 이어 영속하며 싱! 싱! '이어달리기'를 시작하려고 하기 때문이다. 새끼가 잘 자라 어미가 된다면 포석느티나무 가계의 내력은 기막힌 '사연事緣' 하나가 추가됨으로써 뼈대 있는 유구한 '족보族譜'를 자랑하게 될 것이다. 잠자던 족보를 깨운 '포석느티나무家'의 '전설傳說' 대한민국의 문화 전설 말이다.

2025.6.17

아! 포석, 문화로 독립을 외치다

'광복光復' 80주년을 하루 앞두고 있다. 한 사람의 일생으로 치면 지는 노을을 바라보며 조금은 초탈하고 허허로운 망연한 모습일 것이다. 하지만 그 세월이 어찌 평탄했으랴. 온갖 풍파와 시련을 극복하고 지금 여기 서 있는 것일 게다. 일제강점기는 독립 국가의 소중함을 뼈저리게 절감한 통한의 부지하세월이었다. 다행히 이 땅 '민초民草'들의 끈질긴 생명력과 독립지사들의 헌신으로 잃었던 나라를 되찾을 수 있었다.

그러나 광복의 기쁨도 잠시, 신생 대한민국은 이념과 분단, 전쟁과 독재로 점철된 광기의 역사에 매몰됐다. "소낙비에 매미 소리 그치듯" 하루아침의 희열과 환희가 절망의 장탄식으로 바뀐 것이다. 하지만 끝내 이를 이겨내고 산업화와 민주화를 동시에 성취하며 세계사의 일획을 그었다. '분단 극복'이란 미완의 역사적 과제를 숙명으로 안고 격동과 파란의 날들을 지혜롭게 헤쳐 오늘에 이르게 된 것이다. 따라서 광복의 날만큼은 우리 스스로 충분히 자족해도 좋은 하루다.

일제강점기 독립운동의 갈래는 대개 네 가지 방법론으로 입론立論해 실행됐다는 것이 정설이다. '무장투쟁론'과 '자치론', '실력양성론'과 '외교론'이다. 각각 그럴만한 논리와 현실 인식을 전제로 한 방법론이다. 어느 하나만이 아니고 모두 포함하되 상황과 조건에 따라 경중 완급을 조절해야 파급력이 있는 방법론이다. 우리가 처한 소위 '식민植民'이라는 예외적 특수 상황에서 그것의 회복을 위해 노력할 때 효과가

배가되는 론論이며 광복은 이러한 축적된 '줄탁동기啐啄同機'의 지난한 종합이라고 할 수 있다.

그중에서 필자가 주목하는 독립운동의 방법론이 '문화文化'다. '문화로 독립운동'을 한 차원 높은 '고등高等'한 역사다. 위에서 언급한 방법론 중 딱히 문화를 포섭하는 부분은 없다. 얼추 비슷한 실력양성론도 주로 경제적 자립을 목적으로 하기 때문이다. 그러나 문화는 네 가지 방법론의 배경이며 무늬를 이룬다. 문화가 정신의 '꽃'이며 '정수精髓'인 까닭이다. 일반 명사처럼 쓰는 '정신문화'는 이를 웅변적으로 말해준다.

백범도 "오직 한없이 가지고 싶은 것은 높은 문화의 힘이"라고 말하지 않았던가. 그러면서 그 이유로 "문화의 힘은 우리 자신을 행복하게 하고 나아가서 남에게 행복을 주기 때문"이라고 말했다. 백범이 소원했던 것은 부강한 강대국이 아니다. "힘은 우리의 자존을 지킬 수 있을 만큼만 있으면 충분하다"고 했다. 백범이 소원했던 것은 "세계에서 가장 아름다운 나라"였다. 그런 나라가 곧 한없이 높은 '문화의 힘'을 지닌 나라인 것이다.

백범이 물리력으로 강대한 나라보다 문화의 나라를 더 소원한 것은 문화가 내적으로는 최고의 교양이고 인격이며 보편과 화합으로 표현되는 '민주적 자율성' 때문이다. 우리가 보통 우람한 체구에 힘이 센 친구보다 체구는 크지 않지만 어딘지 모르게 세련되고 예의 바른 친구에게 더 호감이 가는 것도 문화의 본능이 우리 안에 내재하고 있는 까닭이다. '유능제강柔能制剛'이야말로 문화의 '속살'이며 '중핵中核'이다.

이런 의미에서 일제강점기 대한민국 독립운동사의 한 페이지를 장식한 포석의 위상을 다시 한번 생각해 본다. 2023년 국내 대표 IT통신 기업인 LG유플러스가 국가보훈부와 협업해 벌인 광복절기념 캠페인에 포석이 선정된 바 있는데 이때 선정된 이유가 '문화로 독립운동'을 했기 때문이다. 포석[1894~1938]은 일제강점기 첫 망명[1928] 작가로 10년 동안[1938] 연해주 고려인들에게 한글문학을 통해 민족의식을 각성시킨 한국 근대문학과 다아스포라문학의 여명을 밝힌 선구자며 독립운동가다.

문화와 관련해 소개하고 싶은 포석의 일화가 있다. 포석의 제자인 강태수[1908~2001]는 함경남도 이원 태생 즉 본토 출신으로 만주를 거쳐 블라디보스토크로 건너가 정착한 인물인데 포석을 만난 후 작가가 됐다. 그러니까 포석을 만나면서 우리 말의 아름다움에 눈을 떠 본격적으로 작가의 길에 접어든 사람이다. 그의 다음 말은 문화 즉 한 나라의 언어 공동체가 개인에게 어떤 영향을 주는지 시사하는 바 크다.

> "그는 김소월의 「진달래꽃」과 「초혼」, 이상화의 「나의 침실로」, 임화의 「우리 오빠와 화로」, 「네거리의 순이」……등을 우리 앞에서 막힘없이 줄줄 외웠다. 나는 이 시 내용에 홀딱 반했다. 나는 그때까지만 해도 조선말이 그렇게 아름다운 줄 몰랐다." "시의 말 마디와 구절들이 입안에서 부드러운 솜사탕처럼 살살 녹으면서 가슴속으로 알 수 없는 그 무엇이 떨어져 착착 쌓이는 것 같은 느낌을 받았다."
>
> 강태수, 『소련 아르한겔스끄 수용소에서』, 민속원, 73쪽, 2022

평범했던 일개 소시민이 우리 말시을 통해 비로소 모국어의 아름다움에 매료되는 의식의 개안 순간을 생생하게 볼 수 있는 장면이다. 모국어의 아름다움에 대한 인식이 민족 문화와 정신으로 확장되는 것은 당연한 귀결인데 이후 강태수의 21년 동안의 강제수용소 생활은 그것을 처절하게 보여준다.

결과적으로 시가 그의 삶을 박제했지만 박제된 삶에서 그는 시적 감수성과 역사의식을 배경으로 또 다른 야만의 시대를 증언했다. "문화욕에 치구馳驅하는 겨레의 두뇌는 다분히 시적 상태에서 왕성하"며 "시적 욕구는 인류에 있어서 가장 우수한 본능이 아닐 수 없다"고 한 지용의 말을 다시 한번 환기한다.

하물며 우리의 문화 정서가 1세대에 비해 낯선 고려인 2세에게 포석의 '우리 문학 강의'는 당시 학생들의 마음을 화인火印처럼 지피는 불쏘시개였을 것이다. 맑고 순수한 편견 없는 인식이 민족 문화를 스펀지처럼 빨아들이는 수용력으로 작용했다는 것이다. 한민족 디아스포라 문학은 이런 과정을 통해 만개한 절정의 '정신문화의 꽃'이었다.

현재 세계를 휩쓸고 있는 'K-문화'의 저력도 결국 기원은 문화로 독립을 외친 선구자로부터 시작된 것이며 선구자가 뿌린 문화의 씨앗이 스미고 번진 결과다. 지금 세계에서 가장 아름다운 나라, 가장 힘이 센 나라가 '대한민국'인 이유다. 이렇듯 거역할 수 없는 K-문화의 물꼬를 튼 최초의 근대인이 바로 문화로 독립을 외친 포석 조명희다. 그는 '대한국인'이고 '충북인'이며 '진천인'이다.

2025. 8.14